HOMMAGE À
ALBERT CAMUS
Créer, c'est vivre deux fois

Sous la direction éditoriale d'Anna Alexis Michel
Et la direction scientifique de Mona Azzam

HOMMAGE À ALBERT CAMUS
Créer, c'est vivre deux fois

Sous la direction éditoriale d'Anna Alexis Michel
Et la direction scientifique de Mona Azzam

ÉDITIONS
RENCONTRE DES
AUTEURS FRANCOPHONES

Couverture et Direction Artistique

Sandra Encaoua Berrih

Contributeurs

(Les contributions n'engagent que leurs auteurs)

Anna Alexis Michel, Mona Azzam, Nour Caddour, Benoît Cazabon, Valérie Chèze Masgrangeas, Luxy Dark, Olivier Coutier-Delgosha, Laurent Desvoux-D'Yrek, Émilie Dhérin, Laurence Flez-Renaudin, Vincent Engel, Muriel de Foucault, Gilles Gaillard, Cathy Galière, Jean-Michel Guiart, Évelyne Guzy, Christine Hainaut, Belinda Ibrahim, Martine L. Jacquot, Yannick Jan, Florence Jouniaux, Didier Kimmel, Marie Le Blé, Michel Lobé Etamé, Florence Lojacono, Meziane Mahmoudia, V.Maroah, Sandrine Mehrez Kukurudz, Valérie Mirarchi, Carole Naggar, Aude Prieur, Ingrid Recompsat, Marie-Amélie Rigal, Claudia Rizet, Abdelkrim Saifi, Marc de Saran, Élisabeth Simon-Boïdo, Philippe Stierlin, Michel Tessier, Sophie Turco, Jean-Michel Wavelet.

« Dans cet univers, l'œuvre est alors la chance unique de maintenir sa conscience et d'en fixer les aventures.
Créer, c'est vivre deux fois. »

Albert Camus.

Avant-propos

En mars 2020, j'assistais à la célébration du cinquantenaire de la Francophonie à New York, découvrant un monde de passionnés de la langue française, la défendant avec bonheur et la représentant souvent bien mieux que mes compatriotes. Ce jour-là, je me suis dit que c'est la Francophonie et ses acteurs que je voulais dorénavant promouvoir. Le monde s'apprêtait à vivre un bouleversement majeur et nous n'en savions encore rien. Uni face à un virus incontrôlable, mais désarmé face à ses conséquences. Comme chacun, j'ai dû adapter ma vie et mes envies à cet environnement bouleversant qui ouvrait cependant la voie à de nouvelles opportunités.

L'idée – germée quelques mois plus tôt sur un coin de table floridienne avec Anna Alexis Michel – d'organiser des rencontres littéraires dans cinq villes américaines de premier plan, semblait alors impossible à finaliser. Pourtant, plus que jamais, il était nécessaire de réunir les gens, d'apaiser les peurs, de permettre l'évasion, même cloîtré chez soi. Était alors venu le temps de lancer la plate-forme Rencontre des Auteurs Francophones.

Dès ses prémices, la finalité du réseau semblait claire : créer un réseau unique d'auteurs du monde entier de langue française, aguerris ou inconnus, leur permettant d'accéder à un programme quotidien de mise en avant de leur travail d'écriture. Le réseau s'est alors appuyé sur une plate-forme bienveillante et vivifiante qui propose aux auteurs un panel d'outils de communication, développant ainsi leur visibilité auprès de lecteurs enchantés. Sans frontières, réunissant chacun à des milliers de kilomètres de distance, le réseau est vite devenu une famille stimulante.

Aujourd'hui plus de trois cent cinquante auteurs originaires de cinquante pays nous ont rejoints. En grande ou petite maison d'édition, avec une sélection d'auto édités choisis par les comités de lecture.

Émissions thématiques et interviews, blog alimenté par plus de soixante-dix contributeurs, rendez-vous virtuels internationaux (Café littéraire, Paroles d'auteurs, Forum des auteurs, célébrations des auteurs et des grands rendez-vous culturels francophones annuels…), séances de dédicaces aux États-Unis, Festival des Auteurs Francophones en Amérique et en 2024 première édition du Festival en France, en Belgique et en Malaisie, participation aux salons du Livre en Europe, librairie qui diffuse dans le monde les livres imprimés des auteurs, ouverture d'antennes en Espagne, Belgique, France, Djibouti, Haïti, Asie et Océanie. Depuis juin 2023, le réseau s'est doté d'une maison d'édition francophone américaine éponyme, qui publie des ouvrages collaboratifs diffusés dans le monde, assurant ainsi la promotion des écrits de ses membres auprès d'un lectorat international et de représentants institutionnels et culturels.

À l'invitation du prestigieux et iconique National Arts Club de New York, et pour la troisième année, Rencontre des Auteurs Francophones réunira le 18 mai 2024 des auteurs de quatre continents, qui rendront hommage à Romain Gary. Marc Levy avait été le formidable parrain apprécié d'une extraordinaire seconde édition hivernale. Sa bienveillance est à l'image du réseau et de ses auteurs membres.

Ce festival littéraire n'est pas comme les autres, il puise sa force dans celle de ses auteurs investis, qui tout au long de l'année se soutiennent, s'encouragent et font grandir cette initiative qui n'a que trois ans d'existence.

C'est lors de cette seconde édition du Festival que Rencontre des Auteurs Francophones a décidé de lancer sa collection « *Hommage* », avec trois premiers ouvrages cette année. Le premier célébrant l'anniversaire de la naissance de Marguerite Yourcenar, publié le 8 juin 2023. Le deuxième en l'honneur des quatre-vingts ans de la naissance du Petit Prince de Saint Exupéry est sorti le 13 juin 2023. Le troisième, c'est celui que vous tenez entre les mains, rendant hommage à Albert Camus.

Le 7 novembre 2023, nous célébrons le cent dixième anniversaire de sa naissance. À cette occasion, RENCONTRE DES AUTEURS FRANCOPHONES a invité ses membres à rendre hommage à l'écrivain, au philosophe, au romancier, au dramaturge, à l'essayiste et au journaliste qu'il était, mais aussi à l'homme, Français d'Algérie au destin exceptionnel et témoin engagé des grands débats du XXe siècle. Exceptionnellement fraternel, CAMUS nous laisse un héritage inestimable qui ne cessera jamais de marquer les générations. Loin d'oublier Camus, il est plus que jamais temps de lui redonner sa place.

Ce livre en l'honneur d'Albert Camus rassemble quarante textes rédigés par des auteurs passionnés, enthousiastes à l'idée de laisser courir les mots pour lui rendre hommage. Ils avaient carte blanche. Nouvelles, poèmes, réflexions, textes, illustrations… Ils vous livrent ce que l'homme et son œuvre leur inspirent.

© Sandrine Mehrez Kukurudz

Remerciements

Merci aux contributeurs, qu'ils soient poètes, auteurs, professeurs ou chercheurs qui ont permis la naissance de cet ouvrage collectif.

Merci à tous ceux qui soutiennent le réseau tout au long de l'année, à ses membres auteurs.

Merci à Anna Alexis Michel qui a accepté de prendre la direction éditoriale de cette collection de livres « *Hommage* » et à Mona Azzam qui a assuré la direction scientifique du présent ouvrage. Merci à Sandra Encaoua Berrih, directrice artistique de la collection, pour ses magnifiques aquarelles. Leur travail et leur amitié nous permettent de vous offrir cet ouvrage de qualité.

Merci enfin à mon mari qui m'a encouragée à me battre pour donner aux auteurs la visibilité qu'ils méritent et qui me pousse à dépasser les limites pour faire grandir plus encore cette plate-forme.

Merci à Francis Dubois, cofondateur du Festival des Auteurs Francophones en Amérique au National Arts Club, sans qui ce rendez-vous annuel dans cette institution prestigieuse et iconique n'aurait pas été possible.

L'année 2023 est l'année de l'internationalisation du réseau. 2024 verra l'extension des grands rendez-vous américains en Europe et en Asie.

Si rien n'est possible sans vous, tout est possible avec vous. Merci de votre lecture et de votre soutien.

© Sandrine Mehrez Kukurudz

Préface

Vincent Engel

(Belgique)

À l'âge où j'ai rencontré Albert Camus, la littérature était pour moi le théâtre des aventures que mon caractère casanier, ma nature aussi peu sportive que possible et un goût prononcé pour le confort m'empêchaient de vivre dans la réalité. J'étais de toute manière déjà fâché avec cette réalité et je n'étais pas encore amoureux de la langue et du style. Mon apprentissage était en cours, sans que je m'en rende compte, à travers la musique – la langue et le style ne sont rien d'autre que des mélodies alourdies par le sens. Je lisais donc Blyton, les romans catholiques édifiants *(Percy Winn, Tom Playfair,* mais aussi la collection Safari Signes de Piste, avec entre autres les aventures du Prince Eric) dont m'échappaient encore l'insupportable endoctrinement à la religion de la souffrance et de la culpabilité, autant que l'insidieuse pédophilie et les remugles fascisants de certains d'entre eux.

Pour mes quatorze ans, mon beau-frère (jugeait-il qu'il était temps que je passe à autre chose de plus sérieux ? Avait-il eu une intuition confuse que l'heure était venue pour moi de rencontrer Camus ?) m'offrit la totalité des titres de Camus disponibles en Folio – à l'exception des essais. Nouvelles, fragments, romans et théâtre : jamais je n'avais reçu une telle pile de livres. Je l'avoue, j'ai d'abord été fasciné par cet ensemble blanc étincelant, cet embryon de collection homogène – de tous les types de collection, celui que je préfère. Et puis, ce nom : Camus, qui revenait parfois dans les conversations des adultes, un grand écrivain contemporain.

Je pense avoir débuté par *Noces* ou *L'Envers et l'endroit*, sans autre raison, probablement, que la finesse du volume. J'étais tenté, mais craintif ; je devinais qu'il n'y avait ici aucune aventure héroïque, rien de ce qui me ravissait dans les livres que je dévorais jusque-là. La surprise n'en fut que plus forte et le choc plus intense : il existait des aventures plus héroïques, qui opposaient des êtres frêles et passagers, des individus armés de leur seule conscience face à un monde écrasant d'indifférence, d'éternité et de beauté. Des révoltés qui m'offraient les mots pour nommer et comprendre les colères qui couvaient en moi ; des conquérants qui montraient la voie d'un combat majeur, une lutte intérieure dont dépendait non pas le salut du monde ou le rachat d'âmes fourvoyées, mais la préservation d'un trésor infiniment plus précieux parce que tragiquement menacé : la dignité.

Bien sûr, je n'ai pas formulé ainsi mes premières impressions. Ce fut beaucoup plus diffus, voire organique, sensuel, instinctif. Peut-être ai-je vécu dans la lecture, sur le papier, ce que le jeune Camus avait vécu à Tipasa, au bord de la Méditerranée, sous le soleil sublime et accablant, moi qui vivais dans une de ces villes grises et froides que l'auteur de *Noces* détestait tellement.

Rapidement, un livre a émergé : *L'Étranger*. Bien sûr, le précédait sa renommée, cette traîtresse absolue qui pose entre le lecteur et le texte le masque d'une lecture faussée. Pour ma part, ce qui m'a séduit et convaincu, ce n'est certainement pas la soi-disant injustice bourgeoise qui aurait eu l'outrecuidance de condamner un pauvre innocent pour le seul motif qu'il ne jouait pas le jeu mensonger d'une société hypocrite – je cherche d'ailleurs toujours le roman éponyme qui aurait traité de ce sujet, car après avoir lu plus de quarante fois *L'Étranger*, j'ai l'impression, lorsque j'accole ce résumé au texte que je crois connaître, d'être face à une œuvre ironique d'Italo Calvino, où l'on aurait imprimé en quatrième de couverture la présentation d'un autre roman. C'est une phrase qui fait écho à un événement de ma vie, contemporain de ma lecture, un écho en forme d'oracle sinistre : « *Aujourd'hui, maman est morte.* » Je savais déjà que la mort ne pouvait pas être heureuse, même si elle pouvait fasciner et attirer ; je découvrais qu'elle était un chat cruel qui s'amusait à faire souffrir les souris et les hommes. On venait de diagnostiquer à ma mère un cancer qui, pendant une dizaine d'années, ferait d'elle, pour moi, une morte imminente toujours ressuscitée pour vivre, chaque jour plus douloureusement, la douleur d'un double mal auquel elle ne pouvait échapper : celui de la maladie qui la rongeait petit à petit, cette forme abominable d'immortalité revendiquée par les atomes d'un univers que cette folie condamnait à la destruction ; celui d'une soumission de la malade à la volonté de son mari et de ses enfants, incapables de se résoudre à vivre sans elle et qui, par leur peur égoïste, ont prolongé et amplifié ses souffrances au-delà de ce qui était humainement tolérable. Sisyphe et Prométhée avaient été condamnés pour leur révolte par des dieux paternels, cruels et féroces, jaloux de leurs prérogatives ; ma mère était condamnée pour son amour absolu par des dieux terrifiés, des enfants impuissants qui ajoutaient à leur cruauté le mensonge de leur amour.

Je n'ai pas cessé, depuis, de relire *L'Étranger*. Combien de ses lectrices et lecteurs ont-ils à l'esprit que le seul personnage du roman qui soit qualifié « d'étranger », ce n'est pas Meursault ; c'est le concierge de l'asile où est morte Mme Meursault. Camus concierge… je crois que l'association l'aurait fait sourire. Et souffrir un peu, lui qui ne fut, aux yeux de ses « glorieux » confrères en lettres, tout occupés à faire leur petite révolution égocentrique dans les cafés germanopratins, qu'un « métèque », un « pauvre » qui aura l'outrecuidance d'être plus talentueux qu'eux et, surtout, de revendiquer et d'appliquer, avec une constance sans faille, une éthique de vie exigeante et irréprochable.

C'est sans doute cette éthique qui m'attache le plus à Camus. Une éthique bâtie sur quelques principes fondamentaux.

18

Il y a tout d'abord la leçon de la prise de conscience de l'absurde, laquelle n'est qu'un point de départ (et non d'écueil, comme chez Sartre) : il faut renoncer à l'espoir (d'une réalité hors de cette réalité-ci) sans sombrer dans le désespoir, et agir au nom d'une valeur originelle et ultime à la fois : la dignité humaine. La révolte contre l'absurde est cet acte vain et magnifique par lequel tout être humain manifeste, jusqu'à son dernier souffle, sa dignité. Et cette révolte ne se fait jamais pour soi : « *Je me révolte, donc nous sommes* ». C'est le difficile équilibre de la pensée libertaire, que Camus synthétise en une formule qui clôt sa nouvelle « Jonas » : être à la fois solitaire et solidaire. C'est parce que ce combat pour les autres et contre l'absurde doit se mener aussi longtemps que possible que Camus conclut *Le Mythe de Sisyphe* par le rejet du suicide ; c'est parce que la révolution est le tombeau de la révolte, parce que la révolte se fait au nom d'une valeur qui lui préexiste – la dignité – et la révolution au nom d'une valeur qui n'existe pas encore, c'est pour cela que le révolté est prêt à mourir et le révolutionnaire prêt à tuer. Et c'est pour cela qu'il conclut *L'Homme révolté* par le rejet du crime. Ce n'est pas parce qu'il n'y a pas de transcendance qu'on peut tuer sans vergogne.

Dans ce combat perdu d'avance – mais il n'y a rien à gagner, puisque tout se joue dans le seul temps de la vie et qu'il n'y a ni arbitre ni récompense au-delà –, l'art et l'amour sont deux voies majeures, déclinés l'un et l'autre sur le mode de la quantité, seule capable de compenser la brièveté de nos vies ; « *Pourquoi faudrait-il aimer rarement pour aimer beaucoup ?* », interroge Camus lorsqu'il se penche, dans *Le Mythe de Sisyphe*, sur la figure de don Juan – qu'il réhabilite au passage, en faisant de lui un aventurier de l'absurde, bien loin de Casanova, dont la fonction principale est de révéler chez les femmes qu'il côtoie la réalité de leurs désirs profonds.

Jamais Camus n'aurait, au contraire de Jean-Paul Sartre, écrit : « *Je naquis pour combler le grand besoin que j'avais de moi-même* »[1]. Camus avait soif d'amour et de soleil, d'amis simples, de mots justes et de gestes libres. Et il nous dit, encore et encore, que jusqu'au dernier souffle, nous aurons la chance d'apprendre à vivre.

© Vincent Engel[2], 28 août 2023.

---

[1] Jean-Paul Sartre, *Les Mots*.
[2] Docteur en philologie romane, professeur de littérature contemporaine à l'Université Catholique de Louvain, et d'histoire contemporaine à l'Ihecs, auteur d'une vingtaine de livres et dramaturge.

Hommage à Albert Camus
Aquarelle de Sandra Encaoua Berrih ©

Hommage à Albert Camus

Créer, c'est vivre deux fois

Épithètes pour Camus

Meziane Mahmouda

(Algérie)

I

Son nom rendait l'écho d'Agadir jusqu'au Nil.
L'enfant de Mondovi qui naquit dans les îles
Et qui sut tout bien dire
À l'heure où la morale souffrait de l'insensé,
À l'ère où la matière dominait la pensée,
Quand la mère nature s'abstint de verdir.

Camus l'aède allègre sur les plaines des mots
N'eut cessé d'être grand depuis qu'il fut marmot.
Par son amour du juste
Des indigents, il fut, le coude frère et l'âme-sœur
Les défendit de sa plume comme ses prédécesseurs
Apulée et Auguste !

Tel Sisyphe, il roulait la pierre de l'humanisme
Sur la pente du temps sans jamais trébucher
Pourtant se répétait
Mais pour son aséité et pour son animisme
On ne manqua pas de l'envoyer au bûcher
Comme on eût fait à Prométhée

Indigène de l'étranger, allogène chez soi
Adepte des choses simples, habitué de l'absurde
Pontife du renégat
Il vécut fier et digne dans sa quête de soi
Plume des minorités juives, kabyles, et kurdes ;
En penseur délicat.

Pour sa quête d'humanisme notre conquistador
Belliciste des idées qui sont jointes à des faits
Enjambait des jalons
Tel l'apôtre d'Hippone et Maxime de Madaure
Prit plumes et verbes ; sublimes épées de fées
Abolit le Nexum tel eût fait Solon

Son combat acharné sur la loi scélérate
Le fit émérite qui fit des résolutions ;
Fixant des polyèdres
Comme Euclide, Pythagore, Platon et Socrate
Émit des axiomes, trouva comme Apollon
À la peste un dièdre.

Érudit des choses simples dans son amour hybride
Qu'il vouait à la justice tout en sacrant la mère
Dit-il par évidence
Pareil à l'âne d'or d'Apulée dans Florides
L'Iliade et l'Odyssée du grand aède Homère
Fit parler le silence

Il sut dire les choses que le monde faisait taire
Défit les chaînes rivées aux pieds de la vérité
Et lui rendit ses ailes

L'aida à survoler les éthers salutaires
Dans l'ordre de l'absurde né de sa lucidité
Vers un monde parallèle.

Où :

Où le juste absolu est dans le cœur d'une mère ;
Où chaque être pensif ourlé de défaillance
S'assainit du mensonge.
Où les rêves enfouis ne sont pas des chimères
Mais des miroirs liant dans l'immense confiance
Les êtres à leurs anges !

II

Camus comme Hugo furent faits pour d'autres frondes.
Leurs escients sains et hauts ne pouvaient être compris
Par des pensées soumises
Aux doutes, aux préjugés de tant d'âmes vagabondes
Sujettes aux conjectures où les veules esprits
S'enfoncent et s'enlisent !

© Meziane Mahmoudia[3]

---

[3] Poète, né à Tamassit en Kabylie et vivant à Alger, féru de poésie classique, auteur du recueil *Le Protagoniste de la vie ou un périple dans la pensée d'un Antagoniste*. Membre assidu de Rencontre des Auteurs Francophones, il a participé à tous nos ouvrages collectifs.

Hommage à Albert Camus
Créer, c'est vivre deux fois

Sur les traces d'Albert Camus

Valérie Mirarchi

(France/Belgique)

©Ludivine Lassagne

Cher Albert Camus,

C'est pour moi un immense honneur de vous écrire. Soixante ans après le tragique accident de voiture qui vous a coûté la vie sur la nationale 5 de Villeblevin et interrompu votre œuvre, une pandémie foudroyante a frappé la planète, nous vouant au confinement alors qu'on s'apprêtait à vous rendre un vibrant hommage. Homme d'action et à la fois homme isolé, votre disparition avait sidéré le monde entier. Quelle perte pour notre pays... Au lycée, votre œuvre ne m'avait jamais séduite. Dès lors, comment ai-je pu vivre sans avoir pris connaissance de la dimension si essentielle et pertinente de vos écrits ? Vous aviez une conscience exemplaire, une forme de justice mystique en vous.

Le printemps est arrivé, le soleil n'a cessé de briller pendant ces journées de pandémie, ce soleil qui irradie votre œuvre pour en dévoiler les multiples facettes, mais qui est aussi un vecteur de la tragédie. Tous les soirs à vingt heures, je découvre la mort comme une injustice. Le coronavirus dope les ventes de votre roman *La Peste*, surtout en Italie. Pour surmonter l'isolement de la Covid-19, vous devenez mon compagnon de ces jours inédits dans toute notre existence. Je relis à mon tour *La Peste* qui vous a consacré mondialement. *La Peste*, traduite en cinquante langues, c'est la remarquable métaphore de l'ensemble des menaces qui peuvent peser sur la société. Mais désormais, on n'est plus dans la métaphore. La Covid-19 fait des malades à l'isolement, de vrais pestiférés, dont beaucoup meurent privés de la présence de leurs familles.

Dans un monde absurde, il faut survivre et pour cela, il faut agir. Que pourrions-nous faire ? Créer et se plonger dans l'écriture, voilà la révélation. Je me sens l'élan de célébrer votre œuvre lumineuse et nécessaire, témoignage sur les bouleversements du XXème siècle et sur les faits qui sont encore de notre temps.

En 2020, notre existence n'était plus associée au temps qui s'écoule, mais à une sorte d'éternité, un temps figé. Il fallait se jouer de ce virus, en faire une source inspirante. Jouir réellement de l'instant pour créer en pensant que demain la vie renaîtrait et que nous sommes obligés de reconsidérer notre condition humaine. Reclus dans nos espaces, nous ne pouvons plus toucher les choses. Nous sommes devenus une espèce menacée dans notre vie, et cela nous pousse à la réflexion.

J'allais alors « m'attaquer » à vous, tout en étant très lucide de l'effroyable difficulté à laquelle j'allais m'exposer. Mon éditeur me pose un ultimatum. Je décide d'écrire pour continuer à vivre dans un monde qui est devenu un non-sens en quelques jours. On ferme tous les magasins qui ne sont pas de première nécessité, y compris les libraires, je m'enferme alors chez moi avec vous et avec *La Peste*. Qu'est-ce que je comprends ? Au fond, que nous sommes devenus des héros camusiens. Stupéfaite, je tourne les pages en prenant conscience que votre roman écrit en 1947 est un roman prémonitoire. *« On lit dans la Légende dorée qu'au temps du roi Humbert, en Lombardie, l'Italie fut ravagée d'une peste si violente qu'à peine les vivants suffisaient-ils à enterrer les morts et cette peste sévissait surtout à Rome et à Pavie. »*[4]

Votre roman au statut de dystopie prophétique va survivre à la critique, avec l'ironie d'une prédiction : on peut y voir la triste réalité du coronavirus. Je lis votre récit d'une épidémie à Oran, un médecin qui recherche un vaccin, une police qui verbalise si nécessaire. On tente de contenir cette épidémie en demandant une vigilance accrue aux habitants. Le seul moyen de s'en sortir, c'est de se tourner vers le devoir d'aimer les autres. Être solidaire, se mobiliser plus que jamais pour les plus fragiles, pour les plus vulnérables. *« Ce qu'on apprend au milieu des fléaux, c'est qu'il y a dans les hommes plus de choses à admirer que de choses à mépriser. »*[5] Un appel de votre part à la solidarité, à la fraternité, à la générosité, lesquelles vont guider des gens ordinaires dans un

---

[4] Albert CAMUS, *La Peste*, Éditions Gallimard, 1947.
[5] *Ibid*.

monde sans transcendance divine. « *Le monde n'est pas à comprendre, il est à améliorer.* »[6]

Les autorités nous ont demandé de rester chez nous et on doit se signer une autorisation de sortie pour aller dans la ville. Nous avons tout le loisir de créer. Le temps de nos jours s'est étiré. Je barbouille le papier. Je suis impatiente de ficeler mes phrases, subjuguée par l'incroyable similitude de votre roman et de notre existence soudaine de confinés. J'appelle mon éditeur, qui me somme de lui envoyer mon manuscrit au plus vite car nous sommes en 2020, année des soixante ans de votre mort. Je me suis permis aussi de déranger votre fille Catherine qui détient les clefs du temple, elle m'a répondu très vite, je dois dire, annotant quelques petites remarques dont j'ai tenu compte pour achever mon manuscrit. J'ai également connu le privilège de bénéficier d'un échange de courriels avec son assistant Alexandre Alajbegovic qui connaissait toute votre vie. Une mine d'informations pour nourrir ma création.

Le quotidien qui laisse peu de place habituellement à la création va remettre la pensée en mouvement. « *Créer, c'est vivre deux fois* »[7]. Car l'essence de la création pour vous, cher Albert Camus, n'est rien d'autre que l'exploration de notre possible et celle d'une richesse infinie : « *La diversité est le lieu de l'art.* »[8] L'artiste est parmi tous les hommes sans doute celui qui réussit

---

[6] *Ibid.*
[7] Albert CAMUS, *Le Mythe de Sisyphe*, essai sur l'absurde, Éditions Gallimard, 1942.
[8] *Ibid.*

le mieux peut-être à se maintenir face à l'absurdité du monde, assumant au mieux le désordre, en jouant et en créant à partir de celui-ci. Je vais écrire avec ferveur seize heures par jour, je n'ai pas le choix, l'éditeur a déclenché un compte à rebours. Il ne souhaite pas m'éditer en 2021 mais en 2020. Une année qui s'écrivait deux fois vingt, cela sentait la mise en quarantaine. Cher Albert Camus, ce projet d'écriture redonne du sens à mon existence de confinée. J'y reviens tous les jours, et je construis mon livre par étapes dans une réflexion constante. Écrire un livre pour vous rendre un bel hommage. Ce que nous vivions à l'échelle de la planète nous est apparu comme la plus grande absurdité avec la crainte de ne pas en sortir. En créant un livre pour vous, j'ai tenté de donner une forme à mon destin. Quand allions-nous sortir de cette existence qui consistait à tourner à rond dans notre ville fermée ?

©Ludivine Lassagne

En 2020, ma première escapade à la levée du confinement sera un voyage essentiel. Me rendre à Lourmarin, village ocre du Vaucluse. Pour vous, l'éternité, c'est Lourmarin !

Ce village bercé par la lumière et les couleurs de votre Algérie natale… et non loin, j'ai vu la mer, et derrière cette Méditerranée, votre pays.

C'est ici que vous aviez retrouvé le goût certain pour la création après des années de sécheresse intérieure. Vous saviez rester humble, vous enfant pauvre qui n'a eu de cesse de placer l'homme au cœur de votre œuvre littéraire et théâtrale. Vous n'aviez pas assisté à la fin de la guerre d'indépendance, campé sur votre position d'une Algérie qui doit rester un pays fédéral.

Les Français et les Arabes sont faits pour vivre ensemble dans l'égalité et la fraternité. Le 7 août 1958, meurtri, vous écrivez à Jean Grenier, ce professeur de philosophie si marquant dans votre chemin d'écrivain, vous êtes déchiré, vous ne ferez jamais le deuil de votre terre natale, un deuil impossible : *« Je crois comme vous qu'il est sans doute trop tard pour l'Algérie. Je ne l'écris pas dans mon livre […] parce qu'on n'écrit pas que tout est fichu. »*

© Ludivine Lassagne

Je m'émerveille devant les paysages secs de cyprès, de vignes semblables à celles de Mondovi. Je passe devant Le Château de Lourmarin et j'y entre, car une exposition inédite composée d'une vingtaine de photographies en noir et blanc issues de vos archives personnelles vous rend hommage en cette saison estivale. Je reste alors de longues minutes à observer chaque visage de vous, cher Albert Camus, vous découvrant dans l'intimité de votre jeunesse, de votre famille et de votre quotidien. Je vous vois avec votre mère, votre troupe de théâtre et votre équipe de football. Mais aussi avec votre épouse Francine, vos jumeaux Jean et Catherine.

C'est ici que vous vous promeniez tous les matins aux aurores pour profiter des paysages et pour nourrir votre création. Vous vous servez de la nature pour ne pas devenir fou, et dans le silence du Vaucluse, vous retrouvez la sève vitale à votre œuvre, rêvant de créer une grande œuvre, votre *Guerre et Paix*. Vous crevez parfois de solitude, mais c'est en crevant qu'on travaille. Homme épris de justice et de vérité, détestant les mondanités, vous êtes enterré, cher Albert Camus, sous une dalle sobre et végétalisée, en face des vagues de la mer Méditerranée et à deux pas de la tombe de l'humaniste Henri Bosco. J'y ai vu des campeurs du monde entier défiler devant votre stèle y déposant des petits mots tirés de leur sac à dos. Rue Albert Camus, j'ai contemplé la maison que vous aviez achetée avec le chèque du Nobel de l'Académie de Stockholm. René Char, votre ami de toujours vous avait donné un coup de main pour dénicher cette ancienne magnanerie. Je me suis restaurée dans votre rue, j'ai entendu des personnes parler dans votre propriété, j'ai admiré les volets verts, la pierre naturelle, les cyprès sur la terrasse. J'ai flâné dans la rue en contre-bas de celle-ci, mais je n'ai pas osé poser mon doigt sur la sonnette de la porte d'entrée, car votre fille recevait de la famille en ce mois d'août. Les visites touristiques ne sont pas autorisées.

Serviteur de la vérité et de la liberté, la culture et le savoir vous ont permis, cher Albert Camus, de surmonter votre condition. Quel message d'espoir pour les enfants nés dans un milieu que tout semble condamner ! L'école de la République peut changer une vie. On a toujours senti chez vous une volonté farouche de défendre la culture, celle à laquelle vous n'aviez pas accès dans le quartier populaire de Belcourt. *« Personne chez vous ne savait lire »*.

Plus d'un demi-siècle après votre mort, votre fille Catherine déclare que *« toutes les civilisations sont réceptives à votre œuvre »*. Cher Albert Camus, vous qui avez suscité tant de débats à votre époque, vous avez marqué la pensée moderne. Vous êtes aujourd'hui cité à travers le monde comme modèle par les défenseurs de la liberté, apparaissant comme une boussole pour notre temps si troublé. Le jour du funeste accident, la route était sèche, droite, déserte. La Facel Vega zigzague et s'encastre violemment contre un arbre. Le bolide est en miettes. Vous êtes tué sur le coup, alors que la tuberculose vous avait menacé à dix-sept ans. Parvenu au plus haut de la création littéraire, votre vie est brisée à l'âge de quarante-six ans, alors que nous attendions avec beaucoup de ferveur le développement de votre pensée littéraire. Vous étiez en pleine création encore et toujours ! Votre antidote au pessimisme et au nihilisme de la vie. Créer, c'est conférer une forme à son destin. La création littéraire sera toujours pour vous, une réponse à l'absurde. Vous étiez un écrivain en devenir, parfaitement heureux dans la lucidité. Ce jour-là, la route était déserte. Votre mort est une illustration saisissante de l'absurde. C'est le Mektoub, disent les Arabes ! C'est le destin !

Dans un monde absurde, l'être humain doit faire au mieux pour accomplir sa destinée d'Homme. *« La puissance de la raison permet à l'homme de constater qu'il est un être limité et de comprendre qu'il est trop borné pour entrevoir ce pour quoi il a été créé.* »[9]

    « *Faire son métier d'homme* » expression employée par le Docteur Rieux dans *La Peste* est une exigence de chaque jour, la solidarité et le partage sont essentiels, s'il est une chose qu'on désire bien souvent et qu'on obtient quelquefois, c'est la tendresse humaine. Tout notre royaume est de ce monde.

    Aimer la vie, ce sera aussi pour vous la prendre dans sa dimension obscure. Pour vous, elle a toujours été dénuée de sens, mais vous lui avez dit oui, la saisissant toujours comme elle se présente, c'est-à-dire belle et triste à la fois, sensuelle et rude. Vanité des questions existentielles : il nous faut pourtant vivre dans ce monde qui ne nous aime pas en retour. Nous devons être les sauveteurs de nous-mêmes, rassembler notre courage même si le combat est perdu d'avance, car la finitude est notre lot. Le seul fait d'agir et de créer dans la vie nous remplit le cœur, il faut lutter, nous révolter contre la vie et c'est ce qui confère un sens à notre existence. « *Ce monde en lui-même n'est pas raisonnable, c'est tout ce qu'on peut en dire. Mais ce qui est absurde, c'est la confrontation de cet irrationnel et ce désir éperdu de clarté, dont l'appel raisonne au plus profond de l'homme.* »[10] Notre vie, c'est de rouler la pierre. À partir du non-sens, vous nous aidez à nous extirper de cet état. Le suicide serait efficace pour supprimer la dimension absurde de

---

[9] *Ibid.*
[10] *Ibid.*

notre présence sur terre. Mais il n'est pas une solution car la vie a une valeur inestimable. La passion et la révolte seront les meilleures armes pour en combattre l'absurdité.

« Il faut imaginer Sisyphe heureux. » Vous nous avez appris, cher Albert Camus, à être heureux dans l'existence. Seul l'instant compte. Le bonheur de l'instant. Chaque jour est à vivre pleinement. Votre sujet primordial finalement a été l'amour. Réconciliateur du sens de la férocité de la vie et celui de sa beauté incommensurable.

Votre décès inopiné a été une tragédie française et planétaire. En 2009, le transfert de votre dépouille au Panthéon était souhaité par le Président de la République qui estimait que ce serait *« un symbole extraordinaire »*. Cette proposition n'a pas convaincu vos enfants, qui ont rappelé que vous étiez issu d'un milieu très pauvre et que vous n'aimiez pas forcément les grands honneurs.

Et c'est votre trajectoire que j'ai retracée dans mon livre *Albert Camus, de Belcourt au Nobel*[11], dont j'avais écrit timidement le titre sur un coin de papier jauni qui jonchait votre sépulture. Voyez-y, cher Albert Camus, le signe de ma très grande affection. Notre temps a bien

---

[11] Valérie MIRARCHI, *Albert Camus, de Belcourt au Nobel*, postfacé par Roland Quilliot, Éditions Universitaires de Dijon, 2020.

besoin de vous, de la beauté et de la sensualité de votre langue, votre souffle est exaltant pour nous, lecteurs.
Je vous embrasse, de toutes mes forces.

© Valérie Mirarchi[12]

---

[12] Docteure en philosophie de l'université de Reims et agrégée de l'université catholique de Louvain-la-Neuve, professeure dans l'enseignement secondaire de la Communauté française de Belgique. Conférencière et membre de l'association Françoise Sagan dirigée par Denis Westhoff. Jurée du Prix Littéraire Sagan, elle a publié aux Éditions Universitaires de Dijon, des portraits remarqués de Françoise Sagan, de Romain Gary, d'Albert Camus et de René Daumal.

Les insoumis

Olivier Coutier-Delgosha
(France/États-Unis)

La lumière décline déjà, même s'il est à peine plus de quatre heures. Des nuages noirs en provenance de la mer couvrent la ville, cette nuit il va pleuvoir. L'homme se présente à la grille, ses deux gorilles sur ses talons, et s'attarde pour parler aux étudiants du service d'ordre. Il leur demande de ne pas céder à la provocation, il ne faut aucune bagarre ce soir, sans cela les gendarmes interviendront et la salle sera évacuée, tout cela n'aura servi à rien. Les jeunes approuvent, ils ont compris. Plus loin sur la place, des cars de CRS attendent, face à la foule en colère qui s'est massée au pied de la statue du duc d'Orléans.

L'homme grimpe le grand escalier et pénètre dans la salle pleine à craquer. Il monte sur l'estrade, tout au fond, ôte son pardessus et s'installe derrière la table. Les spectateurs continuent d'affluer, bientôt il faut les refouler, fermer les portes, les derniers arrivés entendront les ovations depuis l'extérieur.

Ils sont mille, peut-être davantage ; des Français tout autant que des Arabes, mélangés.

Sur l'estrade, il y a des conciliabules, on regarde sa montre et l'on jette des coups d'œil par la fenêtre. Enfin le silence se fait pour écouter les quelques mots d'introduction. L'invité rassemble nerveusement son discours quand soudain la porte s'ouvre encore, un homme s'avance vers la chaise restée vide pour lui. À sa vue, le visage de l'orateur s'éclaire, il abandonne ses feuillets et se précipite vers le retardataire pour lui donner une longue accolade.

« Ferhat Abbas est venu… », murmure l'assistance qui applaudit à tout rompre.

Il fait sombre maintenant et il faut allumer une lampe sur la table pour que l'orateur puisse voir ses notes. Aussitôt, comme en réponse à un signal, des cris fusent par les fenêtres ouvertes, en provenance de la place : *« Mendès au poteau ! Camus à mort ! »*. L'homme lève la tête, il interroge son voisin.

— Qu'est-ce qu'ils disent ?

— Ils disent Mendès au poteau.

L'autre sourit, et commence à lire. *« Mesdames, Messieurs, malgré les précautions dont il a fallu entourer cette réunion, malgré les difficultés que nous avons rencontrées, je ne parlerai pas ce soir pour diviser, mais pour réunir… »*

Pendant une demi-heure, l'homme lit son texte. Il parle de l'amour d'une terre commune et de la peur de voir leur pays se briser en deux, il s'adresse à tous ceux qui ne se résignent pas au meurtre et à la haine.

Dehors les cris redoublent, de plus en plus proches bien qu'on ait fermé les fenêtres. La Marseillaise alterne avec les injures antisémites et les insultes, *« Camus ta gueule »*. L'homme continue, imperturbable, de temps en temps il essuie d'un revers de manche son front trempé de sueur car il fait une chaleur étouffante dans la salle. Sur la place, le tumulte s'intensifie encore, on pourrait croire que la foule a débordé le service d'ordre tant les cris semblent proches à présent. Tout à coup, une clameur monte, peut-être les CRS ont-ils chargé pour les éloigner des grilles.

L'orateur s'interrompt une seconde et jette un coup d'œil vers les fenêtres, puis il reprend sa lecture et l'assistance l'ovationne, provoquant une avalanche de hurlements à l'extérieur.

L'homme lit son dernier feuillet. Il a accéléré, imperceptiblement, comme s'il était pressé d'en finir. La tâche des hommes de culture et de foi est de ne pas accepter la fatalité, dit-il, elle est de refuser les bains de sang et les victimes innocentes.

— Puisque c'est là notre tâche, si obscure et ingrate qu'elle soit, nous devons l'aborder avec décision pour mériter un jour de vivre en hommes libres, c'est-à-dire comme des hommes qui refusent à la fois d'exercer et de subir la terreur.

La salle applaudit, le président de séance reprend la parole et déclare le débat ouvert ; l'homme se penche vers lui.

— Dépêche-toi, écourte si tu peux.

Dehors les premières gouttes commencent à tomber, très vite elles se transforment en une averse drue qui finit par éteindre le feu que les manifestants ont allumé sur la place.

LEILA

reposant son stylo

Voilà, emballé c'est pesé… qu'est-ce que vous en pensez ? Je n'ai pas raconté trop de bêtise, au moins ?

L'HOMME

dans l'ombre

Qu'est-ce que… où suis-je ?

LEILA

Au théâtre, ça me semble évident… j'ai pensé qu'un décor familier vous plairait. J'ai même essayé de reconstituer le théâtre Hébertot, pour être gentille. Mais je n'y ai mis les pieds qu'une seule fois, alors le résultat est sans doute un peu approximatif. Et puis ça a dû changer, depuis votre époque. Pourquoi fait-il si sombre, dans cette salle !

     Leila se lève, file en coulisse pour actionner un interrupteur ; l'avant-scène s'éclaire et le visage d'Albert Camus, tassé dans un siège, apparaît. Elle revient se poster dans la lumière, plissant les yeux pour l'apercevoir.

©Anna Alexis Michel

CAMUS

Je… pardon mademoiselle, mais je ne comprends rien. J'étais… nous étions en voiture, et puis…

LEILA

Ah oui, il faut que je vous dise : vous êtes mort.

CAMUS

froidement

C'est une plaisanterie ?

LEILA

J'ai peur que non. Votre voiture roulait trop vite, elle s'est encastrée dans un platane… vous êtes mort sur le coup.

CAMUS

Mais je ne me souviens de rien !

LEILA

Ben non, puisque vous êtes mort. Faut suivre, un peu.

CAMUS

après un temps de réflexion.

Bon, admettons. Mais dans ce cas, que faisons-nous ici, vous et moi ? Parce que je ne veux pas être contrariant, mais *(il se pince le bras)*, je me trouve bien vivant, moi !

LEILA

Ne vous emballez pas, c'est une résurrection temporaire. Vous voyez ces feuilles ? Je m'attelle à une fresque relatant l'histoire de l'Algérie, depuis la guerre d'indépendance… Le récit de votre appel à la trêve civile en 1956 m'a semblé un bon point de départ, mais je patauge un peu, j'ai besoin de vous comme consultant technique.

CAMUS

se frottant le front d'un air fatigué

Attendez, je suis perdu… est-ce que… est-ce que la guerre est finie, en Algérie ?

LEILA

Houlà, depuis un bout de temps, oui. On fête cette année les cent dix ans de votre naissance, mon pauvre ami.

CAMUS

les yeux écarquillés de stupeur

Cent dix ans ! Mais alors, Maria… Francine, les enfants, est-ce qu'ils sont… non ! Ne me dites rien, je ne veux rien savoir.

LEILA

Ça tombe bien, on n'est pas là pour papoter. Aidez-moi à écrire un livre que les éditeurs ne me refuseront pas, pour une fois, c'est tout ce que je vous demande.

CAMUS

songeur

Cent dix ans… vous parlez d'une célébration. Pourquoi ne pas fêter les cent ans de la naissance de Maria Casarès, plutôt ?

LEILA

Heu, oui, si vous y tenez.

CAMUS

Ça aurait plus d'allure, tout de même. (*Il se lève à son tour, monte sur scène et se plante devant la salle vide, dans la lumière*). Quelles ont été les réactions, à ma mort ? Est-ce que Sartre a été un peu triste ?

LEILA

Sartre, je ne sais pas. Malraux a salué votre sens de la justice, on a coupé les platanes le long des routes. Dites, ça vous dérangerait de vous intéresser un tout petit peu à mon problème ?

CAMUS

Bien sûr… une fresque sur l'Algérie. Mais… pardon, mais vous êtes un peu écrivaine, au moins ?

LEILA

J'ai publié quelques nouvelles, mais là je me lance dans une œuvre majeure. Je veux montrer le bouillonnement de toute cette jeunesse muselée par le régime. Quand je vois mon frère qui vit de petits boulots avec tous ses diplômes… quel gâchis !

CAMUS

songeur

Donc vous me faites revivre pour vous donner un coup de main… En somme, je suis l'esclave de votre bon vouloir. Si vous arrêtez d'écrire, je disparais à nouveau.

LEILA

Vous avez saisi. Bon, on s'y met ?

CAMUS

haussant les épaules

C'est absurde !

LEILA

Et alors ? L'œuvre d'art est forcément absurde, si je vous ai bien compris. Je peux poser le stylo, ou continuer, cela ne fait aucune différence, mon livre ne donnera pas davantage de logique à mon existence qu'à votre mort.

CAMUS

face à elle, les sourcils froncés

Vous ne m'avez lu qu'à moitié, j'ai l'impression. Votre livre – si tant est qu'il voit le jour – peut aussi agrandir le monde… l'absurdité même de votre démarche vous autorise à toutes les extrémités, à toutes les révoltes. Vous saisissez ?

LEILA

de retour à son pupitre, suçant son stylo

Mmh… question révolte, il y a fort à faire. Les Algériens ont eu beau protester, ils n'ont récolté pour l'instant que la répression et la censure.

CAMUS

s'approchant d'elle

L'Algérie… dites-moi au moins ce qui s'est passé. Il faut que je sache !

LEILA

Ben, il y a eu un cessez-le-feu deux ans après votre mort. L'Algérie est devenue indépendante, les Pieds-noirs ont fait leurs valises. Depuis, c'est une dictature militaire, avec en prime le code de la famille qui asservit les femmes… Ah ! Et on a eu droit aux barbus, aussi.

CAMUS
perplexe

Les barbus ?

LEILA

Des fanatiques qui font passer la charia avant tout le reste, et estiment préférable que les femmes restent illettrées. Dans les années soixante, Boumediene a fait entrer des cargaisons de Frères musulmans égyptiens pour prêcher la bonne parole dans les écoles algériennes… résultat, ils ont formé une génération d'islamistes, et vingt-cinq ans plus tard, on a eu la guerre civile. Mon père a été tué par une bombe, j'avais deux ans.

CAMUS

Ah, je comprends mieux.

LEILA
méfiante

Vous comprenez quoi ?

CAMUS
se penchant vers elle, soudain grave

Pourquoi vous m'avez convoqué. Nous avons davantage en commun qu'une terre natale : ni vous ni moi n'avons eu de père.

LEILA
secouant la tête

Bref… aucun de nos présidents n'a voulu la démocratie, et de toute façon l'armée ne l'aurait pas permis. Aujourd'hui la moitié des Algériens a moins de vingt ans, mais ils vivent dans la misère. Il n'y a pas de travail, pas d'avenir, alors ils risquent leur vie pour traverser la Méditerranée. Les opposants sont arrêtés, on ne les revoit plus… voilà l'Algérie de 2023 !

CAMUS

Donc j'avais raison, l'indépendance et la colonisation étaient deux faces de la même médaille. *(Il attrape les notes de Leila et relit certains passages)* Ce jour-là à Alger, beaucoup de mes amis avaient déjà choisi leur camp… je ne leur en veux pas. Le FLN voulait le pouvoir, par tous les moyens. Peu leur importait les morts innocents et un million de pauvres gens jetés hors de chez eux.

LEILA

Parfait, ce sera le point de départ de mon récit : ce gâchis atroce qui pourrit encore aujourd'hui les relations entre la France et l'Algérie… maintenant, laissez-moi vous montrer quelque chose. *(Elle sort son téléphone et fait une recherche sur Internet).*

CAMUS
tendant la main, intéressé

Je peux voir ?

LEILA
le repoussant

Ne touchez pas à mon iPhone, ce n'est pas de votre âge. Ah, la voilà, regardez *(Elle lui montre la photo d'une vieille dame, posant près d'une voiture hors d'âge, dans un jardin illuminé de soleil)* – Je vous présente la dernière femme.

CAMUS
surpris

C'est-à-dire ?

LEILA

Elle a quatre-vingt-treize ans, et pourrait bien être la dernière Pied-noir. Les autres sont morts, ou ils sont partis rejoindre leurs enfants en France. Vous avez raconté la destinée du premier homme, le sort terrible des colons envoyés en 1848... eh bien moi je vous montre la dernière femme. Vous voyez, le temps a passé.

CAMUS

(allume une cigarette, tout en examinant la photo)

Vous avez besoin d'elle pour votre récit ! Faites-la venir !

LEILA

Vous croyez ? Bon, d'accord. Je ne sais même pas son nom, à vrai dire.

LA VIEILLE

apparaît soudain dans un fauteuil, affolée

Qu'est-ce qui se passe ? Je suis morte ?

CAMUS

rassurant

Pas encore, ne vous en faites pas. Cette jeune fille écrit une pièce de théâtre en trois actes sur l'Algérie, vous voilà devenue l'un des personnages principaux. Dès qu'elle a terminé, vous repartez chez vous.

LA VIEILLE

J'espère bien ! Si je m'absente trop longtemps, mon voisin Rachid va s'inquiéter, tout le quartier va partir à ma recherche.

LEILA

indécise

Une pièce, vous croyez ? Je ne sais pas trop… Et puis je n'arrive pas à trouver le bon angle, je n'ai même pas décidé à qui je m'adresse.

CAMUS

En somme, vous ne savez pas ce que vous voulez écrire, et vous ne savez pas non plus dans quel but. Mon petit, on n'est pas sortis de l'auberge.

LEILA

l'examinant avec surprise

C'est drôle, aucune de vos biographies ne mentionne ce petit côté insupportable… je me demande bien ce que les femmes vous trouvaient.

LA VIEILLE

s'adressant à Leila

Il est plutôt bel homme… on dirait Albert Camus, vous ne trouvez pas ? Pauvre gars, mourir si jeune… Il avait dit de belles choses contre la violence, pendant la guerre. Dommage qu'il se soit complétement planté sur l'Algérie.

CAMUS

sidéré

Planté ? Comment ça planté ?

LA VIEILLE

haussant les épaules

Comme tous les Européens, il ne pouvait pas imaginer les Arabes maîtres de leur destin. La justice, oui, mais il fallait que l'Algérie demeure française.

CAMUS

L'Algérie aurait dû se construire avec les deux peuples, pas en chassant les Français vers un pays qu'ils n'avaient jamais vu de leur vie – ni eux, ni leurs parents, ni leurs grands-parents. L'histoire les avait placés là, cinq générations après la colonisation, ils n'y étaient pour rien. Vous savez, quand ma mère venait chez moi à Lourmarin, elle n'aimait pas… la présence des Arabes lui manquait.

LA VIEILLE
avec un petit rire

La seule chose qui les a fait partir en vérité, c'est la peur… parce que je peux en témoigner, monsieur, personne ne m'a jamais menacée après la guerre. Cette histoire de terreur, c'est de la foutaise, les Arabes n'ont même pas compris pourquoi tous ces gens s'empilaient sur les bateaux.

LEILA

Vous savez ce qui les a vraiment poussés au départ ? L'incapacité de vivre à égalité avec nous, les Arabes. Ils ne pouvaient pas rester dans un pays dirigé par les Musulmans. Même le plus misérable des Français se sentait supérieur au plus éduqué d'entre eux, alors cette idée leur était insupportable.

CAMUS
furieux

Non, c'est faux. Ils étaient mes frères, nous étions de la même misère.

LEILA

Vous, peut-être… mais l'immense majorité ne pensait pas ainsi. Bon, on tourne en rond, là. J'ai l'Algérie d'avant-hier – vous –, l'Algérie d'hier – cette charmante vieille dame –, mais il me manque l'Algérie d'aujourd'hui.

CAMUS

Eh bien, c'est vous, non ?

LEILA

se lève et marche de long en large, préoccupée

Certainement pas ! Je me suis enfuie il y a dix ans, je… vous voulez vraiment que je vous raconte ? *(Elle se rassoit et commence à écrire, fiévreusement).* Je suis venue sur un bateau… pas un de ces zodiacs qui traversent à toute allure, non… un vieux canot surchargé de bidons d'essence. Le moteur était essoufflé depuis le départ, parfois il avait des hoquets et toute le monde se retournait comme si cela pouvait le dissuader de nous lâcher. Moi, je me serrais contre mon frère Kamel pour me protéger du froid. J'avais mal au cœur, et surtout j'avais peur… peur de ce qui nous arriverait si le moteur calait pour de bon, peur de disparaître dans la nuit comme ces harragas qui avaient tenté l'aventure, et dont toute la famille avait attendu des nouvelles pendant des semaines, jusqu'à ce qu'une lettre arrive pour dire qu'ils n'en auraient pas. Au milieu de la traversée, on a croisé un autre canot, comme le nôtre, à moitié plein d'eau. Il n'y avait personne à bord, mais tout le monde a compris ce qui avait dû leur arriver. Au petit matin, quelqu'un a crié, et au loin j'ai vu la côte espagnole.

© Sandrine Mehrez-Kukurudz

Les hommes poussaient des exclamations de joie, mon frère m'a montré la ligne sombre qui s'approchait, mais j'étais déjà ailleurs. J'étais dans le bus qui nous conduirait en ville, les connaissances de connaissances qu'il faudrait appeler pour gagner la France, et puis Paris, et toutes les humiliations qui nous attendaient là-bas, les faux espoirs et les ciels gris.

CAMUS

penché par-dessus son épaule

C'est bien… c'est très bien, même ! On en fera un monologue en ouverture de l'acte II. *(Il s'assied à ses côtés)*. Vous avez fait du chemin, depuis ce jour-là.

55

LEILA
reposant son stylo

Je reste une Harraga, j'ai abandonné ma famille à sa misère. Kamel, lui, n'a pas supporté ; un jour, il est entré dans un commissariat pour qu'ils le réexpédient chez nous. Depuis, il fait des petits boulots, il vend des trucs à la sauvette dans la rue... il m'en veut d'être restée.

CAMUS
enthousiaste

Il nous faut votre frère ! Convoquez-le tout de suite, il sera l'Algérie d'aujourd'hui.

LEILA

Il ne va pas être gracieux, je vous préviens.

KAMEL
apparaît soudain sur scène, il cligne des yeux pour distinguer le visage de sa sœur.

Leila, c'est toi ? Tu... tu es revenue ? Mais, où sommes-nous ?

LEILA

Heu, non, ce n'est pas moi qui suis rentrée, c'est toi qui viens de retraverser... j'ai besoin d'aide pour écrire ma pièce. Albert Camus pense que...

KAMEL

Albert quoi ? C'est qui ce type qui te serre comme ça ?

LEILA
décontenancée

Camus... tu sais bien, le grand écrivain !

KAMEL

Connais pas. *Soudain il aperçoit le téléphone de sa sœur, et se précipite.* Putain, tu te payes un iPhone14 pendant que nous… J'y crois pas ! D'ailleurs il faut que te parle. J'ai eu mon master d'anglais, maintenant je suis prêt à partir aux States… Tu pourras m'avancer le blé, ou c'est encore trop te demander ?

LEILA

prenant Camus à témoin.

Vous voyez ? Nos généraux ont fabriqué des illettrés multilingues. Kamel, je ne t'ai pas fait venir pour m'engueuler. J'ai une pièce à écrire, et je crois que je tiens mes personnages, à présent. Il y a Camus, Madame… heu, il faut que je vous donne un nom, à vous… moi, et toi…

CAMUS

enthousiaste

C'est le début d'une troupe ma parole ! Que diriez-vous d'aller manger tous ensemble ? Et pourquoi n'irions-nous pas danser ensuite, tous les deux ?

LEILA

Albert, ne soyez pas absurde. Vous pourriez être mon arrière-grand-père.

KAMEL

Ouais, arrête de draguer ma sœur, le vieux.

CAMUS

se retournant vers la scène, déçu

Dommage… Bon, vos personnages sont là, encore faut-il trouver le souffle de la révolte… les

Algériens ont déjà payé le prix du sang pour la liberté, il faut les convaincre qu'ils y ont droit.

LEILA,

relisant ses notes, soudain inquiète

Mais l'Algérie de demain ? Il nous manque encore l'avenir !

CAMUS

L'Algérie de demain ? Mais c'est votre œuvre, ma chère. C'est cette pièce que vous êtes en train de créer, cette matière que vous modelez. C'est elle qui va soulever les foules et renverser le pouvoir. Enfin, si vous y mettez un peu d'ardeur.

Un vent chaud chargé de sable du Sahara survole le théâtre Hébertot, où trois personnes sont groupées autour d'une jeune femme qui écrit inlassablement. De temps en temps, elle demande l'avis de son frère qui lui dit qu'elle est partie depuis trop longtemps et qu'elle ne comprend rien, et d'une très vieille dame qui lui parle de l'Algérie d'avant sa naissance, et d'un homme qui la dévore des yeux et lui raconte la misère, la mer fumante sous le soleil et les rues du quartier de Belcourt un siècle plus tôt, et inlassablement la jeune femme écrit. Tout en écrivant, elle imagine l'avenir au-delà de sa chambre de bonne, son texte mis en scène à Paris puis à Alger, et la jeunesse algérienne qui s'enflamme et renverse tout, le vieux pouvoir et les interdits, pour faire enfin de leur pays une terre de liberté.

© Olivier Coutier-Delgosha[13]

---

[13] Auteur vivant à Blacksburg, en Virginie (États-Unis d'Amérique) où il est professeur à Virginia Tech. Il a publié précédemment *Le plan de vol* a changé aux Éditions Quadrature, finaliste au prix Boccace 2021.

Hommage à Albert Camus
Créer, c'est vivre deux fois

Et mes morts verront le jour
Profession de foi camusienne

Évelyne Guzy
(Belgique)

Ils sont tous là.
Frank, Catherine, Albert, Cécile, et tous les autres.
Abdel, Sylviane, Corine, Raphaël, et tous les autres.
Les présents, les passés et ceux à venir.
En moi.

Certains sont sortis tout en y restant, d'autres m'habitent encore, je couve ceux qui sont en gestation. Mes personnages, mais à quoi bon ?

À quoi bon (re)créer des vies, toutes ces vies sans existence. À quoi bon écrire, sinon à quoi bon vivre ? « *Il n'y a qu'un problème philosophique vraiment sérieux : c'est le suicide* », disait Camus. Se départir de l'absurdité de nos présences pour se perdre à jamais dans le néant ? Ou plonger ma plume dans le sang des absents ou des inexistants pour leur (re)donner un souffle ? Exprimer une douce révolte en racontant l'histoire de ceux qui, jamais, n'auraient dû disparaître ou d'autres, qui n'ont pas eu la chance de voir le jour.

Mais à la fin, nous partageons tous le même inéluctable destin. La mort nous réunit. Dès lors, quel sens donner à mon entreprise ? Aucun, et c'est bien ainsi.

Comme Sisyphe, sans cesse je pousse doucement ma pierre vers le haut de la montagne, puis elle dévale à vive allure, dois-je en désespérer ? Mes personnages m'emplissent puis m'abandonnent, j'affronte leur disparition comme celle d'êtres chers. Ils se battent, jamais ne renoncent.

« *La lutte elle-même vers les sommets suffit à remplir un cœur d'homme. Il faut imaginer Sisyphe heureux* », nous dit le grand homme.

Heureux, oui, d'un bonheur grave et laborieux.
Heureux, oui, d'un bonheur qui chérit les questions sans réponse.
Heureux, oui, d'un bonheur révolté, qui jamais ne se résout à l'injustice.
Heureux, oui, d'un bonheur qui accepte la finitude.
Heureux, oui, d'un bonheur qui porte l'amour au-delà de tout.

Chaque jour meurt une parcelle de mon être, qu'il en soit ainsi. Il reste toutes les autres, et mes personnages qui, peut-être, empliront de joie quelques êtres humains. Cela me suffit. Nous n'existons que par le lien.

J'ai vécu tant de morts. J'assume la vie.

© Évelyne Guzy[14]
Le 4 juillet 2023 – À la mémoire de Lucien Guzy

---

[14] Evelyne Guzy vit à Bruxelles. Elle est l'auteur de plusieurs ouvrages – dont *La Malédiction des Mots*, disponible sur Rencontre des auteurs francophones. *www.evelyneguzy.be*

Écrire, pour ne jamais s'arrêter

Nour Caddour

(France/Syrie)

© L'étranger – Acrylique Nour Caddour.

63

Je suis l'étranger
Qui cherche son âme dans sa propre ombre.

Je suis l'étranger
Qui se répète en permanence le même refrain liquide :
« Je suis à ma place partout
Et nulle part à la fois »,

Je suis l'étranger
Qui de cette étrangeté
A décidé d'écrire
Pour vivre de multiples fois.

Alors

L'étranger que je suis
Se camoufle dans l'haleine
Des nuits laquées de neige,
Pour ne pas respirer le chaos tectonique du monde.

L'étranger que je suis
Tricote de l'espoir
Avec les mots
Dans l'écume des fleurs,
Quand les yeux perfides nous jugent.

L'étranger que je suis
Décachette le regard bleu de la lune
À travers les vers,
Pour propager des vergers plus tolérants.

L'étranger que je suis
Éclaire les rétroviseurs du ciel
À travers les consonnes

———

Pour que chacun s'observe
Avant de blâmer son prochain.

Ne venez pas me dire que,
De cette étrangeté que je sème,
La vie n'est pas plus douce ?

Dans mes mots se couchent
Des jours de forêts
Des nuits de jasmin ;

Dans mes mots, le vide qui s'égrène
En chacun de nous
Se transforme
En coulées de roses
En pétales de vagues
En bruissements de baisers.

Alors si tout à coup
Vous me demandiez de ne plus écrire…
C'est mon âme qui s'éteindrait,
Tout comme ces milles vies
Que je me suis construit,
Ces îles qui flottent en moi
Et forment l'archipel
De mon cœur qui bat.

© Nour Caddour[15]

---

[15] Peintre, romancière et poétesse franco-syrienne, Nour CADOUR est née en 1990 en Lozère et réside à Montpellier. Son premier roman « *L'âme du luthier* » est publié chez Hello Éditions en février 2022 et son premier recueil de poèmes « *Larmes de lune* » (lauréat du prix Jacques Raphaël-Leygues de la Société des Poètes Français en 2021 et de la fondation Saint-John Perse en 2022) chez L'Appeau'Strophe Éditions en septembre 2022. Un second recueil « *Le silence pour son* » est paru en janvier 2023 aux éditions « L'échappée belle ».

Hommage à Albert Camus
Créer, c'est vivre deux fois

Hommage à Camus

Marie Le Blé
(France/États-Unis)

Lycée Saint-Paul, Vannes. Juin 1983. Bac philo-français. On nous appelle les A, ou les littéraires, peu amènes, par principe, à collectionner les bonnes notes en math. Monsieur Châtaigner, fumeur de Gauloises, entre chaque cours, endure, cette année, la punition, désespéré, derrière ses lunettes rondes, de ne pouvoir faire cesser nos bavardages et autres distractions pour nous amener aux règles élémentaires de la logique. *« Le raisonnement en mathématique, c'est très simple. Ce n'est pas parce que vous êtes des littéraires que vous ne devez pas vous y intéresser »*, nous lancera-t-il, un jour, dépité. Ses airs de baba cool sous ses cheveux bruns bouclés et son calme légendaire n'y changeront rien. Ce brillant professeur de calculs n'a cependant jamais su à quel point ses remarques désabusées m'ont aidée et encore jusqu'à aujourd'hui.

Il faut dire que notre classe de filles, d'où émergent, internat oblige, un ou deux garçons, n'a d'attention que pour la vedette des terminales. Monsieur Bernicot, notre professeur de philo. Son cartable en cuir marron fatigué toujours plaqué contre sa poitrine, sa chemise mal repassée sortant de son pantalon flottant, ses besicles de travers sur le nez, il est celui qui bondit quatre fois par semaine sur l'estrade, souvent en retard, le plus souvent happé par une discussion laissée derrière lui dans le couloir. Cet éternel bavard n'est jamais non plus à court de raisonnement. Un concurrent de taille pour notre malheureux professeur de mathématiques.

Monsieur Bernicot est celui qui, de temps en temps, faute de nounou, pose délicatement sa petite fille avec ses poupées sous le tableau de la classe avant de faire les cent pas, absorbé par ses démonstrations en levant les bras au ciel. Il est aussi celui qui peut vous dérouler de longues diatribes en gesticulant au milieu des rayons du Continent, premier gros supermarché arrivé en ville si, par chance ou malheur, son caddy vient à croiser l'un de ses élèves. Un passionné. Un original. Un érudit. Un de ces personnages inégalé qui vous reste dans un coin de la tête jusqu'à la fin de votre vie.

Est-ce sous l'influence de ce penseur drôle et agité que le soleil d'Alger m'a réchauffée autant que tourmentée depuis ma belle et pluvieuse Bretagne ? Entre l'absurdité de la vie et sa beauté qui ne connaissaient, à ses yeux, ni frontière, ni limite, aujourd'hui, je pense que oui.

Mais avant cela, la couverture du livre, déjà. Cette intrigante silhouette sombre et indistincte se fondant dans une grosse tâche rouge-orangée est celle qui m'aura certainement le plus marquée pendant mes années lycée. « *À lire en entier d'ici une semaine* ».

À l'heure qu'il est, j'hésite à m'y replonger par crainte d'abîmer mes souvenirs que je veux garder intacts. Combien de fois aurais-je ainsi évoqué cette Algérie rayonnante que décrit Albert Camus sans n'y avoir jamais mis les pieds. Je me souviens de ces longues discussions avec mon dentiste, le Docteur Rouas, lors de mes rendez-vous très matinaux en région parisienne, avant de foncer au journal. Né en Algérie, ce pied-noir, viscéralement attaché à ses racines, n'avait jamais voulu revenir sur la terre de ses ancêtres.

Instantanément, *L'Étranger* me revenait en mémoire et sans vraiment pouvoir expliquer pourquoi, je le comprenais.

C'est aussi ce voyage à Marrakech en 2009 où je me mets à évoquer spontanément ce roman de ma jeunesse avec de jeunes Algériens et un couple de Tunisiens venus se ressourcer au Maroc. Tous connaissent et apprécient Camus qui fait un peu partie de leur famille. Son nom me revient également dans les magnifiques allées du Jardin Majorelle, lieu béni de l'Oranais, Yves Saint-Laurent, aimant y puiser son inspiration.

Vient, enfin, le moment où je me décide à rouvrir le premier roman du génie algérois. A peine mes yeux posés sur sa première phrase devenue mythique, - « *Aujourd'hui, maman est morte* » - que me voici, soudain, revenue quarante ans en arrière. Depuis mon box, séparé des autres élèves par un rideau marron fade imprimé de grosses fleurs couleur crème, je me revois m'évader en autobus de mon vieil internat pour me retrouver « *à quelques kilomètres d'Alger, sur une plage resserrée entre des rochers et bordée de roseaux du côté de la terre.* »

Je suis Marie dans la vie et celle se languissant dans l'eau tiède du soleil de quatre heures, jouant à « *boire à la crête des vagues* » pour « *accumuler dans sa bouche toute l'écume et se mettre ensuite sur le dos pour la projeter contre le ciel.* » J'aime ces moments de prélassement amoureux, sous le soleil, réchauffant les corps de Meursault et de sa radieuse dactylo dont je devine les rires amusés. J'en oublierais presque le manque d'intérêt qu'il porte à l'épouser.

Une fois la nuit tombée, la solitude de l'internat me transporte sous le ciel cuisant d'Alger, dessinant, dans un froid glaçant, l'antinomie des situations, entre misère des sentiments et semblant d'attachement. Dans le feu caressant de l'été, je me projette de nouveau, entre peine et curiosité, au sein des murs blancs de l'asile de Marengo où j'observe de près M. Perez, l'infirmière, le directeur et le curé marchant derrière le cercueil de Madame Meursault, les visages dégoulinant de sueur.

Avec le temps et le recul, je constate que l'Absurde, dont Camus a fait son credo et secoué tant les esprits, ne peut trouver meilleur écho en moi. Par la distance qu'il s'impose avec sa propre mère, la mienne, celle dont j'ai aujourd'hui la charge et dont la mémoire voyage, ne peut réveiller plus grand dévouement et amour chez moi. Mission accomplie. Mon pôle d'attractivité a rejoint le sien autour d'un lieu commun, les creux et les bosses de la vie, moi, Marie, m'accrochant à l'espoir et *L'Étranger*, à sa totale désillusion.

©Anna Alexis Michel

Quatre décennies plus tard, l'âge, aussi, sans doute, le récit du journaliste et Prix Nobel de Littérature me parle avec bien plus de profondeur et de pureté. Dans ce monde devenu fou, j'arrive à m'échapper, comme le chien battu de Salamano, qui profite de l'inattention de son maudit maître pour s'enfuir de la fête foraine au Champ de Manœuvre, où, drôle de coup du sort, celui-ci s'est arrêté pour regarder « *le Roi de l'Évasion* ». Le collier était trop grand.

Malgré la lourdeur de la tâche qui m'incombe vis-à-vis de ma mère, je dois à Camus d'avoir encore dix-huit ans. Pendant les heures sombres de notre Histoire depuis qu'il a couché ses premières lignes, la rencontre de Meursault avec Raymond Sintès autour d'une assiette de boudins, masque, à mes yeux, avec peine son désintérêt apparent pour l'espèce humaine devant les larmes du vieux Salamano qui prie, la nuit, pour que son chien lui revienne. *« Et ce bizarre petit bruit qui a traversé la cloison »*, lui rappelle sa mère. Se détacher au risque de subir pour ne pas mentir, rater tous ses rendez-vous avec la vie jusqu'à cette entrevue fatale avec ce « *même soleil que le jour où j'avais enterré maman… »* Je me rappelle, comme si c'était hier, d'avoir extrait cette petite phrase de ma première lecture sur mon cahier d'analyse de textes, me disant qu'elle me serait d'un précieux secours au moment des épreuves du bac. Aujourd'hui, j'hésiterais, entre « *Et c'était comme quatre coups brefs que je frappais sur la porte du malheur* » et « *C'était d'ailleurs une idée de maman, et elle le répétait souvent, qu'on finissait par s'habituer à tout.* »

À cette seconde, en effet, où tout bascule. Quand le cauchemar, qui nous réveille en nage, devient réalité. Un pas regretté vers « l'Arabe » dont on ne connaîtra jamais le nom, qui devient, sur l'instant et sans raison, son pire ennemi. La lame de son couteau qui scintille sous le soleil lourd et aveuglant. La peur et la tension s'installant dans chaque camp. Et, ces gouttes de sueur, toujours. Puis, dans un face-à-face incompréhensible, une balle, suivie de quatre autres tirées à bout portant. Ce drame me saisit d'effroi. Avais-je pris conscience à l'époque de l'absurdité de la situation ? Je vois soudain un mur se dresser entre Meursault et le reste du monde, bien au-delà des frontières de sa prison.

Une prison dont il parvient presque à s'évader par l'étude, par le menu, de son existence matérielle mais aussi en devenant spectateur de son propre procès dans le box des accusés. *« Et même dans un sens, cela m'intéressait de voir un procès. Je n'en avais jamais eu l'occasion dans ma vie… »* En 1983, la peine de mort est abolie en France et Meursault, sur le sol algérien, quarante ans plus tôt, ne se considère pas comme un criminel. Il ne voit d'ailleurs pas grande différence entre le *« ridicule »* et le *« crime. »* Le simple fruit du *« hasard »*, mis en avant à la barre des témoins par Raymond, le souteneur, pour expliquer le geste de son *« copain »*, aura pour seul effet de déclencher les foudres du procureur qui pointera du doigt *« un monstre moral »*, pour la première fois de sa vie, au bord des larmes. *« Le même homme qui au lendemain de la mort de sa mère se livrait à la débauche la plus honteuse a tué pour des raisons futiles et pour liquider une affaire de mœurs inqualifiable. »* Le défilé de Masson, Céleste, Salamano et Marie n'y changera rien. Pire. *« Oui, s'est-il écrié avec force, j'accuse cet homme d'avoir enterré une mère avec un cœur de criminel. »* Cette phrase choc était curieusement sortie de ma mémoire. Trop dure à entendre, peut-être. Mon rêve de devenir journaliste depuis que j'ai huit ans ne s'est pas encore réalisé. En rouvrant le chef-d'œuvre de l'ancien rédacteur en chef de Combat, je me vois devant l'accusé muet et absent dont l'avocat général « *demande la tête, le cœur léger…* ». Le verdict tombe, aussi sec et rapide que le couperet de la guillotine. Le président vient de lui dire « *dans une forme bizarre qu'il aurait la tête tranchée au nom du peuple français.* »

Meursault, l'indifférent, se disant ignoré dans ce tumulte judiciaire, parvient, pour sa propre défense, à déclencher les rires du public dans la salle d'assises en osant avancer qu'il a tué « *à cause du soleil.* » « *L'honnête homme, travailleur infatigable* » et « *fils modèle* » décrit par son avocat au bord de l'épuisement, après introspection en règle de son « *âme* » n'aura rien changé au sort de celui qui serait « *exécuté pour n'avoir pas pleuré à l'enterrement de sa mère.* »

Du fond de sa cellule, recroquevillé de froid sous sa couverture, Meursault refait les lois en claquant des dents, car « *l'essentiel était de donner une chance au condamné.* »

Je constate que ma mémoire de lycéenne m'a joué quelques tours face à ce bras de fer engagé sous les ventilateurs de cette Cour d'assises enflammée. Aurais-je été moi-même dans le déni ou s'agissait-il d'un simple manque de maturité devant la violence d'un tel verdict? Seule certitude. À l'heure où je lis ces lignes, je suis bouleversée. Camus, le philosophe et résistant, écoute battre son cœur dans la France occupée, ne pouvant « *imaginer que ce bruit qui l'accompagnait depuis si longtemps pût jamais cesser.* » La description de la mécanique du couperet qui tue « *discrètement, avec un peu de honte et beaucoup de précision* » me glace les sangs. Je perçois mal le fait que son récit ait pu laisser transparaître autant d'individualisme et de manque de sensibilité hormis celle regardant sa propre personne. Il s'en indignera lui-même devant l'horreur des camps de concentration.

Une question aussi m'interpelle. Et si, ce procès jugé si ordinaire n'avait pas précédé celui de ce parricide très attendu par la presse ? En tant que journaliste, longtemps dédiée aux faits divers, je ne peux m'empêcher d'imaginer que l'histoire aurait peut-être été tout autre si la mobilisation médiatique, même à l'époque, avait été moindre. C'est aussi, qui sait, une manière de me rassurer devant la crédulité angoissante et tellement désarmante du désigné coupable au-delà même de la gravité des faits.

Devant ma propre foi, c'est peut-être, également, une manière détournée de calmer ma colère devant l'insistance quasi fanatique de l'aumônier, venu porter un ultime secours au condamné.

« *Maman disait souvent qu'on n'est jamais tout à fait malheureux* », se rappelle Meursault en comptant les heures du fond de sa prison avant de se rendre à l'évidence. « *Mais tout le monde sait que la vie ne vaut pas la peine d'être vécue.* » Il vient, ni plus, ni moins, que de rejeter son pourvoi. Parvenu à faire la paix en lui-même et comme libéré après sa confrontation explosive avec le représentant de Dieu, Meursault se remet à penser à sa mère. « *Personne, personne n'avait le droit de pleurer sur elle. Et moi aussi, je suis prêt à tout revivre.* »

L'Étranger m'a gratifiée d'une bonne note avant de devenir, sans le vouloir, un fidèle compagnon de route.

Aujourd'hui, je ne veux, ni penser, ni imaginer ma mère disparue, mais si mes souvenirs de lycée consentent, un jour, à me lâcher, j'aimerais tant, enfin, pouvoir contempler Alger, celle « *des odeurs d'été, le quartier que j'aimais, un certain ciel du soir, le rire et les robes de Marie.* »

© Marie Le Blé[16]

---

[16] Née en Bretagne, Marie Le Blé est une journaliste et photographe installée à New York depuis 2013. Diplômée d'IPJ-Paris-Dauphine, elle travaille pour l'agence de presse photo américaine Zuma. Elle est aussi l'auteure de *New York Apocalypse*, paru chez Blacklephant.

Les derniers soleils de Meursault

Mona Azzam

(France)

C'est alors que tout a vacillé. La mer a charrié un souffle épais et ardent. Il m'a semblé que le ciel s'ouvrait sur toute son étendue pour laisser pleuvoir du feu.

Jour 1

Aujourd'hui, je vais mourir. Ou peut-être demain. Je ne sais pas. Quand on est condamné à mort, aujourd'hui, demain sont des temps creux. Absurdes. Absurde est cette attente du couperet, de cette guillotine qui s'en viendra mettre fin au Temps.
À l'attente. Et à la vie.

Je ne compte plus les jours. J'ai cessé de les compter depuis la dernière visite de l'homme d'église qui n'a pas réussi à me pousser vers les voies de la rédemption.

Le pardon. Voilà ce qu'il s'est échiné à tenter de m'obtenir. Qu'ai-je à faire de ce pardon ? Quelle faute, quel crime abject ai-je commis ? Moi-même, je ne sais plus vraiment. Est-ce pour mon attitude lors des obsèques de ma mère ? Est-ce pour avoir criblé de balles le corps de l'Arabe ? Le juge lui-même qui a prononcé ma condamnation à mort ne le sait pas. Alors moi, encore moins.

Depuis, j'attends l'aube. Je sais qu'ils se manifestent à l'aube. Eux. Ceux qui ont pour mission de me mener jusqu'à la guillotine.

Eux. Des Arabes pour la plupart, peut-être. Tout comme la majorité des détenus. J'imagine leur haine. J'ai tué l'un des leurs. Leur haine à mon égard n'est que justifiée. Amplement. Leur haine est aussi féroce que celle du procureur. Mais elle est justifiée. Celle du procureur est absurde. Cet homme me hait pour ma non-religion. Et pour ma mère. Que je n'ai pas enterrée comme l'exigent les convenances.

Pourtant, quand j'y pense, ce n'est pas vraiment de ma faute si j'ai tué l'Arabe. De ce crime-là, je ne suis pas vraiment responsable. Je me suis retrouvé sur cette plage non loin d'Alger. *Le jour, déjà tout plein de soleil, m'a frappé comme une gifle.* Je ne suis pas vraiment responsable. S'il n'y avait pas eu le soleil brûlant, aveuglant, je n'aurais pas tué un inconnu. Oui, un inconnu. Dont j'ignore le nom.

Tout ce que je sais, c'est qu'il est Arabe. Il aurait pu être Français. Je l'aurais supprimé aussi, sous ce soleil propice au meurtre. Suis-je responsable de la brûlure du soleil ? De cet éblouissement ?

Si j'avais été ailleurs que sur cette plage, peut-être que, l'Arabe, je ne l'aurais pas tué. Et je ne serais pas ici enfermé dans cette cellule, à attendre l'aube. Une aube qui semble ne vouloir jamais pointer son nez. L'aube de la délivrance.

Quant à ma mère… sur la plage, maintenant que j'y songe, *c'était le même soleil que le jour où j'avais enterré maman…*

Tout me ramène au soleil. Tout est lié au soleil. Le soleil, c'est un hasard. C'est lui qu'ils auraient dû incriminer. C'est lui le seul et unique coupable.

Au lieu de cela, c'est moi le coupable. Doublement coupable. Coupable d'avoir tiré à quatre reprises sur un corps allongé sur le sable. Coupable d'avoir fumé et bu du café au lait lors de la veillée mortuaire de Maman. Et, fait encore plus grave, je suis coupable de ne pas avoir observé de deuil.

Je suis aussi coupable de m'être laissé aller à des relations sexuelles avec Marie, le jour de l'enterrement de ma mère. Marie que je n'épouserai pas. J'étais prêt à le faire parce qu'elle le voulait. Ce n'était pas mon choix. Que fait-elle à présent ? Est-ce vraiment important de le savoir ? Sa vie après moi ne me concerne plus. Elle en épousera un autre. Ou pas. Peut-être qu'elle en épousera un autre. Curieusement, cette idée ne me perturbe pas.

Dans les premiers jours, les premières semaines qui ont suivi mon incarcération, j'ai connu le manque, pourtant. Le manque naissant du désir impossible à assouvir. Le manque dû au tabac aussi. Rien que d'imaginer sa peau chaude contre la mienne, ou une cigarette allumée coincée entre mes lèvres, je m'enfonçais dans les affres du manque.

Et puis le sevrage. Obligatoire. Implacable. Les seins de Marie dressés, un fruit défendu. Défendu aussi le tabac. Me voilà au royaume du défendu. Et je ne me suis pas défendu. Certes, mon avocat s'est chargé de ma défense. Et moi, pour me défendre, je n'avais qu'un seul argument. Le hasard. Mais le juge, il n'a pas cru au hasard. Il s'en est tenu aux faits. Accablants.

Un homme assassiné froidement, selon toute vraisemblance. Chaudement conviendrait mieux. Et une mère enterrée par son propre fils, son fils unique, dans l'indifférence totale. Le hasard, balayé. Réfuté par le juge.

Et puis, le soleil. Je me souviens que *les débats se sont ouverts avec au-dehors, tout le plein du soleil* (…) *Malgré les stores. Le soleil s'infiltrait par endroits et l'air était étouffant.* Dans la fournaise de la salle d'audience, tout était joué d'avance.

Le hasard et le soleil, deux facteurs réels qui auraient dû me faire bénéficier des circonstances atténuantes. Mais non.

Tout était joué d'avance. Dès l'instant où maman est morte. Si elle avait survécu, si le hasard n'avait pas décidé de sa mort, tout aurait été différent. J'ai fini par le comprendre.

Dans notre société, tout homme qui ne pleure pas à l'enterrement de sa mère risque d'être condamné à mort.

Aurais-je dû pleurer ? Aurais-je dû faire semblant de pleurer ? *Aurais-je pu pleurer ?* Je ne sais pas. Si j'avais versé des larmes ce jour-là, aurais-je été épargné ? Innocenté ?

Pourtant un homme est mort. Qu'il soit Arabe ou pas, il est mort. Et je l'ai tué. Par hasard. Parce qu'un revolver s'est trouvé en ma possession par hasard. En me levant le matin, je n'avais pas prévu de lui ôter la vie. Pourtant je l'ai fait. Par hasard. Raymond aussi l'a affirmé devant le juge. Il a dit pour ma défense, que *ma présence sur la plage était le résultat d'un hasard.* Je n'avais pas prévu de tuer l'Arabe.

Il est mort. Triste concours de circonstances. De ce crime, je suis coupable. Pour ce crime seul, je dois être puni. Alors la sanction par la guillotine, je l'aurais acceptée peut-être. Elle m'aurait semblé logique. Même si la guillotine est un crime en réponse à un autre crime. Mais… la guillotine pour ne pas avoir pleuré maman, c'est absurde. Effroyablement absurde.

Aujourd'hui je vais mourir. Ou peut-être demain, je ne sais pas. J'ai refusé la visite de l'aumônier. Marie n'est pas autorisée à me rendre visite. Au regard de notre société, nous ne sommes pas mariés. Elle n'a donc aucune existence légale. Notre rencontre, aux yeux de la loi est illégale. Illégitime.

Le gardien en chef avec qui je me suis lié d'amitié m'a demandé si j'avais une dernière volonté. J'ai demandé du papier. Et un stylo. Il m'a regardé comme si j'étais fou. Il ignore l'importance capitale, pour un condamné à mort, de disposer d'un stylo et de papier.

L'aumônier n'aura pas obtenu mes confessions. Le papier les aura. J'ignore qui les lira après mon exécution. Ou si même elles seront lues. Pourtant j'écris. J'écris avec *les pensées d'un prisonnier, —ce que je suis devenu—un prisonnier condamné parce qu'il est coupable d'avoir enterré sa mère avec un cœur de criminel.*

Ceci est la confession de Meursault, l'homme qui ne meurt sot. L'homme qui sur une plage, s'est trouvé par hasard en possession d'un revolver. Je suis Meursault, victime de la brûlure du soleil. J'ai croisé par hasard, allongé sur le sable, un homme.

Alors j'ai tiré quatre fois sur un corps inerte où les balles s'enfonçaient sans qu'il y parût. Et c'est comme quatre coups brefs que je frappais sur la porte du malheur.

***

J'ai secoué la sueur et le soleil. J'ai compris que j'avais détruit l'équilibre du jour, le silence exceptionnel d'une plage où j'avais été heureux.

Jour 2

Heureux. Je l'ai sans doute été. Peut-être. Je ne sais pas.

Je crois que je ne me suis jamais appesanti sur la notion du bonheur. Ce questionnement n'a jamais été mien. Je me suis contenté d'avancer. Comme tout le monde je crois. J'agissais par habitude. Maman était à l'asile pour vieillards à Marengo. Je n'allais pas souvent lui rendre visite. Et, les rares dimanches où je prenais le bus pour y aller, c'était plus par obligation, par habitude, que par envie. Je ne m'y attardais guère non plus, pressé de retrouver mon quartier de Belcourt, mon appartement où je m'installais à la terrasse, à fumer et observer les passants ou parfois à aller au café pour faire passer le temps. Par habitude.

Heureux, moi ? Je ne sais pas. Je ne m'y suis pas attardé, à cette notion de bonheur. Je poursuivais ma vie et j'avais comme une conviction naturelle : *on ne changeait jamais de vie* (…) *en tout cas toutes se valaient* (…) *et la mienne ne me déplaisait pas du tout.*

J'avais mon travail. D'aucuns diront, une routine. D'autres iront jusqu'à affirmer que j'étais dépourvu d'ambition. Moi, cela me convenait. C'est l'occasion qui s'est présentée à moi. Je m'en suis saisi. Tout simplement. Sans chercher à demander mon reste. Le travail, une habitude comme tant d'autres.

Quant au bonheur… Il y avait Marie. Cela aurait pu être une autre. J'étais bien en sa compagnie. Était-ce du bonheur ? Je ne sais pas. Et puis, qu'est-ce que le bonheur au fond ? Maintenant que je suis enfermé dans cette prison qui surplombe les hauteurs d'Alger, peut-être que pour tromper le temps de l'attente, peut-être qu'en attendant mon exécution, je pourrais y réfléchir, à ce bonheur qui obsède tout le monde jusqu'à devenir parfois une torture.

Après tout, qu'ai-je d'autre à faire ? Réfléchir au bonheur ou à autre chose. Faire passer le temps de l'attente.

Le bonheur, c'est un vent chaud qui souffle au cœur de l'été, apposant sur le corps dénudé des caresses aussi douces que celles d'une femme. C'est un cri de jouissance qui fait s'éclater souverainement le temps. Un cri hors du temps. En ce temps hors du temps d'un plongeon dans l'eau vivifiante de la Méditerranée. Le bonheur… L'on passe son existence d'homme à lui courir après quand des mômes qui s'adonnent à une partie de football savent qu'il est là, juste à portée de main. Il suffit de prendre son élan, de cadrer et le ballon va se loger dans les cages. Le bonheur est dans les cages. Hourra !

En cet instant précis, oublié au milieu de ma cage terne, si l'on me demandait de définir le bonheur, je dirais, redevenir un gamin qui joue au football dans l'insouciance des ruelles de la Kasbah. Ou sur une plage d'Alger.

Pourquoi j'ai tué l'Arabe ? J'ai dit que c'était le hasard.
Je ne sais pas pourquoi j'ai dit ça. Faut-il toujours tout expliquer ? Ils voulaient une réponse. Comme tout le monde. Comme pour tout. J'ai répondu au hasard *que c'était le hasard.* Je ne les ai pas convaincus. Ils ne voulaient pas être convaincus au fond. Et je crois que ma réponse n'a fait que les arranger. Ils se sont arrangés avec.

Quand j'y pense (et je ne fais qu'y penser) le *pourquoi j'ai tué l'Arabe* n'appelle pas "de parce que". Le crime est sans appel. J'ai tué l'Arabe. Je l'ai privé de sa vie. Il a fallu que ce soit lui. Par le plus grand des hasards. Cela aurait pu être un autre. Et si ça avait été un autre que l'Arabe, la condamnation aurait-elle été la même ? Est-ce parce que c'est l'Arabe que j'ai tué ? Un Français qui vole la vie d'un Arabe, ça ne pardonne pas. Quand bien même, français, je ne le suis pas tout à fait.

Je suis français parce qu'il en a été décidé ainsi, à ma naissance. Avant même ma naissance. Dès cet instant hors du temps où la semence de mon paternel est allée se nicher dans les entrailles de ma mère. Semence française. Qui ne fait pas de moi un Français.

Les nationalités, ce ne sont que des étiquettes à coller systématiquement à des êtres. De manière aléatoire. J'ai hérité de cette étiquette par hasard. Si la semence qui m'a fait être avait été autre que française, j'aurais été autre. Mais les si…

Pourtant je suis autre. Je suis de cette terre d'Afrique arabe, berbère et kabyle. Je suis le fils de cette mer d'Alger tout comme ma victime.

Et c'est là que repose l'erreur de mes juges. C'est là qu'ils se sont fourvoyés. Je n'ai pas tiré sur l'Arabe parce que je suis Français. Si j'ai commis cet acte sordide, c'est à cause du soleil. *Il se brisait en mille morceaux sur le sable et la mer. Et quand Raymond m'a donné son revolver, le soleil a glissé dessus.*

S'il n'y avait pas eu le soleil, le crime, mon crime n'aurait pas eu lieu. L'Arabe serait encore vivant. Et à cette heure, je serais sur la plage. Ou dans mon bureau, à compulser sans envie maints et maints dossiers. Ou dans un lit avec Marie. À faire l'amour sans soucis. À caresser ses courbes dans la fraîcheur du petit jour. Ou à la pointe du jour, à tirer voluptueusement sur une cigarette.

La porte de ma cellule s'ouvre brusquement. Je sursaute brusquement.

Toquer à la porte avant de violer l'intimité d'un homme, ça ne leur vient pas à l'esprit, à mes geôliers. Un prisonnier n'a pas droit à une quelconque intimité. Entre les barreaux de sa cellule, il devient comme indigne de respect.

Est-ce déjà l'heure de mon exécution ?

L'un des gardes fait irruption dans la pièce.

À contre-jour, je ne discerne pas ses traits. À grand pas, je l'aperçois qui s'avance vers moi, dépose un plateau en aluminium sur la petite table bancale accolée au mur qui naguère était sans doute blanc. Et que les années ont entaché. Sans me dire un mot, il ressort aussi brusquement qu'il est venu. Sans me dire un mot. Il ne m'a même pas accordé un regard, je crois. Les criminels ne méritent pas un regard. Encore moins un condamné à mort.

J'ignore pourquoi mais en cet instant précis, c'est à l'asile de vieillards que je pense soudain. Marengo, où ma mère a vécu. Jusqu'à ses derniers jours. L'asile où elle est morte. Là même où je me suis rendu pour la dernière fois.

Marengo. Elle y est morte.

À son enterrement, je n'ai pas pleuré. Ni même lors de la veillée funèbre. Je n'ai pas pleuré. Devant le corps inanimé de ma mère, je n'ai pas pleuré. Devant son visage devenu rigide comme coulé dans de la cire, je n'ai pas pleuré. Je crois même que je me suis endormi, dans cette chaise inconfortable. J'ai fumé. Je n'ai pas pleuré. J'ai bu du café au lait. Et je n'ai pas pleuré.

Le voici mon crime véritable. C'est le jour où maman est morte que je suis devenu un criminel.

Je suis condamné à mort. Non parce que j'ai tué un homme, un Arabe. Je suis condamné à mort parce que j'ai enfreint la règle suprême. Je n'ai pas pleuré alors que ma mère était décédée. Je me suis comporté de manière différente des autres. Je me suis comporté comme un étranger. Étranger à ma mère. Un paria, un marginal que la société ne peut que condamner à mort. Parce qu'il est différent des autres. Et qu'il a osé montrer sa différence. Quand tout le monde s'attend à ce qu'il soit semblable aux autres, il ose afficher sa différence.

Ne pas pleurer à la mort de sa mère, c'est certainement le crime le plus abject qu'un homme puisse commettre au regard de la société. Crime impardonnable. Crime passible de la plus haute des sentences : l'exécution à mort.

Tu pleureras la mort de ta mère. Tel est le onzième commandement décrété par la société civile. Et donc de la justice.

Reclus entre les barreaux de cette cellule en attente du bon vouloir du bourreau, je m'attarde sur cet événement – ou non-événement – qu'est la mort de maman. Aurais-je dû me forcer à verser des larmes qu'elle aurait été dans l'impossibilité de voir ? Un fils doit-il faire preuve de chagrin lors du décès de sa mère ? Se doit-t-il de s'adonner à une mise en scène attendue par les spectateurs ? Et si les larmes ne viennent pas ?

Et si, face à la mort de sa mère, un homme restait pudique, se refusant à se donner en spectacle ? Que n'ont-ils envisagé cette hypothèse, mes juges !

Je me souviens de ce jour où elle est morte, Maman. De mon trajet en car jusqu'à l'asile de Marengo. De la chaleur étouffante. De la chaleur accablante que j'ai ressentie à l'instant où on m'a conduit jusqu'à la pièce obscure où son cadavre reposait. De tous ces vieillards autour d'elle. Édentés. Contemplateurs passifs de ce qu'il restait d'elle. Un corps sans vie. Maman qui n'est plus maman depuis que la vie l'a quittée. Maman qui n'était plus maman depuis son placement à l'asile. Que je ne voyais plus qu'épisodiquement. Par obligation ? Par envie ? Par commodité ? Je ne sais plus. Je ne sais plus pourquoi certains dimanches, j'entreprenais ces visites à l'asile. Je ne sais plus pourquoi elle avait fini à l'asile. Parce que je ne pouvais plus m'occuper d'elle ou parce que je ne le voulais plus ? Je ne sais plus.

Et puis, est-ce vraiment important ? Elle est morte. Et moi j'attends la mort. Parce qu'il a été décidé que je devais être mis à mort. Parce que j'ai donné la mort à un homme, l'Arabe ainsi qu'ils le surnomment. Et parce que je n'ai pas été affecté par la mort de ma propre mère.

Je souris tristement. Par moments, je m'interroge. *Que fais-je ici, à quoi riment ces gestes, ces sourires ? Et le monde n'est plus qu'un paysage inconnu où mon cœur ne trouve plus d'appuis. Étranger, qui peut savoir ce que ce mot veut dire.*

Je souris tristement.

Étranger, je le suis peut-être. Je le suis sans doute depuis la mort de maman. Ou bien avant peut-être.

La mort. Je me souviens du chien de mon voisin, le vieux Salamano. Un jour, il a disparu. Mort, je crois. Je me souviens du chagrin de Salamano. De sa solitude pesante depuis qu'il était devenu orphelin de son chien. Il se traînait sans but et sans envie. Comme quelqu'un qui n'attend plus rien de la vie si ce n'est la mort. Je ne me suis pas senti orphelin après la mort de Maman. Je n'ai pas été accablé par cette perte. J'ai continué à vivre comme je l'avais fait, avant. À vivre sans me poser de questions.

Et j'ai retrouvé Marie. Le jour de l'enterrement de ma mère, j'ai retrouvé Marie. Nous avons fait l'amour. Parce que la vie continuait. Maman n'était plus. Marie était.

***

À chaque épée de lumière jaillie du sable, d'un coquillage blanchi ou d'un débris de verre, mes mâchoires se crispaient. J'ai marché longtemps.

Jour 3

C'est peut-être aujourd'hui que je vais mourir. Ou alors demain.

L'aumônier est venu me voir à l'aube. Un signe sans doute. J'ai refusé de me signer. Et encore moins de me confesser. L'homme de Dieu revêtu de sa soutane a voulu me "vendre" un accès à l'au-delà, une clé pour ouvrir la porte des cieux. Et tandis qu'il me servait une homélie faite de repentirs, de chemin de croix et de pardon divin, j'ai entrevu *la porte du malheur*. J'ai vécu de nouveau cet instant a-temporel là-bas, sur la plage écrasée par le soleil. *J'ai tiré quatre fois sur un corps inerte où les balles s'enfonçaient sans qu'il y parût.*

L'aumônier parlait encore. Sa voix basse était presque un chuchotis inaudible, rendu inaudible par le bruit assourdissant des balles. Un moment, je l'ai entendu m'apostropher en me disant "mon fils". C'est alors que ma colère a surgi. Et que je l'ai déversée sur lui avec violence. Je ne me souviens plus des mots que j'ai employés, mais je sais qu'ils devaient être aussi assassins que des balles. Au nom de quoi s'était-il permis ce "mon fils" ? Il n'était pas mon père. Pas que je sache. Quant aux voies de son Seigneur, je n'ai à aucun moment tenté d'y accéder par le passé. Ce n'est pas aujourd'hui, parce que je vais mourir que je vais, par dépit, tenter de le faire.

L'aumônier, face à ma colère, s'est empressé de quitter les lieux. C'est à croire qu'il venait d'entrevoir le diable en personne. Et que la protection divine ne lui serait d'aucun secours.

C'est avec un soulagement réel que je l'ai vu partir. Mais depuis, je suis en colère. J'ignorais en être capable un jour. Cela me ressemble si peu, moi qui suis étranger à tout.

Lors du verdict dans la salle du tribunal, je n'ai pas le souvenir d'avoir réagi. Au terme de onze mois d'instruction, je crois que j'étais presque soulagé que cela se termine enfin. Les interrogatoires, les mêmes questions, les mêmes réponses. C'était à la fin du mois de juin, si ma mémoire est bonne.

Il faisait chaud dans la salle de la cour d'assises. Et pendant qu'on débattait de moi comme si je n'existais pas, cette *bizarre impression que j'avais d'être de trop, un peu comme un intrus,* m'étouffait autant que le soleil qui malgré *les stores (…) s'infiltrait par endroits.*

Quand le procureur a dit *j'accuse cet homme d'avoir enterré sa mère avec un cœur de criminel,* je n'ai pas réagi. Je n'ai pas ressenti de colère. J'ai songé que *même sur un banc d'accusé, il est toujours intéressant d'entendre parler de soi.*

Je me souviens de l'attente du verdict. Presque une heure d'attente. Une heure pour décider de la vie ou de la mort d'un être humain. D'aucuns trouveront que c'est trop, une heure. D'autres que c'est peu. Moi je ne pensais pas. J'attendais et je n'avais qu'une hâte, *c'est qu'on en finisse et que je retrouve ma cellule avec le sommeil.*

Et puis voilà que je découvre que je suis capable d'être en colère. À cause de l'aumônier. D'une colère qui jusque-là m'était inconnue. Il a suffi de quelques mots.

Mon fils, a dit l'aumônier. *N'avez-vous donc aucun espoir et vivez-vous dans la pensée que vous allez mourir tout entier ? Oui, ai-je répondu.* Comme si l'on pouvait mourir en partie. Moi, je ne connais qu'une seule mort. Tout s'arrête. Une fois que la guillotine a œuvré. La vie s'arrête. La mort s'en suit. Celle d'un être humain. Mort. Totalement. Irrémédiablement.

À présent il fait nuit. Je suis seul de nouveau. J'attends l'exécution. Mon exécution. Je suis seul avec ma colère. Inédite. Et je me sens, comment dire, autre. Un étranger autre. *Comme si cette grande colère m'avait purgé du mal, vidé d'espoir, devant cette nuit chargée de signes et d'étoiles, je m'ouvrais pour la première fois à la tendre indifférence du monde.*

Au loin, il me semblait pour la première fois entendre les rumeurs de la mer rugir comme une peine capitale. Ou peut- être contre la peine capitale. Quand le verdict a été prononcé, je n'ai pas réagi. J'ai eu une pensée pour ma victime. L'Arabe. Ou plutôt la victime du hasard. J'ai pensé que par ce verdict, nous étions lui et moi, devenus égaux. Parce que la mort, nous l'avions désormais en partage. Comme à lui, la vie me sera ôtée. Le juge en a décidé ainsi. La justice humaine est parfois sans appel. Le plus étrange, c'est que je ne ressens aucune rancœur. Mon bourreau, quand il surgira devant moi, je crois que je ne lui en voudrai pas. Après tout, il ne fait qu'exécuter sa tâche. Comme dans toute profession. Fait-on des études pour devenir bourreau ? Faut-il des diplômes pour accéder à ce rang ?

Je ne peux pourtant m'empêcher de songer à son quotidien. À quoi pense-t-il au moment où il lui faut exécuter une peine ? Que ressent-il ? Demeure-t-il impassible ou se contente-t-il d'exécuter son prochain entièrement concentré sur le mécanisme des gestes ? Bourreau. Un drôle de métier. Gagner sa vie en mettant fin à celle d'autrui. Ce n'est pas à la portée de tout le monde.

Je l'imagine, sa journée achevée, rentrant chez lui, se nourrissant, buvant, faisant l'amour aussi peut-être, comme si de rien n'était. Comme s'il n'avait sur la conscience aucun soupçon de culpabilité. Après tout, de quoi pourrait-il être coupable ? Il ne fait que son travail. Sans plus.

J'aurais la tête tranchée sur une place publique au nom du peuple français. Et c'est à lui qu'il reviendra de me trancher la tête. À quoi bon chercher à comprendre l'incompréhensible ? La justice humaine a tranché. Et, *pour que tout soit consommé, pour que je me sente moins seul, il me restait à souhaiter qu'il y ait beaucoup de spectateurs le jour de mon exécution et qu'ils m'accueillent avec des cris de haine.* Ce n'est que justice. J'ai tué un homme. Un Arabe. Une justice encore plus juste.

Parce que c'est un Arabe. Si ça avait été un autre… Il n'y aurait peut-être pas eu la peine capitale. Je n'ai jamais compris ces mots. Pourquoi ces termes de peine capitale ? Qui les a choisis ? En quoi est-elle capitale, cette peine infligée de manière barbare ? Capitale, comme Alger ou Paris. Pourquoi ont-ils eu ce besoin de l'accoler à "peine" ? Absurdité de l'expression. Absurdité volontaire pour dissimuler une exécution abjecte ? Un assassinat ? Que d'euphémisme…

Ils la nommeront comme ils la nommeront. Qu'importe l'appellation politiquement correcte. Sa finalité demeure inchangée. Au terme, il y a une mort d'homme. Ma mort programmée. Décidée par une assemblée d'hommes. Mes semblables. Et qui se sont prononcés à l'unanimité pour une peine. Capitale. Que faire sinon capituler ? Quand sonnera l'heure de mon exécution, j'aurai capitulé. Pour ma plus grande peine.

Je me demande si c'est douloureux. Je sais qu'au terme de l'exécution, ce sera fini. J'en aurai fini avec la souffrance, avec l'attente. Avec la vie. Mais… la douleur est-elle brève et subite ? Est-elle lancinante ? Foudroyante ? Atroce ? Que ressent-on au moment où la guillotine s'abat ?

Maman a-t-elle souffert avant de rendre son dernier souffle ? Son agonie a-t-elle été longue, pénible ? A-t-elle eu du mal à quitter ce monde ? Je n'ai pas demandé.

Mère, décédée. C'est tout. Je n'ai pas été curieux d'en apprendre davantage sur les instants qui ont précédé son adieu à la vie. J'aurais pu demander à son "fiancé". Je ne l'ai pas fait. Je ne sais pas si elle a exprimé des dernières volontés. Ni quels sont les derniers mots qu'elle a pu prononcer. Une dernière pensée pour moi, son fils ? Je ne sais pas. C'est trop tard à présent. Je ne peux revenir en arrière. Ni expliquer pourquoi je n'ai pas ressenti de chagrin lors du décès de maman. Cette indifférence face à la mort qui a fait de moi un criminel méritant la peine capitale, je suis incapable de l'expliquer.

Je n'ai même pas feint. Je n'ai pas offert aux autres le spectacle de la désolation qu'ils attendaient d'un fils envers la femme qui lui avait donné la vie. Un fils indigne. Indigne de sa mère. Indigne de vivre. Tout juste bon à être exécuté. Sur la voie publique. Devant un public en mal d'exécution, avide de sang impur : de tête coupée, d'un coup sec, geste assuré du bourreau qui ne rate pas sa cible. Aboutissement de la sentence menée avec une main de maître.

C'est bientôt la chute de ce *roman-fin.*

Maman. Que disait son silence ? Que criait cette bouche muette et souriante. Nous ressusciterons. Nous ressusciterons. Peut-être. Ce sera le silence. C'est une certitude. À l'instar de la guillotine. Seule incertitude, la douleur. L'intensité de la douleur. Après l'on ne souffre plus. Me concentrer sur l'après. Si seulement je pouvais.

Et Marie ? Sera-t-elle présente dans l'assemblée sur la place publique ? Viendra-t-elle me voir pour la dernière fois ? Fermera-t-elle les yeux au moment où le bourreau se tiendra prêt ? Marie… Presser encore une fois le corps d'une femme. Toucher une peau. En savourer la douceur du grain. Embrasser goulûment des lèvres. Y promener la langue. En garder le goût.

Marie ou une autre. Non. Pas une autre. Marie. La femme qu'est Marie. Elle voulait se marier avec moi. Je n'ai pas dit non. J'aurais accepté de l'épouser puisque cela lui faisait plaisir. Elle se mariera avec un autre. Qui aura envie de se marier avec elle. Qui lui fera des enfants. Marie deviendra mère. Et un jour, Quand elle quittera le monde, son fils la pleurera. Il se sentira orphelin. Contrairement à moi, l'étranger. L'étrange étranger qui a affiché sa différence, involontairement.

L'étranger étranger devenu coupable parce qu'il ne s'est pas conformé à la norme. Parce qu'il n'a pas joué le rôle du fils et pleuré sa mère. Et parce que, aveuglé par le soleil, il a tiré sur un Arabe. Le soleil en rafales. Cause première des rafales de tirs. Et puis le hasard.

Le soleil ce jour-là. Il aurait pu faire gris. Le soleil aurait pu être voilé. Ou même avalé par une épaisseur de nuages. Le hasard a voulu qu'il soit omniprésent, le soleil. Qu'il brille de mille feux jusqu'à l'éblouissement. Jusqu'à l'aveuglement. Et puis la présence de l'Arabe sur la plage, ce jour-là. Le hasard a fait qu'il soit présent. En cet instant précis. Il aurait pu être ailleurs. Quelque part dans les faubourgs d'Alger. Ou à la terrasse d'un café au cœur de la médina. Ou dans les tribunes d'un stade, concentré sur un match de football.

Il n'était pas ailleurs que sur cette plage. Il était sur cette plage. Par hasard. Comme moi. Comme ce revolver qui s'est retrouvé par hasard dans ma poche. Ce même hasard qui m'a poussé à le sortir. Et à faire feu. Une fois. Deux fois. Trois fois. Peut-être plus même. Je ne sais pas.

Ce que je sais, c'est que la mer était là. Bien à sa place. Comme une évidence. La mer partout. Devant. Derrière. Tout autour. La mer inchangée. Et ce n'est pas par hasard. La Méditerranée n'est pas un hasard. Elle est la seule vérité immuable. Avec les tamaris.

Je ferme les yeux. C'est la mer que j'entends. Sa voix reconnaissable entre toutes : les sonorités si semblables à celles qui animent les silences de ma mère. Les mêmes rimes. Le même halètement. La tendresse de ses échos. La volupté de ses remous. L'unicité de son goût. La mer qui manque.

Seule la mer me manque. Ma dernière volonté, ce serait de lui faire mes adieux. De me lier une dernière fois à elle. Faire corps avec elle. Plonger jusqu'aux tréfonds de son être limpide. Y laver mon être jusqu'à l'épurement. Et sortir enrobé de son enveloppe affinée au sel telle une cuirasse protectrice. Puis me présenter au-devant du bourreau revêtu des atours de la mer, la tête haute, le regard fixé sur mon dernier renoncement.

Je sais que l'on ne me l'accordera pas cette dernière volonté. Trop païenne sans doute. Si peu chrétienne. Ils attendent de moi des confessions, un repentir. L'expression de mon vœu de rédemption. Ils attendent de moi un sentiment de piété religieuse que je ne ressens pas. Que je n'ai jamais ressenti. Piété à laquelle je suis étranger. Ils ignorent qu'il n'y a qu'en mer que je ne suis pas étranger.

Quand l'homme d'église reviendra me houspiller avec ses sermons et la nécessité de sauver mon âme de la damnation, s'il revient, il n'aura de réponse que mon silence. C'est déjà beaucoup. Cela surpasse tous les mots et tous les discours. *C'est que je n'ai jamais grand-chose à dire. Alors je me tais.*

***

Il est vrai que j'ai tué.

Jour 4

Personne n'est venu. Ni l'homme de l'église annonciateur de ma fin, ni personne. Seul un geôlier m'a porté un repas. J'aurais souhaité une cigarette. Le manque de tabac surpasse tout le reste. De loin, me parvient le brouhaha que font les autres détenus. Ces coreligionnaires que je ne croise jamais. Je suis contraint à l'isolement. En attendant mon exécution. Même quand on vient me chercher pour la promenade dans la cour, je suis seul à tourner en rond et à longer les grillages et les barbelés qui isolent la prison du monde extérieur. J'aurais souhaité une visite de Marie. Quand bien même officiellement elle n'est pas ma femme. Mais les règles sociales ne tolèrent aucune exception. Pourtant, les règles sont faites pour être contournées parfois. Pas dans le microcosme carcéral. Au fond, c'est probablement mieux ainsi. Marie entre ces murs ne serait pas Marie. Qu'aurais-je pu lui dire, ici même ? Rien. Elle se serait dérangée pour rien. Il y aurait eu des larmes dans ses yeux.

La couleur de ses yeux. Je ne m'en souviens plus. Bleus ? Verts ? J'ai oublié. Il y aurait eu peut-être des sanglots aussi. C'est possible. Ou alors, dans ses yeux, il y aurait eu le reflet de ma culpabilité. Et ce reproche silencieux émis à l'encontre de l'assassin que je suis devenu. Parce que j'ai tué un Arabe. Tout compte fait, une visite de Marie, ce n'est pas une bonne idée. Ce n'est peut-être pas un hasard si nous ne nous sommes pas mariés avant mon crime. Avant ma rencontre avec Raymond Sintes. Une rencontre fruit du hasard, elle aussi. Si je ne l'avais pas rencontré, les Arabes ne nous auraient pas suivis jusqu'à la plage. Et je n'aurais pas tiré quatre fois sur un homme allongé sur le sable.

Une visite du vieux Salamano. Ce serait bien. Sans son chien, Bien évidemment. Puisque son chien est mort. Comme ma mère.

La mort. Je crois que tout est parti de là. Tout part de la mort. Tout part avec la mort. Si maman n'était pas morte, je ne serais pas coupable. Je serais innocent. Maman est morte. Cela fait de moi un coupable. Pour ne pas dire idéal. Celui qui a accueilli sa mort dans l'indifférence.

La mort m'a séparé de Maman. Séparés, nous l'étions déjà elle et moi, depuis qu'elle résidait à Marengo. Une vieille parmi les vieillards. Aussi loin que je m'en souvienne, séparé d'elle, je l'étais déjà. Bien avant l'asile. Le silence, la première de nos séparations. Elle parlait peu. J'avais pris le pli de l'imiter. De la rejoindre dans ses silences. À bien y réfléchir, plus qu'une séparation, le silence nous unissait. Nous réunissait. Nous enfermait dans une bulle où la parole était superflue.

Qui de nous deux a décidé de son emménagement à l'asile ? Je ne sais pas. Du jour au lendemain, elle est allée finir ses jours là-bas. Dans ce lieu où l'on attend de mourir. Un nouveau rituel est venu rythmer nos vies. Mes visites dominicales. Le trajet en bus depuis Alger jusqu'à Marengo. Les quelques heures passées en sa compagnie, ponctuées d'intervalles de silence une fois passées les brèves salutations d'usage, les salamalecs et comment ça va. Puis la fin de ma visite. Le retour à Alger en bus. Le dimanche soir sur ma terrasse à observer, fumant cigarette sur cigarette, le passage des Algérois endimanchés sous un ciel déjà rougeoyant. Maman à l'asile et moi seul à Alger, dans cet appartement où elle n'était plus. Ça n'avait rien d'exceptionnel pour moi. C'est comme si cela allait de soi. Une normalité tout simplement.

M'a-t-elle manqué ? C'est difficile à dire. Je ne me suis pas posé la question. Aurais-je dû l'empêcher de vivre à l'asile ? Peut-être. Mais je ne l'ai pas fait. C'était sans doute dans l'ordre des choses. Je m'aperçois tardivement que j'ignore presque tout de ma mère. J'ai vécu à ses côtés des années durant, comme un étranger.

Quant à mon père… C'est le grand mystère. La grande inconnue. Je n'ai aucun souvenir de lui.

Petit, ma mère était pour moi la nourricière. Jamais une remontrance. Nulle gifle. Nulle punition. Ni même lorsque je traînais dans les ruelles de notre quartier de Belcourt jusqu'à une heure tardive. Ni même lorsque je rentrais le visage sale, les genoux sanguinolents, la chemise déchirée, conséquence d'une bagarre, les souliers abîmés lors d'une partie de football. Elle se contentait de préparer une bassine d'eau chaude dans laquelle elle me plongeait nu, m'astiquant à l'aide d'une éponge sur laquelle elle frottait de temps à autre un morceau de savon de Marseille.

Du fond de ma cellule où règne le silence emmuré, l'odeur du salon de Marseille me ramène à Maman. Odeur de mon enfance bassinée dans la mousse tenace de la mémoire. Parvenus à hauteur de mes genoux écorchés, les gestes de ma mère se faisaient plus prudents. L'éponge effleurait légèrement la surface de ma chair meurtrie, tout en délicatesse. Pour s'enhardir au niveau des tibias qui eux, subissaient un frottement énergique. L'eau de la bassine virait au gris, perdant ainsi de sa transparence entachée par la crasse déversée par mon corps. Munie d'une cruche en fonte blanche, ma mère entreprenait de me rincer, me dépouillant ainsi du moindre résidu de saleté.

Venait enfin le moment que j'attendais. Moment de la récompense. Ce moment où ma mère déployait la serviette en coton blanche et moelleuse autour de mon corps chétif. Et m'y enveloppait, me serrant contre elle pour que je ne prenne pas froid. Je me laissais aller avec bonheur. Heureux tout simplement de cette étreinte maternelle aussi sucrée que les confiseries. Et je humais profondément la douce senteur de citronnelle, l'odeur de ma mère. L'une des rares odeurs qui ne m'ont pas laissé indifférent. Le temps d'un bain, je cessai d'être un étranger.

Le jour de l'enterrement de maman, et même la nuit précédant sa mise en terre, nuit de la veillée funèbre, j'ai cherché un parfum de citronnelle. Je l'ai cherché dans les airs. Je l'ai cherché dans la salle où l'on avait entreposé la dépouille de Maman. Je ne l'ai pas trouvée. Je n'ai senti que l'odeur rance et misérable de la vieillesse et de la mort mêlée à celle de l'encens. Une odeur si repoussante qu'elle m'a plongé dans un état de léthargie durable. Le parfum de citronnelle évanoui, il ne me restait plus que l'indifférence.

Et je me suis senti étranger. Étranger à ma mère. Étranger aux autres. Étranger à moi-même.

Ma dernière volonté, ça pourrait être cela. Demander qu'on glisse dans ma camisole un brin de citronnelle avant mon exécution.

Si Maman était encore de ce monde, aurait-elle réagi face à l'annonce de mon exécution ? Serait-elle sortie de son silence ? Aurait-elle hurlé face à l'injustice de la sentence ? Clamé l'innocence de son fils ? L'unique chose à laquelle je ne me sens pas tout à fait étranger, c'est bien la peine de mort. Je ne crains pas mon exécution. La mort en elle-même m'indiffère. Vivre, mourir. Tout est dans les débuts et dans les fins. D'une extrémité à l'autre, qu'y a-t-il sinon une routine qui se déroule, ancrée dans les habitudes que nous tâchons de perpétuer ? Quitter ce monde ici-bas n'est pas une situation exceptionnelle. Nombreux sont ceux qui nous ont précédés. Nombreux sont ceux qui suivront. C'est en somme un cycle répétitif. Les aiguilles de l'horloge de l'existence tournent toujours dans un sens monotone. Et puis un jour ou peut-être une nuit, elles se figent un instant. Pour repartir de plus belle, insouciantes. Un instant, elles se sont figées. Le temps de délester le monde de quelques âmes. Puis de se remettre en branle. Pour rythmer la trajectoire des nouvelles âmes.

Un homme meurt. Un autre vient au monde. L'équilibre est maintenu. Mourir pour moi n'est aucunement une tragédie. C'est une fin en soi. Inscrite dans les feuillets de ce livre qui a commencé à s'écrire, au premier jour. Le jour de notre naissance. Aucun livre n'est fait pour être écrit à l'infini. Chaque livre a un début. Et une fin. Non. L'idée de la mort ne me turlupine pas. Ce qui me pousse à la révolte réside dans la manière de mourir.

Il appartient à chacun de pouvoir décider de sa mort. En ce sens, le suicide repose d'abord et surtout sur un choix. Libre. Le suicide est en soi une révolte menée à terme. Et dont la signification univoque est la volonté personnelle d'en finir. Avec la peine capitale, non seulement il a été décidé de ma mort et des conditions de ma mort, mais surtout et au-delà de la décision d'exécuter un homme, il y a cet avilissement insoutenable de l'humain privé de sa liberté individuelle. *J'ai cru longtemps et je ne sais pas pourquoi—que pour aller à la guillotine, il fallait monter sur un échafaud, gravir les marches.* Peut-être que l'idée de *monter* m'apportait du réconfort en ce sens qu'elle renferme la notion d'une ascension. D'une élévation. S'en aller vers la mort comme l'on gravit les marches d'un podium. Comme une consécration ultime. Après le salut final de l'artiste.

Mais la guillotine, je le sais à présent qu'elle me concerne et qu'elle a perdu de son caractère abstrait n'est pas une élévation. Bien au contraire. Elle est une dégradation. Un avilissement total de l'être poussé à la chute. Une chute inexorable. Tout crime mérite sanction. Une sanction à la mesure du crime. La peine capitale est une sanction démesurée. Disproportionnée.

À l'effigie de la loi du Talion. *Œil pour œil, dent pour dent.* J'ai tué un homme. Je dois être tué. Telle est l'assise même de la peine capitale. Et c'est comme si une condamnation à la prison à perpétuité empêcherait la justice humaine de se faire. Et qu'elle ne peut se réaliser qu'au travers d'un parallélisme. Pour une mort, la nécessité d'une autre mort. Des hommes qui décident de la mort d'un de leurs semblables. Comment a-t-on pu en arriver là ? À cette justice implacable et impitoyable ? Pourquoi aucune voix ne s'insurge contre une telle vindicte ?

Un jour, un homme, quelque part se révoltera-t-il contre la peine de mort ? Luttera-t-il pour qu'un acte profondément barbare soit aboli ? Je ne peux que l'espérer. Espérer une justice plus juste. Plus soucieuse de l'humain. Une justice plus objective. Et qu'il n'y aura pas un autre Meursault à la barre des accusés pour être jugé non pas uniquement pour le crime qu'il a commis, involontairement, crime inexplicable, mais jugé pour être jugé. Dans le simple but d'être jugé.

Jugés, nous le sommes tous. Par ceux-là mêmes qui ne nous connaissent pas vraiment. Qui se contentent de porter un jugement de valeur sur le superficiel et non sur le réel. Quand je songe au mot du procureur, à la charge de ses mots, aux charges retenues contre moi, je me sens victime. Ni plus ni moins. Victime et non pas coupable d'un crime. Pourtant, selon son jugement, je suis coupable. Irrévocable sentence. Coupable de ne pas me comporter en bon chrétien. Comme s'il suffisait d'une croyance religieuse pour mettre un individu sur le droit chemin. Alors même que tout le monde le sait. Le droit chemin est ardu. *Les voies du seigneur sont impénétrables.* À cette culpabilité qui fait de moi une brebis galeuse qui s'est éloignée du droit chemin, vient s'ajouter le crime suprême commis par un fils envers sa mère. Un fils qui, au comble du blasphème, s'est permis de forniquer et de s'adonner aux plaisirs de la chair, le soir qui a suivi l'enterrement de sa mère. Au regard de tout ceci, aux yeux du procureur, avoir tué un homme, avoir tué l'Arabe n'est qu'accessoire. Cet acte ne vient que renforcer mon profil de criminel. Et accréditer le jugement final. Un jugement final aux allures d'un jugement dernier. Et comme j'ai refusé la confession, il n'y aura ni derniers sacrements. Ni hostie. Heureusement. J'échapperai heureusement à cette mise en scène avant le baisser le rideau. Comme au théâtre.

J'y pense souvent, au théâtre, ces derniers jours. Avec avouons-le, puisqu'il n'y a plus rien à perdre, une pointe de regret. J'aurais peut-être été doué pour le théâtre. Il me reste le souvenir de certaines séances scolaires. J'étais heureux, je crois, de jouer un rôle. D'apprendre par cœur les répliques.

De m'investir dans la mise en scène. Je n'ai plus joué depuis l'école. Peut-être que si l'occasion s'était présentée j'aurais trouvé dans le jeu théâtral une échappatoire à ce mal-être régulier qui m'habite depuis toujours. Cette sensation étrange et indéfinie de n'être nulle part à ma place en aucun lieu. Ce qui s'est déroulé dans la salle du tribunal est digne d'une pièce de théâtre. Chacun des protagonistes connaissait son rôle. Chacun l'a joué à la perfection. Le défilé des témoins. L'un après l'autre, ils ont fait leur entrée sur scène. Débité leur tirade. Et puis ont fait leur sortie. Chacun son rôle. Véritable jeu de rôles bien orchestré. Moi, dans le rôle de l'accusé. L'objet même et le sujet principal d'une pièce qui s'est jouée presqu'à huis clos. Qui s'est jouée sans moi, acteur passif, simple figurant. Prétexte permettant à la pièce de se jouer. Dans le rôle principal, le procureur. Le maître incontesté de la parole, du discours théâtral. Et puis, mon avocat. Un simple faire valoir. Un autre figurant. Usurpateur de ma parole. Jouant mon rôle comme si j'étais inexistant. Parlant à ma place. Allant même jusqu'à utiliser le "je" au lieu de "mon client". Au lieu de Meursault. S'appropriant ma personne. Avouant mon crime. Coup de théâtre inattendu.

Il est vrai que j'ai tué, a-t-il dit. Face à la cour. *Il est vrai que j'ai tué.* Ce faisant, mon avocat m'a tué. Je n'étais plus "je". Je n'étais plus moi. C'était déjà une condamnation à mort. Avant même le dénouement de la pièce, l'intrigue était résolue. Une résolution prévisible que la sentence du juge. Une sentence qui sonne comme un glas. Comme un *coupez-lui la tête.* Une sentence qui m'a envoyé d'office dans cette cellule au bout d'un couloir monotone où je suis reclus à attendre la mort que l'on a jugé bon de m'octroyer.

***

Jour 5

Je ne suis plus complétement seul. Depuis ce matin, j'ai un compagnon. Au retour de la douche matinale, je me suis retrouvé pratiquement nez à nez avec lui. Tout vêtu de gris, la queue fine et plutôt courte, ce sont ses yeux perçants qui m'ont interpellé aussitôt. Depuis le temps que je suis abandonné à moi-même, le visiteur est loin d'être un intrus. Comment s'est-il retrouvé là ? Par quel interstice a-t-il réussi à se faufiler ? J'ai beau scruter le moindre recoin de ma cellule, je ne trouve aucune ouverture. Aucune fissure.

Au bout du compte, qu'importe le mystère inexpliqué de sa présence. Il est ici. Tel un compagnon inespéré, il se tient devant moi, à même le sol, respectant mon silence pour l'heure. Nul couinement. Nul mouvement n'agite son corps. Seuls ses deux yeux sont en alerte comme s'il attendait quelque chose. Comme s'il attendait quelque chose de moi. Moi qui me contente de l'observer en retour sans rien dire. Moi qui ne peux m'empêcher de me demander si sa visite inattendue est prémonitoire. Si elle n'est pas annonciatrice de ma fin. De l'apparition du bourreau.

Ainsi, j'aurais passé ma dernière douche et c'est, lavé des impuretés que je m'avancerais vers la guillotine ?

Que n'y ai-je pensé ! J'aurais prolongé ce dernier instant. Je me serais attardé sur chaque goutte d'eau ruisselant sur ma peau. J'aurais humé profondément cette dernière odeur de savon. Et j'aurais maintenu plus longtemps mon visage sous le jet d'eau froide comme pour une ultime bénédiction. Au lieu de ça, c'est à la mort que j'ai pensé sous la douche. À la mort. Plutôt que de retenir un tant soit peu cet ultime instant de vie.

Car sous la douche, j'ai cogité. Je me suis remué les méninges, essayant de trouver une explication à l'inexplicable. Pourquoi les hommes meurent-il ? Pourquoi vivre puisqu'ils vont mourir ? Puisque nous sommes condamnés à l'avance. Puisque nous ne pouvons en aucune façon déprogrammer la mort. Puisque nous n'avons qu'un seul choix, celui de la résignation. Pourquoi s'épuiser à vivre ? Pourquoi cet acharnement inutile ? C'est à ces pensées que j'ai consacré ce qui, peut-être, fut ma dernière douche.

Et lui, mon nouveau compagnon de cellule, le voilà qui cligne les yeux comme s'il lisait dans mes pensées. Comme s'il était doté d'intelligence.

Me voilà à présent plongé dans des délires. Il me faut me secouer. Meursault, ouvre les yeux ! Ce n'est qu'un rat ! Un rat qui s'est glissé par accident dans ta cellule.

J'ai beau me morigéner, sa présence me chamboule. Me bouleverse. Me remue. S'il est venu à ma rencontre, ce n'est pas un hasard. C'est sans doute un messager des dieux. Il ne peut en être autrement. C'est la seule explication sensée. Un rat tout de même. Qui l'eut cru ? Aussi saugrenu que cela puisse paraître, c'est pourtant une évidence. Ses yeux arrimés aux miens sont bien réels. Il réussit là où aucun être humain n'est parvenu à le faire avant lui. Personne à ma connaissance n'a jamais sondé mon regard aussi effrontément. Avec une telle acuité. Personne. Ni ma mère. Ni Marie. Ni même mon avocat. Personne.

Là où les humains ont échoué, un rat a réussi. C'est absurde. Mais c'est la réalité. Et... s'il détient l'explication au pourquoi les hommes meurent, ce serait le comble de l'absurde.

À présent le soleil est haut dans le ciel. Je le perçois à travers la petite lucarne au-dessus de ma tête. Cela doit faire longtemps que je suis agenouillé sur le sol en béton face à mon visiteur du jour. J'en ai mal aux genoux.

Bientôt ce sera sans doute Midi. Un de mes geôliers m'apportera un repas. Insipide comme à l'accoutumée. Peut-être que je le partagerai avec mon visiteur, mon ami le rat. Peut-être qu'il n'en voudra même pas, de cette nourriture infecte qui n'a de repas que le nom. Serait-ce mon dernier déjeuner de condamné ? Feront-ils une exception dans ce cas ? Aurais-je droit à un repas digne de ce nom ?

Couinement du rat. C'est à croire qu'il connaît mes pensées. C'est à croire qu'il sait. Couinement de nouveau. Il me dérange presque. Il trouble ce qui est peut-être mon dernier moment de solitude.

Tandis qu'il continue à couiner, je songe à tous ces repas que je ne ferai pas. À toutes ces bières que je ne boirai pas. À toutes ces cigarettes que je ne fumerai pas. Je songe aussi à Marie. Et à toutes ces femmes que je ne caresserai pas. Que je n'embrasserai pas.

Et puis, l'écriture. Tous ces carnets que je ne remplirai pas de mots. Qui resteront muets et ne diront pas la révolte. La révolte nécessaire d'un condamné contre les raisons de sa condamnation. La révolte contre la peine de mort qui est un véritable acte de barbarie. Combien de condamnés innocents ont été condamnés à la peine capitale ? Combien sont-ils à avoir clamé haut et fort leur innocence sans avoir jamais été entendus ?

Du crime dont on m'accuse et pour lequel je vais être exécuté, je suis innocent. Pourtant... je suis condamné.
J'ignore si les condamnés ont droit à un ultime traitement de faveur.

Si c'est mon dernier jour, ils viendront à l'aube. C'est toujours à l'aube qu'ils viennent chercher les condamnés. Comment je le sais ? Cela m'échappe. Quelqu'un a dû en parler devant moi.

Et donc, c'est seul que je vais mourir. Comme j'ai vécu, au fond. Meursault qui meurt seul. Cela sonne bien. Meursault qui meurt seul avec, pour témoin de ses derniers instants, un rat. Ça sonne mieux peut-être. Le rat sait-il que je suis condamné à mort pour avoir tué un Arabe ? En plus de mes autres crimes ? Est-il ici par solidarité avec une victime de la justice humaine ? Cela pourrait lever le voile sur le mystère de sa présence.

Longtemps, les bêtes de son espèce ont été victimes d'extermination systématique. Les hommes ont gardé à l'esprit le fléau de la peste. Depuis, chaque rat est suspect. Sans exception aucune. Et chaque rat paie pour les crimes de ses semblables.

Nous ne sommes pas différents, lui et moi finalement. La justice humaine a besoin d'un coupable. Pour affirmer son pouvoir. Meursault, le coupable idéal. Pour éradiquer la peste, le rat est le coupable idéal. Ainsi va le monde.

Si c'est mon dernier jour, ils viendront à l'aube. C'est toujours à l'aube qu'ils viennent chercher les condamnés.

C'est peut-être aujourd'hui que je vais mourir. Ou alors demain.

© Mona Azzam[17]

---

[17] De la Côte d'Ivoire, où elle est née, à Beyrouth, les mots sont pour Mona Azzam une patrie autre, en perpétuelle re-création. Mona est professeur de lettres et passionnée de littérature. Elle a déjà publié plusieurs ouvrages littéraires, dont « Camus, l'espoir du monde » (Ed. D'Avallon) et est la directrice scientifique de cet ouvrage.

Hommage à Albert Camus
Créer, c'est vivre deux fois

Le prisonnier du Levant

Philippe Stierlin
(France)

Jeudi 4 mai 1972

Voilà trois jours qu'il tournait comme un lion. En cage, c'était certain, même si la cage était lumineuse, méditerranéenne. Presque le soleil brûlant d'Algérie, son ciel bleu azur, sa mer cuirassée d'or, les parfums entêtants du maquis. Mais tout était dans ce presque. Que vaut la beauté sans la liberté ? Il était sur cette île depuis douze ans, soigné, puis assigné, pour finir prisonnier. Un lieu étrange Le Levant : une partie militaire (95 % du territoire lui avait dit le colonel, qui avait le goût des chiffres avant celui de l'absolu), séparée du domaine naturiste d'Héliopolis par une frontière de barbelés. Le Levant… Un port et un sémaphore inquiétants, des lancements de missiles de l'automne au printemps dans des ciels sans avions, des arbousiers ébahis, des incendies contenus, des eucalyptus fatigués, une eau rare, la mer qui déchire l'âme. La foudre parfois, balayant un bonheur d'horizon. Pour comprendre comment il s'était retrouvé là, il avait dû prendre l'absurde au sérieux. Rouler sa pierre jusqu'au sommet de l'île sans pouvoir la redescendre. Sacrée pente en plus, mariage raté du goudron et du caillou.

113

L'absurde, c'était l'accident du 4 janvier 1960 qui n'en était pas un. Un accident énorme, aveugle. Imprévisible mais prévu, au sud de Paris. La femme et la fille de son ami Michel avaient été immédiatement éjectées. Elles n'avaient rien compris, mais alors rien du tout, à ce qui leur était arrivé. Leur chien s'était carapaté dans la nature. Pauvre Floc, qui aurait pu tout raconter. Si son ami et éditeur était décédé des suites de ses blessures, lui, côté passager, à la place du mort, avait survécu. Il avait eu les côtes enfoncées, le cou brisé, un poumon perforé. Pas vraiment besoin d'un pneumothorax après des années à se farcir la tuberculose ! Mais il était vivant. Il s'était retrouvé dans le coaltar durant des lustres. Le cerveau en compote également. Jusqu'à ce que progressivement la mémoire lui revienne, et avec elle, l'agilité d'esprit, la clarté des pensées. Apprivoiser la minerve cervicale avait été une morsure. Puis le temps faisant pour une fois quelque chose à l'affaire, il avait raccroché à ce truc qui lui maintenait la tête, la déesse des idées élevées, de la sagesse, de l'intelligence. La mythologie l'éloignait du délabrement. « *On n'est jamais tout à fait malheureux.* »

Lorsqu'il avait été transporté dans le cirage à la mairie de Villeblevin – des plombes à le sortir de ces tôles froissées, amours monstrueux de l'acier, du verre et du cuir –, il n'aurait jamais pu imaginer que les services spéciaux allaient l'exfiltrer fissa vers un hôpital militaire. Que son corps serait remplacé dans un cercueil par des sacs de sable devant lesquels des personnalités viendraient s'incliner. *« Il est méconnaissable Madame. Il vaut mieux que vous ne le voyiez pas. »* On l'enterrerait pour de faux dans son village de Lourmarin.

©Philippe Stierlin

Une belle tombe, végétale, peuplée d'une pierre simple façonnée par un tailleur avignonnais. Au printemps, un laurier-rose y fleurirait, aux côtés d'iris sauvages, d'un olivier craignant le gel. Une fleur de la passion rappellerait Maria, amante théâtrale et parfumée. Le grand et véritable amour est exceptionnel, combien de fois en un siècle ?

Le silence imposé serait le prix des soins. Au Levant, sa vie serait préservée parce qu'à l'abri du monde, de curieux, de paparazzis douteux, de journalistes d'investigation improbables. Une vie décidée sans son consentement, tout ce qu'il détestait. Il ne comprendrait pas que si la Facel Véga s'était écrasée sur un platane, près de Fontainebleau, c'était à cause d'une terrible méprise des services secrets français, traquant un avocat et un toubib qui soutenaient financièrement les indépendantistes algériens. Une opération spéciale de la DST, parmi d'autres. « *La cible possède une Facel Véga grise métallisée. Le médecin rentre avec l'avocat à Paris tous les lundis en début d'après-midi par la Nationale 5 après la réunion hebdomadaire du groupe Valise à Sens. Probabilité de passage : 95 %* ». Décidément, toujours ce chiffre. Pathétique, comme cet attentat raté.

Il avait pourtant vu le camion militaire caché dans un virage et déboulant à la dernière seconde pour provoquer une sortie de route tragique. Croc-en-jambe habile et meurtrier. La bagnole s'était enroulée autour d'un arbre centenaire dans le fracas des cris, la stridence des freins et le craquement des corps. Est-ce cela qui avait fait écrire à Sartre dans *France Observateur* : « *L'accident qui a tué Camus, je l'appelle scandale.* » ?

Peu probable. Sartre était maoïste. Pas flic. Et il ne savait rien du scandale de la 203 noire à cocarde tricolore qui ne s'arrête pas après l'accident, revient sur ses pas – « *On ne va tout de même pas les descendre et les enterrer dans un bois* » –, puis accompagne les ambulances et les blessés. Ni du scandale du témoin qui meurt quelques mois plus tard, asphyxié dans son appartement incendié.

Ni Sartre ni lui n'avaient envisagé que des témoignages seraient achetés ou fabriqués. Que des témoins interrogés par la gendarmerie, et dont aucun n'avait vu l'accident, affirmeraient être certains qu'il n'y avait pas d'autre véhicule sur la route que la fameuse Facel. *Mais qui donc a appelé Police-secours ?*

Il vit désormais sur cette île, dans une curieuse maison en hauteur, loin du monde réel, coupée des naturistes. Il se dit qu'il a eu affaire à des barbouzes, point. Mobile : inconnu. Lui qui avait toujours eu l'impression de vivre en haute mer, menacé… il est servi. Il a perdu le compte des jours, des années. Lundi, mardi, c'est du pareil au même. Le temps pour tout, éprouvé sur sa longueur. La lumière qui s'achève tous les soirs. Une solitude gigantesque. Il prend sur lui de ne pas se suicider. La révolte ? Elle est son mantra. Elle reste théorique. Cette maison est son exil et son royaume. Il ne manque de rien, matériellement. Pour un homme qui pense que l'esprit compte plus que la matière, — là-dessus il est d'accord avec Hegel, moins avec Marx — cela ne fait évidemment pas le poids. Esprit contre matière… La dialectique n'est-elle pas la coexistence de deux faces contradictoires, leur lutte puis leur dépassement ?

La baraque est excentrique (cela lui convient assez peu), on se demande ce qui passe par la tête de certains architectes. Pas une pièce n'est carrée. Du trapèze, un quadrilatère tordu, des triangles quelconques à foison. Un téléphone beige dans l'entrée ne sert à rien. Un opérateur débite un boniment, toujours le même. Le « Village » (les militaires aiment s'auto-persuader) est habité par un nombre secret de soldats muets et souriants, vêtus de treillis mauve pastel et dont les chaussures noires crissent sur les graviers. Ils circulent parfois à vélo entre leurs pavillons biscornus, les pas de tir des ogives enterrées dans la roche des Maures, le PC, un magasin d'habillement nommé la fourre, une épicerie nommée économat, une infirmerie hôpital des forces. Décidément, *mal nommer un objet, c'est ajouter au malheur du monde.* Un badge numéroté sur la poitrine identifie les résidents. La zone est dirigée (enfin presque ; il y a une faille dont notre prisonnier va tirer profit) grâce à un colonel, appelé Numéro 2. Numéro 1 loge à ses heures au Fort de Brégançon, à dix miles nautiques. Pas question d'y aller à la nage. De toutes les façons, un gros ballon blanc vous rattrape et vous étouffe si vous passez les lignes. Albert – c'est son prénom – est Numéro 6.

Albert tourne donc comme un lion, ou plutôt il va et vient comme un chien. Il a toujours aimé cet animal, son innocence naturelle dans un monde de faux-semblants. Il va et vient parce que ce 4 mai 1972, il a reçu au courrier, glissé furtivement sous sa porte par un troufion, le journal *La Cause du peuple,* daté du 1er mai. Il a en effet réussi à négocier avec Numéro 2 des abonnements à des quotidiens et des revues. Il est Numéro 6 tout de même. Il a également une belle bibliothèque, du papier, de quoi écrire tous les jours. Que peut-il faire d'autre d'ailleurs ? Ces œuvres seront posthumes. On lui livre du cognac. Une drôle de marque, à son nom, c'est le pompon. Le cognac, c'est excellent pour la santé. Ça tonifie. Albert est aussi doté en cartouches de cigarettes, des Gauloises Disque bleu. Ces égards, il les devait au Général, mis au courant de la somme de conneries de ses services. De Gaulle savait que les militaires, exagérant l'impuissance relative de l'intelligence, négligeaient parfois de s'en servir. « *Vous avez enfermé Voltaire ? Donnez-lui un bon fauteuil maintenant !* » C'était un ordre. Pas de corps dans un coffrage cimenté et balancé en Méditerranée depuis un hélicoptère. Pompidou, cornaqué, avait pris le relais. Les militaires continuaient à se tenir à carreau.

Albert, Numéro 6, repousse *La Cause du Peuple* sur la table beige (même couleur que le téléphone). Ce journal est le bras armé de *La Gauche prolétarienne,* une

119

galaxie col Mao, du moins pour le moment. Antiautoritaire, prochinoise, anti-américaine, provietnamienne, antisoviétique, anticolonialiste, antimilitariste… Son ex-ami Jean-Paul Sartre – car au bout du bout il faut bien parler d'amitié – ne dirige plus le canard depuis un an, mais y trempe encore une plume écoutée, redoutable.

Numéro 6 est estomaqué par l'exemplaire de *La Cause*. Le sujet ? L'affaire, plus exactement l'opportunité, de Bruay-en-Artois. Le meurtre dans le Pas-de-Calais de Brigitte Dewèvre, d'abord passé sous les radars, secoue la France. Un mois auparavant, cette fille de mineur de seize ans, a été retrouvée morte dans un terrain vague derrière les corons. Le juge d'instruction Henri Pascal a inculpé le notaire du coin, Pierre Leroy, un notable qui aime aussi aller au bordel. *« Drôles de mœurs »* écrira dans *La Cause du Peuple* le même qui hier dénonçait l'ordre moral. De son côté, *France-Soir* fait dans le sensationnel : *« Le notaire nie l'atroce crime, mais… »* Il faut vendre.

Albert marche dans la pièce. Il a renversé son café ce matin, ses tartines grillées ont cramé. Il y a des jours où rien ne va. Ses yeux ont soif d'espace. Il sort sur la terrasse. Un missile pompidolien déchire le ciel, laissant derrière lui un paraphe blanchâtre et frisé. Il rentre, trébuche sur le seuil de l'entrée, *mes espadrilles sont foutues* ! réempoigne le journal, le relit, le replie chiffonné. La *Gauche prolétarienne* est convaincue de la culpabilité du notaire. Elle a créé un comité *Vérité et*

Justice et soutient l'action du « *petit juge* » contre la « *justice de classe* ». Albert s'emporte contre *La Cause du Peuple*. Les articles sont sur le registre du pamphlet, de ceux qui veulent traquer l'ennemi et finissent par tourner le dos à la vérité :

« *Et maintenant, ils massacrent nos enfants.* »

« *Il n'y a qu'un bourgeois pour avoir fait ça ! C'est la conviction des ouvriers de Bruay qui font leur enquête et surveillent la bourgeoisie.* »

« *Oui il faut le faire souffrir petit à petit ! Qu'ils nous le donnent. Nous le découperons morceau par morceau au rasoir. Je le lierai à ma voiture et roulerai à 100 à l'heure dans Bruay. Il faut lui couper les couilles ! Barbares, ces phrases ? Certainement, mais pour comprendre, il faut avoir subi 120 années d'exploitation dans les mines.* »

C'est du lynchage, la justification de méthodes comparables à celles du Ku Klux Klan contre les Noirs américains. Comment Sartre peut-il cautionner cela ? *L'Humanité* au moins n'est pas tombée dans ce marigot : « *Cas de conscience à Bruay. Le plaidoyer d'un juge et les interrogations d'un défenseur.* » Cas de conscience, c'est le mot.

C'est décidé, il va écrire à Sartre et lui faire parvenir une lettre, coûte que coûte. Albert a en tête – il faut être honnête – que le bonhomme reconnaisse son écriture et le fasse libérer. Cette libération serait à la fois un cadeau pour eux deux et une déflagration pour lui-même. Mais il ne pèse pas le pour et le contre. Il a conscience que sa disparition a fait de lui un monument auquel on a tout pardonné, ses hésitations, ses choix, et que sa « résurrection » modifiera l'éclairage. Il avait certes dénoncé fréquemment le colonialisme en Algérie, la torture pratiquée « *de notre côté* ». Mais sans remettre en cause l'Algérie française et un système imposé par la violence depuis 1830. Il avait aussi rejeté l'indépendance de l'Algérie en la considérant comme une « *formule purement passionnelle.* » « *Il n'y a jamais eu encore de nation algérienne* », avait-il déclaré. Il va lui falloir s'expliquer, revenir là-dessus. Les accords d'Évian et l'indépendance de 1962 sont passés par là. Le drame intérieur d'Albert, de son enfance pauvre dans Alger la blanche, c'est qu'il était affilié aux colonisateurs par l'origine et aux colonisés par la condition sociale.

Sa lettre est terminée. Il sait déjà comment la faire passer de l'autre côté de la frontière de barbelés. Il a repéré un type qui court à poil tous les jours en fin de journée et passe sous la chapelle civile en contre-bas. Cette scène de l'homme nu en pleine pampa l'a toujours stupéfié. Les naturistes et leurs prêchi-prêchas sont pour lui des protestants de la chair. Cette systématique du corps l'exaspère autant que celle de l'esprit. La nudité de l'homme s'accomplit dans l'absurdité, pas la verge à l'air. Peu importe. La faille du colonel, les cinq pour cent manquants à son système de sécurité, c'est l'angle mort des caméras sur le côté gauche de la chapelle. Et puis, le gros ballon blanc aura du mal à rattraper Numéro 6 parmi les futaies épineuses. Albert lancera au sportif un paquet contenant la lettre, lesté d'une pierre avec ce mot : « *Postez-là, je vous en prie.* » Advienne que pourra.

Nous voici au dixième étage du 29 boulevard Edgard-Quinet, Paris, quatorzième arrondissement. Un immeuble étroit, austère et sans charme. L'environnement est ingrat, à une certaine distance de Saint-Germain-des-Prés. Pas de violet ni de rose, pas de fanfreluches ni de néons. Jamais la ville ici n'allume ses devantures. De ses fenêtres, J.-P. distingue le cimetière du Montparnasse, les toits gris souris de Paris, les collines bleuâtres de Saint-Cloud, un reflet du ciel. Il s'est enfermé lui-même, en hauteur, afin d'échapper aux pesanteurs de la terre. Dans sa tanière, qu'il loue comme toujours, il se croit sur une taupinière surplombant une vallée. Il y voit de moins en moins, sa cécité progresse, un œil qui a dit merde à l'autre, définitivement. L'esprit est chez lui à grande distance du corps. Seules les idées le font monter au septième ciel. Ses raisonnements en imposent ; sa prose ne fait pas rêver. Les sentiments, les émotions sont pour les romanciers et les poètes : Rimbaud, Aragon… et les autres. Il a un sens modéré de l'humour. Pourtant l'humour a toujours été contre le pouvoir, quel que soit le régime.

Il tripote ce courrier posté depuis le Var. L'adresse manuscrite lui rappelle d'anciennes correspondances. Le timbre (soixante-cinq centimes, un rectangle horizontal) représente la prise de la Bastille. Les émeutiers sont lilas, la fumée gris-bleu, la forteresse brune. J.-P. ne sait pas qu'il aura son timbre-poste en 1985. Il prend ses lunettes loupe, disparaît dans un fauteuil à roulettes au cuir brun élimé, réajuste son pantalon en velours côtelé bleu sombre, sa chemise de même couleur, au col entièrement fermé. Il prend un coupe-papier, cet objet dont l'essence précède, selon lui, l'existence. Bon. Il ouvre l'enveloppe, sans fébrilité.

« *Cher Sartre,*

Il y vingt ans, vous m'écriviez que notre amitié n'était pas facile et que vous la regretteriez. C'est au nom de cette amitié passée, qu'à l'époque j'ai rompue, que je reviens vers vous. J'y reviens sans détour pour vous dire que je suis vivant, prisonnier depuis douze ans de ce pouvoir que vous haïssez, sur la base militaire du Levant, en dehors de toute juridiction. Ils ne veulent pas m'exécuter. Ils ne peuvent pas me libérer. Ma lettre suffira à m'authentifier. Je sais ce que vous ferez et ce que vous en ferez.

Je reviens aussi pour vous demander, au-delà du scandale de ma mort et eu égard au journal que vous soutenez, dont j'ai lu le dernier exemplaire – l'affaire de Bruay-en-Artois –, si vous resterez sans rien dire face au lynchage d'un homme, Pierre Leroy, fut-il un bourgeois ? Je ne peux croire cela de la part d'un esprit tel que vous. Car ce qui vaut pour cet homme-là vaut pour tous. L'appétit de vengeance n'est pas la soif de justice. Or n'avez-vous pas senti, en lisant vous-même la Cause du Peuple, mon regard sur les pages de ce journal, votre journal ? N'avez-vous pas pensé à moi ? Ne vous êtes-vous pas demandé : Qu'en dirait-il ? Qu'en dit-il ? Je vous laisse juge.

J'ai beaucoup réfléchi en douze ans. Évolué. Je revendique le droit de changer d'avis sans me renier. La générosité envers l'avenir n'est finalement peut-être pas de tout donner au présent. Ma « mort » n'a pas résolu ce conflit essentiel entre nous, celui de la justice et de la violence. Je crois qu'il perdurera au XXIe siècle et je me demande si l'humanité saura un jour le résoudre. Vous m'avez reproché, le terme est faible, d'ignorer la violence imposée et structurelle de régimes sociaux fondés sur l'inégalité, dont celle du système colonial. J'ai combattu de mon côté votre justification de la violence révolutionnaire. Peut-être le temps est-il venu que nous ne soyons plus sourds et aveugles l'un de l'autre, que nous cherchions une voie commune d'émancipation des peuples et des personnes face à des systèmes oppressifs. Un poète a écrit un jour que l'avenir est ce qui dépasse la main tendue.

En attendant, je vous serre la vôtre.

Camus. »

© Philippe Stierlin[18]

---

[18] Auteur de polars, il nous emmène à Paris ou Montréal, aux îles Canaries ou en Nouvelle-Calédonie. Jasper, son commissaire fétiche, ours épicurien et solitaire, nous plonge dans les arcanes de l'État (*Une mort si tranquille* – Éditions du Losange, 2010), d'une grande entreprise de l'énergie (*Les morts sont sans défense* – Arcane 17, 2018) ou du monde médical (*Mortel sourire* – Arcane 17, 2022).

Hommage à Albert Camus
Créer, c'est vivre deux fois

.

Une vie parallèle ?

Martine L. Jacquot

(Acadie)

Si le monde était clair, l'art ne serait pas [19], a écrit Albert Camus. Voilà pourquoi la littérature est essentielle. Elle permet de créer un espace plus pertinent à nos yeux, même si pour cela, nous devons tremper notre plume dans la réalité qui nous entoure. Au moins, nous avons le pouvoir de refaire le monde, à notre façon. Nous pouvons prendre les commandes.

Nous avions des attentes, nous envisagions des scènes que nous croyions prémonitoires, nous attendions qu'un présent rayonnant s'anime devant nos yeux. Nous y travaillions de toutes nos forces et nous en rêvions de toute notre conviction. Cependant, avons-nous atteint cette perfection que nous imaginions possible ? Il est peu probable. Les humains que nous croisons avancent souvent tels des robots en quête de contrôle, et ils ont l'art de déformer, défigurer, détourner promesses, faits et perceptions. Que reste-t-il, quand le soir tombe, sinon de la désillusion, de la tristesse, du regret ? Beaucoup d'incompréhension aussi. Au moins, de la pointe de nos stylos, il nous est possible de magiquement refaire ce qui n'a pas eu lieu,

---

[19] Albert Camus, *Le mythe de Sisyphe*, 1942

ou de le recréer selon ce que nos attentes avaient été. Les yeux grands ouverts.

Écrire, est-ce vivre une vie parallèle, ou s'offrir le luxe de vivre deux fois ? Un peu des deux. L'une pour observer et trébucher, l'autre pour refaire. L'imagination nous transporte là où nous le désirons. Il ne tient qu'à nous de ne pas laisser passer la chance de nous inventer un lieu dans lequel nous nous sentons chez nous.

Sans cela, nous oscillerions entre la nostalgie d'un temps évaporé - l'innocence de ne pas encore savoir -, et la cruelle réalité - la connaissance de l'improbable harmonie. En créant, nous avançons hors du chaos, dans la non-déception, car *ce qui est possible mérite d'avoir sa chance*[20], nous a encore dit Camus. Le livre est le lieu de cette chance.

Je crée pour abattre les murs glacés de la réalité, pour conjurer l'absurde. Mon vrai chemin est dans le dédale des mots, en marge du flux/grouillement de la vie. Entre les pages, tout prend sens, tout s'incarne et s'anime, car *au milieu de l'hiver, j'apprenais enfin qu'il y avait en moi un été invincible* [21], nous affirme Camus. La (re)naissance est à portée de main.

Parallèlement au livre, dont l'histoire se niche entre les deux pages de la couverture, nous glissons dans l'espace-temps entre la layette du berceau et le linceul du cercueil. Cependant, la vie ordinaire devient supportable, car nous pouvons écrire nos histoires, autant que nous le désirons, des histoires parallèles à celle dans laquelle nous puisons malgré nous. L'écriture va plus loin que vivre, au-delà de l'aberrante banalité. Elle fait jaillir la lumière, peint des couleurs sur un jour nouveau, anime des regards. Bien sûr, il faut s'attarder à l'élagage et à la greffe. Effacer et inventer. Jardiner jusqu'à la perfection. La répétition n'a pas lieu dans la vie. Il n'y a qu'une seule représentation, lors de laquelle

---

[20] Albert Camus, *Caligula*, 1944
[21] Albert Camus, *Retour à Tipasa* (*L'Eté*, 1954)

nous devons contourner les obstacles et éviter les coups, alors que dans l'écrit, tout est permis. Les confrontations n'y sont pas dévastatrices, mais utiles. Il devient alors possible de ne pas s'habituer au désespoir. L'écrit, c'est le lieu où le ravage et le recommencement se chevauchent. Nous jouons enfin avec le désir imprécis d'oblitérer les routes sinueuses d'autrefois. Il fait bon s'exiler entre les pages que nous noircissons. C'est la contrée de notre vérité.

Tout homme est un criminel qui s'ignore[22], nous rappelle Camus. Mais en même temps, de page en page, nous donnons naissance encore et encore ; en créant, nous recréons, parce que *toute œuvre d'art authentique est un cadeau offert au futur* [23].

© Martine L. Jacquot[24]

---

[22] Albert Camus, *L'Homme révolté*, 1951

[23] Albert Camus, *Le mythe de Sisyphe*, 1942

[24] Docteure en lettres, femme de lettres polygraphe prolifique, son œuvre s'inscrit dans la littérature acadienne. Elle est poétesse, romancière, nouvelliste, essayiste et auteure pour la jeunesse. La plupart de ses œuvres se situent à notre époque, mais elle a aussi abordé le roman historique. Elle est titulaire de nombreux prix dont le Prix Européen de l'ADELF (Association des écrivains de langue française) Mention spéciale 2007 avec *Au gré du vent*.

Tout homme est
un criminel qui s'ignore
Florence Jouniaux
(France)

« L'art et rien que l'art, dit Nietzsche, *nous avons l'art pour ne point mourir de la vérité. (...) Créer, c'est vivre deux fois. »* Le Mythe de Sisyphe, Camus.

Romain se massa la nuque et se frotta les yeux. Depuis le début de la soirée, il s'escrimait devant son ordinateur à poursuivre le roman qu'il écrivait. Il avait recommencé plusieurs fois son chapitre, n'en étant pas satisfait. Il se rendait compte que ses personnages avaient tendance à lui échapper, suivant leur propre chemin. Ou alors certains surgissaient dans son histoire, sans crier gare, comme cette voisine, au nom compliqué qui s'était imposé à lui, madame Popovijnievski, et qu'il venait d'ajouter dans son fichier. Une réminiscence de son ancienne voisine, alors qu'il était étudiant et lui rendait quelques menus services ? Possible, car elle en avait les traits et le fichu caractère, mais elle, la « vraie », n'était qu'arthritique, et non paralytique... Alors, même s'il avait dû modifier le scénario de son œuvre en conséquence, il en était content : cette nouvelle protagoniste, haute en couleur, lui permettait de créer un possible témoin du second meurtre que s'apprêtait à

131

commettre son serial killer, un fétichiste des cheveux, ce qui allait corser l'intrigue. Rose Popovijnieski, bien que paraplégique, maniait très bien son fauteuil roulant, et se postait souvent derrière sa fenêtre, qui donnait partiellement sur la scène de crime.

L'écrivain jeta un œil à l'heure affichée sur son ordinateur. Il était déjà minuit passé ! Sa chère Ornella devait dormir depuis longtemps. Il avait de la chance, car elle était tolérante : en période de création, elle ne lui faisait aucun reproche, n'exigeait rien de lui... Une épouse modèle, il en avait bien conscience !

Maintenant, l'écrivain connaissait le *modus operandi* du tueur, ses fausses pistes, ainsi que tous ceux qui figureraient dans son thriller. Encore que... Il n'était sûr de rien, finalement. Mais c'était aussi tout l'intérêt de son travail. Se laisser surprendre, même si c'était parfois déstabilisant, était merveilleusement jouissif. Oui, il appréciait cet aspect de l'acte poétique. De démiurge, il devenait souvent spectateur de l'univers qui naissait sous ses doigts, tel un pianiste sur son clavier ; sa virtuosité prenait des envolées lyriques insoupçonnées, des variations sur le thème de départ, qui lui permettaient de vivre par procuration chacune des vies qu'il inventait et modelait à sa guise, tel un sculpteur ; car si les êtres nés de son imagination lui jouaient parfois des tours, c'était lui qui détenait le pouvoir suprême et actionnait les ficelles finalement. Il savourait donc également son rôle de metteur en scène. Être auteur, c'était avoir tous ces privilèges.

Ces réflexions fugitives le traversèrent au moment où il cliquait sur l'icône d'enregistrement. Il se leva de son siège et s'étira longuement, avant de se rendre dans la salle de bain, attenante à sa chambre, à l'étage. Tout en se brossant les dents, il réalisa que son esprit dérivait vers celui qu'il avait prénommé Raphaël, en train d'envisager comment il allait surprendre sa proie, la deuxième de la série, qui devait en comporter trois autres... Il secoua la tête, tout en esquissant un léger sourire. Il tenait sa prochaine scène. Il fut tenté de retourner à son bureau, mais un coup d'œil à son miroir le convainquit de renoncer : les cernes bistre qui bordaient ses yeux témoignaient de son besoin de s'accorder quelque repos. Il se résigna donc, se promettant de continuer le lendemain, à la première heure.

Il pénétra dans la chambre conjugale, en prenant soin de ne pas faire grincer le plancher, tel un cambrioleur s'efforçant à la discrétion. Il enclencha l'alarme de son réveil, avant de s'allonger précautionneusement auprès de sa douce compagne, nue sous le drap. Son regard s'attarda sur sa nuque, dégagée – elle avait tressé une natte emprisonnant sa chevelure d'ébène – et baignée d'un rayon de lune filtrant à travers la persienne. Il contempla avec tendresse son cou, résistant à l'envie d'y déposer quelques baisers, et son gracieux profil qui mettait en évidence son joli nez. L'amour de sa vie dormait paisiblement, un souffle léger et régulier s'échappant de sa bouche entrouverte.

©Anna Alexis Michel

Il demeura ainsi, quelques instants, suspendu au-dessus d'elle, puis s'étendit sur le dos. Fermant les paupières, il s'efforça de respirer profondément et de faire le vide dans son esprit, un exercice difficile, surtout pour un écrivain, dont le cerveau refuse de lâcher prise. La seule échappatoire pour se libérer des pensées qui s'imposaient à lui était de susciter des souvenirs de vacances heureux : Ornella et lui en Italie, arpentant leur ville préférée, Florence ; ou la naissance de leur fille, qui avait maintenant quitté le nid. Le sourire aux lèvres, il sombra, sans s'en rendre compte, dans les bras de Morphée.

Il sursauta à la sonnerie de son réveil, qu'il éteignit machinalement. Il se sentait encore fatigué, comme s'il n'avait pas dormi. Il se redressa pourtant et, tel un somnambule, dirigea ses pas vers la cuisine, en caleçon, et mit la cafetière en route. Il aurait bien besoin de sa dose de caféine ! Les yeux dans le vague, il avait une impression confuse de sa nuit, peinant à se souvenir de ses rêves. Il leur accordait beaucoup d'importance, car il n'était pas rare que son inconscient travaillât pour lui, de sorte qu'au matin, il avait en tête une nouvelle séquence. Il fourragea dans son abondante chevelure bouclée, désormais poivre et sel, et s'abîma dans la contemplation du breuvage en train de s'écouler, comme hébété.

Enfin, il se servit un bol, qu'il emmena dans son bureau, plongé dans la pénombre. Il entrouvrit les volets et déposa son café, à côté de son ordinateur portable. Aussitôt, il remarqua que l'abattant en était relevé.
— Bizarre, je croyais l'avoir fermé, murmura-t-il.
Il s'étira, avant de s'installer devant son écran.
— À nous deux, Raphaël, proféra-t-il, un sourire s'étirant sur son visage.

Il était fréquent qu'il s'adressât ainsi à ses créatures. Après tout, ne partageait-il pas leurs vies ?

À peine eut-il appuyé sur 'entrée' que son fichier s'ouvrit. Il en relut les dernières lignes et poussa une exclamation stupéfaite. Il était pourtant certain de s'être arrêté, au moment où Raphaël projetait de passer à l'acte. Or, toute la scène était rédigée là, sous ses yeux ébahis ! S'était-il relevé pour écrire cette nuit ? Pourtant, il n'en avait aucun souvenir... Et le plus troublant était le contexte dans lequel se déroulait l'action. La maison dans laquelle était entré son personnage ressemblait étrangement à la sienne : la même patère à l'entrée, les mêmes appliques et l'antique porte-parapluies – une relique héritée par sa femme – qu'il aurait bien porté à la décharge... Il poursuivit sa lecture, à peine entamée, poussé par une curiosité dévorante :

Me voici devant l'escalier en bois qui mène à l'étage. J'ai bien étudié les lieux en pénétrant chez cette belle brune en son absence. J'y suis entré par le soupirail, à plusieurs reprises, et j'ai ainsi pu visiter la maison. Son mari est écrivain, je crois, mais il est en déplacement pour des dédicaces. Je l'ai lu dans le journal.

Romain laissa échapper un cri de dénégation – « Mais non ! Ce n'est pas ce qui était prévu ! » –, puis il continua avidement, se demandant si c'était vraiment lui qui avait écrit ces mots, mais qui d'autre ?

Voilà deux bonnes heures que sa femme est montée se coucher. Elle a éteint peu après, mais, par sécurité, j'ai attendu. Je connais chaque marche et sais comment éviter celles qui grincent.

La lampe torche de mon téléphone me suffit pour tracer mon chemin. Une fois sur le palier, je passe devant la salle de bain. À chacune de mes venues, j'y ai respiré les vêtements qu'elle y avait laissés. J'aime son odeur corporelle associée à son parfum de fruits rouges, avec une note de patchouli et de cacao. Délicieux ! Mais ce qui m'enivre plus que tout, c'est la sensation de toute-puissance quand je serre le cou de ces femmes et qu'elles se débattent, pour s'abandonner enfin à mon pouvoir. Je peux alors les coiffer à ma guise, puis je les habille et les maquille. Oh ! Très légèrement, juste pour atténuer cette pâleur que leur confère la mort. Je suis maintenant sur le seuil de la chambre, dont la porte est entrouverte. Je n'ai qu'à la pousser pour distinguer une forme allongée. Je m'approche à pas de velours. Je prends le temps de contempler ce corps endormi, paré jusqu'à la taille d'un morceau de drap. Un rayon de lune s'est faufilé à travers les persiennes et caresse sa nuque. J'aimerais faire de même, avant de passer à l'acte, mais je résiste à la tentation. Je ne veux pas risquer de la réveiller avant le moment-clé. Je remarque, déçu, que sa magnifique chevelure est prisonnière d'une natte...

Romain déglutit, à la fois fasciné et terrorisé. Le choix de la première personne le rendait à la fois acteur et spectateur d'une scène qui prenait place dans sa propre maison, apparemment, et dans laquelle sa propre épouse était la cible d'un malade mental, celui-là même qu'il avait créé ! Il passa sa main sur son visage et cligna des paupières, à plusieurs reprises. Le plus troublant était que les mots qui défilaient devant lui ne pouvaient être que les siens...

Mes yeux s'étant accoutumés à la pénombre, je range mon téléphone portable dans ma veste multi-poches. L'excitation monte en moi à la pensée de ce qui va suivre. La belle endormie sourit dans son sommeil. Je souris à mon tour, comme si elle venait de m'inviter à m'occuper d'elle. J'inspire profondément et me penche, mes mains gantées de latex en avant. Je pose un genou sur le matelas à côté d'elle et m'apprête à enjamber son corps avec l'autre, anticipant les ruades qu'elle ne manquera pas de faire.

– Oh, mon dieu ! gémit Romain, sans quitter pourtant l'écran des yeux. Il devait boire l'amer calice jusqu'à la lie.

D'un geste déterminé, je serre son cou de toutes mes forces. Elle ouvre des yeux écarquillés d'incompréhension, puis de terreur. J'ancre mon regard dans le sien, savourant l'instant, tout en pesant de tout mon poids sur son abdomen, car, comme prévu, elle se débat comme une tigresse : ses poings martèlent mon dos, et ses jambes battent l'air en tous sens. Sa résistance décuple mon plaisir. Mon cœur bat fort dans ma poitrine. Je me sens tellement fort, vivant ! Je lui susurre : « Là, ma chérie, tu te défends bien, mais c'est bientôt fini. »

Romain se rendit compte qu'il avait cessé de respirer et expira, bouleversé. Pourtant, comme hypnotisé, il ne parvenait pas à détourner le regard.

De fait, ses mouvements faiblissent. Ses yeux de braise se ternissent. Son souffle s'éteint. Voilà, c'est fini. Je demeure quelques minutes dans la même position. L'adrénaline bat dans mes veines, je suis dans une sorte de transe jubilatoire. Puis je pose mes doigts sur sa joue, paternellement.

« Nous allons te faire belle, maintenant. »

Je sors une petite trousse d'une de mes poches et y prélève une brosse. Je défais sa natte et m'applique à démêler ses cheveux. J'aimerais ôter mes gants pour les toucher, mais je me contente de prélever une longue mèche que je range soigneusement, après l'avoir entourée d'un ruban rouge. Je dois encore apposer sur ses lèvres une touche de gloss et déposer une rose rouge sur son sexe... Voilà qui est fait ! Je prends une photo de mon chef-d'œuvre, avant de m'éclipser.

Le curseur clignota. Romain était arrivé au bout des lignes noires qui dansaient sous ses yeux. Il était au bord de la nausée. Puis une horrible pensée l'envahit. En se levant, tout ensommeillé, il n'avait pas regardé du côté d'Ornella. Était-elle... ? Il n'osa formuler l'indicible jusqu'au bout.

Mû par une terreur irrationnelle, il se rua dans les escaliers et s'arrêta net devant la porte de sa chambre. Qu'allait-il découvrir ?[25]

© Florence Jouniaux[26]

---

[25] À vous, lecteurs, de choisir votre fin ! Rationnelle ou irrationnelle ?
N.B. Selon Camus, « La création, c'est le grand mime (...) L'artiste au même titre que le penseur s'engage et se devient dans son œuvre ». (*Le Mythe de Sisyphe*)

[26] Professeur de lettres classiques au lycée de la Versoie (France). Férue de fantasy et d'histoire, elle a écrit dans tous les genres et est l'auteure de trente romans., dont six écrits à quatre mains, d'un recueil de poésie et d'une pièce de théâtre.

Camus, l'artiste et l'œuvre

Jean-Michel Wavelet
(France)

Il a suffi d'une lecture pour que le jeune Albert devienne l'inoubliable Camus. En lisant *La douleur* d'André de Richaud, il éprouve un véritable choc. « *Un nœud de liens obscurs* [27] » se dénoue en lui. Il se sent soudainement libéré de toute entrave, délivré de ses chaînes. C'est l'appel de la création. Il comprend que l'on n'écrit pas pour oublier ou distraire, mais pour fixer à jamais dans la mémoire la souffrance et la noblesse des siens, la dignité des gens de peu, la force des démunis et la richesse des pauvres.

L'écriture devient un combat pour lutter contre l'effacement de l'histoire. L'insignifiance des humbles cesse dès la publication des *Voix du quartier pauvre*. Le silence est rompu. L'étranger, le pestiféré, le repenti et le monstre ont droit de cité. Les sans-voix, les sans-dents, les sans-gîtes, les sans-emploi, les sans-histoires, les tétraplégiques, les gueules cassées et les sourds bénéficient d'une reconnaissance littéraire. Les millions d'anonymes, d'invisibles et d'inaudibles qui parcourent chaque jour, sans bruit et sans cri, les ténèbres de la

---

[27] Rencontres avec André Gide, Œuvres Complètes, Bibliothèque de la Pléiade, Gallimard, 2008, tome III, p. 882.

misère et qui n'ont d'autres biens que leur humanité, sortent enfin de l'ombre.

©Anna Alexis Michel

En portant haut la voix des siens, en conservant les traces des humbles, Camus ne s'émancipe pas de la pauvreté pour la perdre de vue, il ne cesse de la revivre et de la donner à voir. Mais peut-elle être la matière de son œuvre ? L'acteur de cette vie peut-il se confondre avec le narrateur ?

Les premiers écrits témoignent d'une volonté de ne pas s'en dissocier. Dans la revue *Sud*, il donne la parole au Poète de la misère, Jehan Rictus qui revendique l'expression directe de la pauvreté par ceux qui la subissent. Il rejette l'imposture de toute narration qui n'est pas le fruit d'une expérience. Il persiste et signe, dans la préface qu'il accorde à Louis Guilloux, en regrettant que ceux qui parlent pour le prolétariat soient issus de milieu aisé : « *j'ai toujours préféré qu'on témoignât, si j'ose dire, après avoir été égorgé* [28]. » La création littéraire consiste alors à revivre l'expérience initiale et à éprouver une seconde fois ce dénuement. Elle en est la réplique. Le vécu est décrit de l'intérieur. Il fait corps avec la narration en forgeant l'œuvre. La source est sans cesse ravivée : « *Chaque artiste garde ainsi, au fond de lui, une source unique qui alimente pendant sa vie ce qu'il est et ce qu'il dit. […] Pour moi, je sais que ma source est dans l'Envers et l'Endroit, dans ce monde de pauvreté et de lumière où j'ai longtemps vécu* ». La vie des démunis apparaît au grand jour. Mais l'ambiguïté règne. Le pauvre a son envers et son endroit, ses forces et ses faiblesses, sa richesse et son dépouillement. Le manque de biens, de moyens, de liens et de culture s'allie étrangement à l'absence d'envie et de convoitise, à la dignité, la chaleur, la solidarité et l'entraide.

On comprend alors que la fiction puise dans cette source féconde. Le choix des lieux et des personnages appartient à l'enfance. Le cadre de *La Mort heureuse* et de *L'Étranger* est le quartier Belcourt. Les prénoms et les noms de famille résultent de matériaux intimes et d'emprunts familiaux. Ainsi la naissance du

---

[28] Avant-propos à *La Maison du peuple* de Louis Guilloux, Grasset, 1953, p. 11.

romancier se confond avec l'entrée en fiction des siens:
« *En somme, je vais parler de ceux que j'aimais*[29] . »

Néanmoins, si le vécu intime est un matériau, il devient de moins en moins la matière de l'œuvre. La vie ne se duplique plus, elle se recompose. Si ses premiers écrits s'inspirent d'une approche autobiographique, les suivants vont inscrire le souci de soi dans une préoccupation plus fictionnelle. L'intention qui naît de ses expériences d'écriture non abouties est de « *donner une forme* [30]» aux destins des siens. Des *Voix du quartier pauvre* au *Premier Homme*, il la découvrira progressivement en remaniant ses écrits. Dans ce cheminement d'écriture, *La Mort heureuse* n'est encore qu'un indicible chaos : « *Ce livre m'a donné beaucoup de peine. […] Et maintenant que j'en suis éloigné, je n'ai pas besoin de beaucoup réfléchir pour comprendre que je me suis noyé et aveuglé* [31]». Submergé par l'abondance des événements, la juxtaposition de micro-récits, reflet d'une vie
« *physique désordonnée, avec ses tentations et ses satiétés* [32] », il ne parvient pas encore à unifier son texte et à dégager un fil narratif. L'écriture demeure le reflet de sa vie, son double et non la création d'une autre vie. Il s'y perd, se disperse et se dissémine. Comme Jonas qui ne peut
« *peindre le monde et les hommes et, en même temps de vivre avec eux*[33]», il éprouve l'impossibilité même de pouvoir à la

---

[29] *Le Premier Homme*, op. cit., tome IV, p. 940.
[30] « *donner une forme à son destin* », *Le Mythe de Sisyphe*, op.cit., tome I, p. 299.
[31] Lettre 18 du 18 juin 1938 à Jean Grenier, Albert Camus-Jean Grenier, Correspondance 1932-1960, Gallimard, 1981, p. 29.
[32] Ibid., p. 30.
[33] *Jonas ou l'Artiste au travail*, in *L'Exil et le Royaume*, op.cit, tome IV, p.72.

fois vivre et écrire ce que l'on vit, être le spectateur et l'acteur[34]. Le récit n'est pas un compte-rendu. On ne vit pas deux fois la même vie, on ne revit pas sa vie, on en fabrique une autre. Pour aller du vécu à l'œuvre, le calque ne suffit pas, il faut choisir l'itinéraire.

En transformant la vie dans sa fécondité et son jaillissement, dans sa fulgurance et sa dissémination, l'écrivain doit se distancier et se détacher de sa propre vie. Il lui faut suspendre ses émotions, brider ses sensations, contrôler ses sentiments. La pression est extrême pour que l'expression s'accomplisse : « *Vivre, bien sûr, c'est un peu le contraire d'exprimer* [35]. » Le cœur du créateur est « *un cœur sec* [36]». La main qui écrit a quelque chose de chirurgical. Elle est froide et rationnelle, sage et opérationnelle. Camus n'a-t-il pas caressé le projet d'étudier la médecine et fait du docteur Rieux un narrateur ?

La vie dans le quartier pauvre de Belcourt n'est plus la simple vie de Camus, c'est un réservoir de matériaux narratifs qui dispense l'écrivain de devoir tout inventer. Il peut exercer sa sagacité et son imagination dans le remodelage incessant de ses trésors de vie et de ses ressources romanesques. Dans ce dispositif de travail, les Carnets joueront de plus en plus le rôle d'un véritable « *laboratoire de l'œuvre* [37]», recueillant

---

[34] « *Il faudrait vivre en spectateur de sa propre vie. [...]. Mais on vit* », *Le Premier Homme*, op. cit., tome IV, p. 938.

[35] *Noces*, op. cit., tome I, p. 128.

[36] *Le Mythe de Sisyphe*, op. cit., tome I, p. 278.

[37] Anne Prouteau, Agnès Spiquel, Lire les carnets d'Albert Camus, Septentrion, 2012, p. 7.

le vécu intime, les impressions, les réflexions, les intentions et les lectures commentées et opérant sur ces ensembles hétérogènes des extractions à des fins narratives. Le vécu de l'écrivain ne consiste plus que dans la transformation du premier vécu, dans son remaniement, dans sa transfiguration. Il n'a plus rien de ce vécu spontané, naturel que seul le biographe tentera, sans doute, avec une part certaine d'approximation et d'imprécision, de reconstituer plutôt que de restituer intégralement.

Camus est alors confronté à des choix narratifs. Que lui faut-il retenir ? Comment doit-il procéder ?

Paradoxalement ce n'est pas l'approfondissement du travail romanesque qui va l'aider à retrancher du réel le superflu, à éliminer et à sélectionner, ce sont ses activités professionnelles et théâtrales qui auront des effets sur sa production de récits. En automne 1935, il fonde le *Théâtre du travail* qui devient en 1937, le *Théâtre de l'équipe*. Durant quatre ans, il adapte une bonne dizaine de pièces ou de romans, développe un théâtre de caractères qui donne au corps une dimension expressive forte. Or, la temporalité scénique est bien éloignée de celle de la vie. Un drame ou une tragédie se déroule en une soirée et exige à la fois un effort de synthèse narrative et un développement expressif. Il lui faut condenser l'intrigue, en simplifier les contours et en même temps étendre les émotions, fabriquer des contrastes, se nourrir *« de grandes images frappantes et placées sous des lumières plus vives* [38]». En grossissant les traits, il éclaire la violence des caractères et en condensant, il révèle la profondeur invisible des sentiments. Dans ce double mouvement d'expansion et de contraction se combinent joyeusement la sensibilité et l'intelligence, l'instinct et la raison.

Déployant des capacités narratives nouvelles, Camus progresse très vite en qualité de romancier.

C'est précisément entre 1935 et 1939, qu'il évolue d'une fiction disjointe dans laquelle il se noie à un récit d'une très grande puissance narrative. Le théâtre lui enseigne la création d'un monde séparé des autres, tel un « *couvent*[39]». Il inventera un espace romanesque qui verra se déployer la narration. C'est l'atmosphère de l'exil et du jugement qui prévaut dans *L'Étranger*, celui de l'épidémie dans *La Peste* et celui de la culpabilité dans *La Chute* : « *On ne raconte plus "d'histoires", on crée son univers* [40]. » Le récit, peuplé d'images, trouve alors son unité dans le contexte narratif qui ordonne les interactions entre les corps et les passions. Comme au théâtre, le décor et les corps s'harmonisent. *La Mort heureuse* est progressivement repensée, réécrite et finalement totalement transformée par le retranchement d'éléments hétérogènes, en une nouvelle intrigue savamment conduite. Camus pourra dire plus tard légitimement : « *J'ai longtemps craint que le*

---

[38] Extrait d'un débat avec le public après une représentation des Possédés au théâtre Saint Antoine, mars 1959, op. cit., tome IV, p. 544.
[39] Interview à « Paris Théâtre » Paris-Théâtre, n°125, août 1957, op. cit., p. 579.
[40] Le Mythe de Sisyphe, op. cit., tome I, p. 288.

théâtre ne m'empêche d'écrire. Je ne le crains plus [41]. » C'est le théâtre qui l'a aidé à passer des nouvelles au roman plus long, psychologiquement plus complexe, teinté de clair-obscur, affecté d'une temporalité lente, et animé d'une formidable énergie vitale. Jamais il n'y renoncera.

En 1938, Camus devient journaliste à Alger-Républicain. Cette nouvelle expérience va jouer un rôle important dans sa verve romanesque. Plongé d'emblée dans le fatras des données locales, il suit aussi des faits divers et assiste à des procès au tribunal d'Alger. Son reportage sur la misère en Kabylie, sous forme de onze articles, fera date. Il y apprend à ne pas se laisser submerger par l'abondance des informations. On retrouve la vertu de la condensation si forte dans *l'Étranger*. Le rapport critique et le goût de la vérification incite le romancier à établir la vraisemblance des intrigues. Camus s'y familiarise aussi avec les drames et les faits divers qui deviennent une véritable source littéraire. *L'Étranger* et *le Malentendu* s'inspirent d'articles de presse. La pratique journalistique est féconde et verra naître *Combat*.

Maîtrisant l'unité romanesque par le détour du théâtre et du journalisme, Camus voit le succès de *L'Étranger* confirmé par celui de *La Peste*. Mais cette réussite ne saurait être exclusivement technique et stylistique. En dépassant la quête autobiographique, il accède à une autre dimension existentielle, celle d'une

---

[41] Interview à « Paris Théâtre », op. cit., tome IV, p. 580.

seconde vie plus intense, plus condensée, plus forte et plus émouvante. La vie est augmentée. En-deçà du théâtre, il y a cet univers dépouillé de tout, confronté à l'indigence d'une communication entre analphabètes, sourds et dysphasiques. Il n'y a parfois que le corps pour signifier, les gestes amples pour symboliser, le langage des signes et la lecture bilabiale pour se faire comprendre, les caractères trempés pour se faire entendre quand on ne peut mâcher ses mots, les regards aigus pour être attentif aux désignations, aux attitudes, aux postures et aux expressions. Au-delà, c'est la transfiguration du handicap, du dénuement et de cette vie essentiellement corporelle pour forger un théâtre de caractères qui prend appui sur le mime pour nourrir la dramaturgie et la richesse narrative.

Camus était le plus heureux des hommes au théâtre parce qu'il réalisait enfin l'association du corps avec les mots : « *il aimait beaucoup indiquer lui-même, sauter sur le plateau, faire des gestes, dire des textes, qu'il disait merveilleusement d'ailleurs. [...] il voulait vraiment que les acteurs soient capables de grands gestes, d'ouvrir grand les bras, de ne pas faire ce qu'il appelait du théâtre de placard* [42].»

L'obstacle à la communication ordinaire se meut en élargissement et intensification des modes d'échanges. Les silences deviennent subitement éloquents en s'incorporant. Camus agrandit la vie en créant une voie de passage entre le verbe et le corps, entre la culture familiale et la culture universelle. Les

---

[42] Catherine Sellers, *Répéter avec Camus*, L'Herne, n° 103, 2013, p. 178.

possibles surgissent d'une vie si étriquée. Le besoin théâtral comme le besoin romanesque ouvrent le destin et offrent une pluralité de voies. Camus explore enfin d'autres altérités que la sienne et peut « *pénétrer dans toutes ces vies, les éprouver dans leur diversité* [43] ».

Grâce à l'art, il appréhende davantage ses fantômes et ses ténèbres.

Ainsi, il fait des silences obstinés d'une mère, de son apparente indifférence, des incompréhensions qu'elle engendre certains des thèmes de son œuvre, comme s'il voulait les vivre à l'échelon universel, comme s'il voulait exhumer un profond désarroi en le dramatisant. Meursault vit dans l'incommunication avec sa mère et devient cet étranger que l'on préjuge sans même vouloir l'entendre et le comprendre. Jan, dans *Le Malentendu*, ne trouve pas les mots pour être reconnu de sa mère et en meurt assassiné. Joseph Grand dans *La Peste* s'enfonce dans la pauvreté faute de mots pour formuler sa pensée et se faire comprendre. Mersault, dans *La Mort Heureuse*, cherche les mots qui apaisent et donnent de l'espoir, mais seule la mort viendra mettre un terme à ce corps à corps désespéré avec le verbe. L'analphabétisme vécu jusque dans sa chair est magnifié. Il perd sa faiblesse ordinaire pour nourrir un sublime désarroi, au moyen d'une narration si déchirante. La vie romancée augmente la grandeur du

---

[43] Le Mythe de Sisyphe, op. cit., tome I, p. 272.

vécu, elle est la vie ressentie par la sensibilité d'un artiste.

Par le pouvoir des mots, Camus peut aussi faire vivre les absents. C'est ainsi qu'il fait exister son père dans son œuvre. Il le recrée en corrigeant le monde réel au moyen du roman. Il en fait un père présent et protecteur de sa famille. Il lui donne un visage ferme, une attitude déterminée, une allure modeste, une énergie de travailleur [44].

En comblant les vides et luttant contre les effacements des destins modestes, Camus crée une littérature de combat qui incite les hommes à reprendre en main leur propre vie en la transfigurant.

Loin de la littérature d'évasion ou de distraction qui conduit à l'oubli de soi, cette littérature leur redonne le pouvoir sur eux-mêmes, les aide à se réapproprier leur vie, à lui donner du sens en dépassant l'absurdité initiale faites des aléas et des aveuglements. Elle invite « *à faire de sa vie une œuvre d'art* [45]», en retissant, recousant, réparant la première vie de l'homme déchiré, brisé et isolé.

Pareille réappropriation sera au cœur du projet du *Premier Homme* qui opérera la synthèse de la mémoire et du sensible, de la douleur et de la beauté, de la difficulté et de la vaillance. Dans cet ultime texte

---

[44] Le Premier Homme, op. cit., tome IV, p. 742.
[45] L'Homme révolté, op. cit., tome III, p. 288.

inachevé, la culture délivre de la douleur, émancipe de la misère et rend les nouveaux horizons tellement plus désirables.

Il reste que cette nouvelle vie augmentée ne s'élargit et ne s'agrandit que dans le partage et l'universalité. Camus en appelle à l'exemplarité de l'artiste et de l'œuvre. Il n'a pas seulement écrit pour dire la pauvreté des siens, il a produit une œuvre pour en témoigner, pour devenir le porte-parole des perdus de vue, des laissés-pour-compte, des asservis. L'écriture révèle à tous la dignité des humiliés, la mémoire des humbles et l'héroïsme des démunis. Elle est aussi le moyen de vivre solidairement avec les pauvres et ses semblables. Camus ne cessera de remanier les matériaux biographiques pour que la parole advienne du silence, pour que des mots surgissent de l'absence, pour qu'un hommage soit enfin rendu aux privés de langage, pour que les souffrances tues ne soient jamais confondues avec l'indifférence.

À la fois citoyen aux côtés de ceux qui subissent l'injustice et artiste qui en témoigne, Camus ne cessera jamais de vivre doublement :

« *j'aurais remis l'écrivain à sa vraie place, n'ayant d'autres titres que ceux qu'il partage avec ses compagnons de lutte, vulnérable mais entêté, injuste et passionné de justice, construisant son œuvre sans honte ni orgueil, à la vue de tous, toujours partagé entre la douleur et la beauté, et voué enfin à tirer de son être double, les créations qu'il essaie obstinément d'édifier dans le mouvement destructeur de l'histoire* [46]. »

Si Camus est parti trop tôt, son œuvre demeure à jamais vivante. Elle continue de suggérer sans surcharger, de s'ouvrir à de nouvelles lectures, de nouvelles interprétations qui n'achèveront pas cette quête insatiable de vérité. Son secret et sa part ténébreuse en prolongent l'examen. Son mystère subsiste et intrigue, suscitant toujours de nouveaux lecteurs, lui offrant une étonnante postérité et une surprenante actualité. Après avoir vécu de son œuvre, Camus vit désormais en elle.

© Jean-Michel Wavelet[47]

---

[46] Discours de Suède du 10 décembre 1957, op. cit., tome IV, p. 242.
[47] Biographe et essayiste, Jean-Michel Wavelet met en lumière les itinéraires extraordinaires et l'originalité des penseurs et des artistes qui ont pu, grâce à l'école, inverser le cours de leur destin et marquer à jamais la culture de leur glorieuse empreinte. Après *Gaston Bachelard, l'inattendu* en 2019, il publie *Albert Camus - La Voix de la pauvreté* chez l'Harmattan en 2023.

Hommage Albert Camus

Claudia Rizet
(Nouvelle-Calédonie / Canada)

J'ai mis du temps à venir vers vous, Cher Albert, à venir à votre rencontre.

Plus par gêne, que par manque d'intérêt, comme si vous m'étiez totalement inaccessible, comme si je n'étais pas digne de vous lire, vous rencontrer. Moi à qui mon professeur de français au collège avait dit qu'à quatorze ans, je n'étais pas capable de comprendre Voltaire, alors que la révolte de Zadig était la mienne, que je devais me « contenter » du Petit Prince de Saint Exupéry, que je ne comprendrais que trente ans plus tard en accompagnant mon Petit Prince.

Parce que je suis née à une époque où l'on s'offusquait que le livre de poche publie des « œuvres littéraires », où l'on estimait que seuls les professeurs de français, latin et grec pouvaient apprécier la littérature et où « on » était interdit à l'écrit.

Si à mon époque, vous étiez jugé « trop important » pour moi par mon professeur de français (et, en bonne Asperger, je pris cette injonction au premier degré) tout comme Voltaire, j'eus l'immense plaisir de dévorer Maupassant, Zola, Balzac, … Ils étaient au programme au collège, donc accessibles.

155

Ce n'est qu'à l'aube de la trentaine que j'osai, et le terme est faible, avec beaucoup d'appréhension, venir vers vous.

Près de trente ans après, cette rencontre est encore vive dans ma mémoire, comme si elle avait eu lieu hier, tant elle a changé mon regard sur l'être humain.

Vous m'avez parlé d'un des plus grands maux de l'Humanité à mes yeux, nourri par l'orgueil dont nous devons absolument nous méfier ; et j'écris nous, car il me semble, qu'à de très rares exceptions, aucun d'entre nous n'est épargné.

Cette maladie aujourd'hui portée à son paroxysme par l'usage que l'être humain fait des réseaux sociaux, portée même en métier d'avenir sous le nom trompeur de « communication ».

Cette maladie qu'enfant je nommais « hypocrisie », vous l'avez nommée « peste », car ces mots trompeurs, hypocrites, vides de sens, nous pourrissent et sont d'une contagion extrême provoquant bien des malheurs sur cette Terre.

Cela fait presque trente ans que j'observe, je m'observe, et que je me dis que l'allégorie de *La Peste* était une véritable prophétie, encore plus ces dernières années, où nous avons été nombreux à venir converser avec vous pour pouvoir survivre à cette folie que l'Humanité traverse.

Plus rien ne fut pareil après cette rencontre. Je ne me sentais plus seule ; vivant dans une société où le non-dit est culturel et fait tant de mal, il m'était si souvent douloureux de vivre, de trouver ma place, de me faire entendre. Vous m'avez accompagnée, comme des années plus tard, votre contemporain Antoine de Saint Exupéry accompagnerait mon Petit Prince. Je trouvais force et courage en vous relisant, quand ils me faisaient défaut. J'étais enfin capable de mettre des mots sur les maux de cette société calédonienne dans laquelle j'évoluais. Je ne pouvais m'empêcher de faire le parallèle entre la ville d'Oran et Nouméa la blanche. Le parallèle allant parfois jusqu'aux personnages. Comme quoi, nous nous sentons uniques par vaine vanité, alors que nous sommes bien souvent si semblables. Cette compréhension ne cesse de me guider.

Cela fait presque trente ans que votre ouvrage m'accompagne car, en lui, en vos mots, je développe une compréhension et une bienveillance envers l'être humain qui me manquaient, je l'avoue humblement. Nous autres Asperger n'avons pas toujours la possibilité de comprendre les neurotypiques, non par manque d'empathie, de développement cognitif mais plutôt parce que nous avons d'autres centres d'intérêt. Les histoires, lorsqu'elles sont écrites pour élever la conscience, l'âme sont sources d'inspiration, d'éducation et permettent aussi de rappeler que définitivement, comme le soulignait Maria Montessori, tout l'art de vivre consiste à se soumettre au réel.

Au-delà des mots, nos destins sont si parallèles (nous avons grandi tous les deux dans une colonie française, avons des racines alsacienne et bordelaise) qu'il m'arrive d'imaginer parfois que votre famille aurait pu s'installer au bout du monde, elle aussi. Votre présence aurait-elle enrichi différemment l'histoire de la Nouvelle-Calédonie ? En tout cas, je pense que votre regard sur vos contemporains aurait été le même. C'est pour cela que vos mots trouvent écho sur notre Caillou, en nous, en moi.

Vous êtes un des auteurs préférés de la société civile Kanak, le saviez-vous ? Un souvenir me revient. Jeune enseignante, je rabâchais aux élèves de l'école de la tribu de Gohapin (ma première expérience dans l'enseignement) : *« La connaissance est dans les livres. Lisez, lisez, lisez ! »*. Afin de leur permettre d'avoir accès à cette connaissance, je créais ma première bibliothèque publique dans laquelle je glissais ces livres qui m'avaient aidée à grandir, à former mon esprit dont un des vôtres, Cher Albert, celui-là même qui me permet de mieux comprendre et accepter mes contemporains.

Je n'ai pas l'outrecuidance de penser qu'un livre déposé dans une case d'une tribu du fond de la chaîne calédonienne ait pu être à l'origine de cet engouement.

En revanche, maintenant que je connais mieux cette société, dans laquelle prend source une de mes racines, je sais qu'une graine plantée nourrit cette terre lointaine et ses habitants bien au-delà de ce que nous pourrions imaginer tant le sacré rythme la société Kanak ; cette société pour laquelle la Parole est sacrée car c'est par elle, entre autres, que l'arbre généalogique est transmis et ainsi l'histoire du peuple Kanak.

Aujourd'hui, la société Kanak, société orale, vit une (r)évolution majeure puisqu'elle a choisi de passer de l'oralité à l'écrit, sans pour autant renier le sacré de la Parole. Bien au contraire. Je sais que j'ai une chance inouïe de participer, accompagner cette (r)évolution avec l'Association Présence Kanak qui en est le poteau central. Vous inspirez tant de jeunes Kanak, à qui il a aussi été dit qu'ils ne pourraient pas comprendre certains auteurs, voire qu'ils ne pourraient pas eux non plus vous comprendre, que je pressens au fur et à mesure des rencontres, de leurs écrits, que ce nouveau chemin, ce Mana[48], fait désormais partie de la société civile Kanak.

La société Kanak est ouvertement et librement gouvernée par le monde des humains et le monde des esprits. Vous êtes aujourd'hui dans le monde des esprits et je vous imagine sans peine auprès de Jean-Marie Tjibaou, Alban Bensa, Louise Michel, Nidoïsh Naisseline, Michel Rocard, Dewe Gorodey et bien d'autres, inspirant, insufflant vos mots, idées, pensées à cette jeunesse que je vois doucement et sûrement

---

[48] Mana : Le mana est un concept polynésien. La notion de mana, fondation de la magie et de la religion, est l'émanation de la puissance spirituelle du groupe et contribue à le rassembler. Le mana est créateur de lien social.

relever la tête (Maxha), comme vous l'aviez fait avec moi près de trente ans auparavant.

Cher Albert, merci pour vos mots déposés sur mes maux, sur nos maux, merci pour le temps que vous avez consacré à transmettre, éveiller. Merci pour votre présence.

Je finirais par cette réflexion de Christian Bobin, qu'il me plairait un jour de développer avec vous :
« Si on veut transmettre quelque chose dans cette vie, c'est par la présence bien plus que par la langue et par la parole. La parole doit venir à certains moments, mais ce qui instruit et ce qui donne, c'est la présence. C'est elle qui est silencieusement agissante ».

© Claudia Rizet[49]

---

[49] Co-fondatrice Association Présence Kanak.
Directrice Nouvelle-Calédonie Rencontre des Auteurs Francophones.

Au commencement était la création

Sophie Turco
(France)

© Au commencement était la création – Sophie Turco.

La mer, le soleil et les visages.

Un bar rouge et vert au bord d'une eau bleue.

En somme, un décor estival de carte postale.

Il n'est pas besoin de dessin pour imaginer ces sortes d'endroits, tout au plus, avec un peu de lyrisme, pourrait-on ajouter quelques détails : la chaleur, les châteaux de sable, le vrombissement des moustiques, les vacanciers, la lassitude d'une vie machinalement oisive.

Pourtant, il se pourrait que l'artiste créateur se fasse le spectateur d'une scène qui se déroule là, juste un peu plus près de nous. Que voit-il ? Pour le savoir, laissons-lui la parole et écoutons-le :

« Les pieds foulant le sol chaud, deux hommes se font face, chacun à sa table. Ils soulèvent leurs petites tasses et soufflent à la surface du café, les lèvres et les yeux entrouverts. Soudain, une épée de lumière jaillie du sable, d'un coquillage blanchi ou d'un morceau de verre, les éblouit tous deux. Maintenant, ils se regardent, cette sorte d'invisible barrière qui les séparait s'est brisée.

Puis-je, monsieur, vous proposer mes services, sans craindre d'être importun ? Je suis un habitué des lieux. J'ai mes petits rituels. Je viens ici chaque matin boire mon café et lire le journal m'informant des bonnes et mauvaises nouvelles du jour. Laissez-moi ouvrir votre parasol. Sa manœuvre n'est pas aussi aisée que vous pourriez le croire, et puis vous risqueriez de vous blesser. Vous voilà maintenant protégé ! L'ombre vous recouvre désormais ! Je me retire, monsieur, heureux de vous avoir obligé. Je vous remercie. Vous êtes trop bon d'accepter de m'écouter avec un grand sentiment de fraternité. Je suis ravi d'installer mon café auprès du vôtre et de bénéficier de votre ombre. Sans être aveuglés par la lumière du soleil, nous pourrons ainsi converser de choses sérieuses et, en somme, parler pour rien. Vous froncez les sourcils et vous affichez une mine de dégoût comme si votre café était bien trop amer. Je vois ! C'est ce petit mot « rien » qui vous a fait ce sale effet. Vous décelez en moi un certain pessimisme et vous voudriez refuser que nos paroles et nos actes trouvent à s'anéantir dans cette déréliction. La pensée humaine ne peut demeurer dans ces déserts, dites-vous ! Vous ne souhaitez pas consentir à la frivolité du sérieux ! Selon vous, ce qui constituerait l'honneur d'être homme serait de porter à son accomplissement ces actes si nobles qui donnent tant de sens à nos vies. Mais sans songer à vous offenser, je crains, monsieur, qu'il ne soit pas en notre pouvoir de refermer la porte de la vacuité. Une fois qu'il est reconnu, l'absurde est une passion et la plus déchirante de toutes[50]. Mes propos ont un air camusien, ne trouvez-vous pas ? Vous connaissez donc bien cet auteur. Vous êtes un homme cultivé. Vous m'intéressez. Je vais prendre plaisir à échanger avec vous. Regardez autour de vous ce bal des juilletistes et

---

[50] Albert Camus, *Le mythe de Sisyphe*

des aoûtiens. Leurs rôles, ils l'interprètent chaque année. Leur jeu d'acteur est parfait et ne comporte pas une seule fausse note, non pas parce qu'ils chérissent ce qu'ils font, mais parce qu'ils jugent qu'il en va de leur vie. Pour les uns, les vacances sont finies, pour les autres, elles démarrent. Tous ces estivants aiment le cérémonial que leur impose ce congé : préparer ses valises pour en remplir le coffre d'une voiture toujours trop petite et prendre la route, bien souvent, au péril de sa vie pour échouer sur une plage bondée où les attendront la promiscuité et la lassitude de journées longues et vides. Après cinq semaines de désenchantement, le corps enduit de crème solaire, ils se disent plein d'entrain pour revenir à leur sédentarité avec toutes ces habitudes dont ils prétendent avoir accepté de se dessaisir pour un temps. Il faut comprendre que loin de leur zone de confort, dans ces lieux de villégiature où l'on fait des cures d'ennui, ils ont connu l'enfer oisif, mais ils se pensent heureux. Ils ont atteint leur fin. Leur vie a un sens et elle peut s'écouler sereinement. Tout cela est si sérieux ! Ils ont travaillé dur pour s'octroyer ce petit divertissement. Alors, inlassablement, l'an prochain, le temps des conventions les portant, ils repartiront. C'est ainsi, cher ami, que pour tout bon citadin, comme vous, comme moi, les congés d'été débutent et s'achèvent. Votre histoire pourrait se répéter à l'infini dans un éternel retour. Vous n'en seriez pas fatigué. Toutefois, une sensation étrange, une impression de vide ne vous quittera jamais. Tous ces petits bonheurs qui agrémentent joliment votre quotidien sont si insaisissables. Ils sont tels ces mots que l'on dessine dans le sable et que les vagues effacent. Et parce que vous ne voulez pas abandonner l'espoir d'aimer ces choses qui pourtant ne vous donnent aucune raison de les aimer, pour en garder la trace, vous les prenez en photos. Vous pourrez ainsi vous en souvenir, mais là encore quelque chose d'important vous aura échappé. Qu'est-ce donc ?

C'est que, voyez-vous, il est des choses qui, telles ces belles cartes postales, se tiennent, là devant vous, dans une froide indifférence, dans le silence le plus tenace, à jamais sourdes à tout appel humain. Face à elles, infiniment nombreuses, en présence de l'immensité de ce monde sans conscience, aux reflets de glace, le vertige fait tressaillir votre cœur. Peu à peu, dans la chaîne de tous ces petits souvenirs que vous avez gardés dans un coin de votre mémoire, rien ne reste de tout ce que vous avez réellement éprouvé. Les pensées qui constituent pour vous votre vie, la réalité, ne sont plus que des mensonges. Vous réalisez que vos espoirs n'ont engendré que de la souffrance. Vous êtes mortifié d'avoir vénéré des idoles mutiques. Le monde pour vous ne s'est pas converti à la douceur. Vous n'avez pas su jouir de ce qui vous a été offert dans ce pur dénuement qui est, à lui seul, source de joie. Vous êtes bien de cet avis, n'est-ce pas ? Vous vous souvenez de ces mots : « Si j'étais arbre parmi les arbres, chat parmi les animaux, cette vie aurait un sens ou plutôt ce problème n'en aurait point, car je ferais partie de ce monde »[51]. Ah ! Camus parlait d'or ! Vous savez bien que vous n'êtes ni un arbre ni un chat. Vous avez une conscience malheureuse qui se projetant toujours hors d'elle-même se refuse à se laisser traverser par la plénitude du moment présent. Vous pensez avec nostalgie à ce passé qui fut le vôtre, mais qui n'est plus et qui vous fuit autant que vous le fuyez. Vous aimeriez être maître de votre futur qui n'est encore qu'un pur néant. Tous ces regrets et toutes ces inquiétudes ne vous autorisent pas à vous concentrer sur la seule chose qui pourrait vous appartenir vraiment. Vous ne pouvez pas connaître le bonheur du chat Mouloud de Jean Grenier [52]. Celui-ci disait de son chat qu'il sait être tout entier dans son action, à chaque instant. Quand il joue, il ne songe pas à se regarder jouer. Ce qu'il faut alors en conclure selon Jean Grenier, c'est que « les hommes sont aussi contents d'être hommes que Mouloud d'être chat. Mais Mouloud a raison et eux ont tort ». Je cède à vos arguments, cher ami. Je conviens avec vous qu'à ce stade la position de l'homme est insoutenable. Tiendrez-vous, très cher, entre vos mains la rose rouge au parfum le plus capiteux, l'ivresse olfactive, qui s'empare de votre être tout entier, ne trouvera jamais à vous faire oublier ces féroces épines qui blessent votre

---

[51] Albert Camus, *Le mythe de Sisyphe*.

[52] Jean Grenier fut le professeur de philosophie d'Albert Camus au lycée d'Alger en 1930. Leur relation fut durable, se nourrissant de sentiments profonds et de cette pudeur qui crée des liens indestructibles. C'est après la lecture du livre, *Les Iles*, de Jean Grenier que Camus prit la décision d'écrire.

chair. Bien plus encore, dans votre souffrance, vous pourriez vous apercevoir que la rose ne saura jamais rien des tourments qu'elle vous a infligés. Elle n'a pas cette cruauté-là ! La rose est étrangère et elle peut vous nier sans aucune colère. La vérité camusienne dans sa fulgurance s'imposera à vous et vous saurez qu'« au fond de toute beauté gît quelque chose d'inhumain ».

Cette vérité perçue autant par votre âme que par votre chair pourra-t-elle être cet instant qui décide de tout, cet instant qui existe dans toute vie, tout particulièrement à son aurore ? Cet instant, c'est le sentiment de l'absurde. À ce moment-là seulement et pas à un autre, nous réalisons qu'un « pourquoi » pourrait s'élever dans notre conscience, que la vie pourrait enfin « commencer », ici et maintenant et nulle part ailleurs. Voyez à quel point la naissance de ce sentiment est misérable. N'est-ce pas de là que nous pouvons faire l'expérience de notre noblesse ? Autorisez-moi à citer ces mots de Pascal : « la grandeur de l'homme est grande en ce qu'il se connaît misérable. Un arbre ne se connaît pas misérable » [53] ? Nous pourrions alors nous extirper de cette amère torpeur qui tout en nous berçant nous aveuglait. Le « souci » naît dans ce conditionnel et il se fait l'origine de tout. La plupart des gens vivent quand il n'arrive rien. Les jours se rajoutent aux jours dans une addition monotone et

---

[53] Blaise Pascal, *Les Pensées*, 146

interminable. Les décors changent, les gens entrent et sortent et les mêmes comédies se jouent. Et puis, parfois, ils font un décompte partiel : cela fait donc dix ans que je suis dans la même boîte et que mes amis me sont restés fidèles. Dans leur récit de vie, on ne perçoit pas réellement de début et il n'y a pas de fin non plus. Puis, ils se remettent à compter les jours qui passent : lundi, mardi, mercredi, jeudi, vendredi, samedi, dimanche. Et la semaine recommence. Les mois s'égrènent, les années s'envolent. Le film de leur vie se déroule d'autant mieux qu'ils y sont le plus absents. Dans cette routine sans usure, ils découvrent avec une certaine ivresse que rien ne pèse vraiment, ni ne leur plaît, ni ne leur déplaît. Ils ont l'impression d'être heureux, protégés et libres. Pour eux, c'est ça vivre.

Rien de réjouissant dans tout cela, n'est-ce pas ? Oh, vous m'avez compris ! Je suis un homme chanceux. Nos confidences nous ont rapprochés. C'est un peu comme si nous étions embarqués dans le même navire, vous ne trouvez pas ? Sous ces eaux profondes, nous sentons qu'une tempête nous menace. Il nous faut maintenant choisir entre un naufrage assuré par notre aveugle soumission et un courageux consentement aux vagues qui se lèvent. Mais comment être certain d'adopter la bonne conduite dans une telle situation, me demandez-vous ? Je peux essayer de vous répondre, bien que vous soyez le seul à savoir ce qui est bon pour votre gouverne.

Imaginons qu'à l'aurore d'un matin, dans notre suprême attitude, rempart de ce bonheur si paisible que nous avons eu tant de mal à construire, le démon nietzschéen [54] se présentait à nous. Il nous proposerait de recommencer et de recommencer sans cesse, sans rien de nouveau, cette vie telle que nous l'avons menée. Nous aurions à revivre le moindre de nos soupirs, tout ce qu'il y a de plus grand et de plus petit dans notre vie. L'éternel sablier de la vie serait retourné sans répit, sans que nous n'ayons plus aucune échappatoire, pas même le suicide. Quelle serait votre réponse ? Maudiriez-vous ce démon ou bien verriez-vous en lui un dieu ? Ah, ne faudrait-il pas que vous aimiez votre vie, que vous connaissiez la valeur que vous êtes prêt à accorder à chaque moment pour la bénir ? Seriez-vous apte à remplacer votre vie de tous les jours par la vie de chaque instant ? Qui donc d'autre que vous pourrait savourer ce goût de vivre sans condition ? Vous pourriez comprendre que vous êtes capable d'aimer la force impénétrable de la joie simplement en adhérant de tout votre être à l'instant présent. Vous seriez heureux comme un enfant qui joue, comme le chat Mouloud qui aime les oiseaux, comme l'arbre qui offre son ombre,

---

[54] Friedrich Nietzsche, *Le Gai Savoir*, §341. Selon cet auteur, pour être heureux, il faut aimer sa vie telle qu'elle se présente à nous, avec ses joies et ses souffrances et ne surtout pas nourrir l'espoir d'être heureux demain. Cela reviendrait, en effet, à rendre le bonheur conditionnel et nous empêcherait de comprendre que nous sommes les seuls responsables de notre bonheur qui ne peut se construire ici et maintenant. Il ne faut pas vouloir changer les événements, mais modifier notre manière de les appréhender. Il faut être comme un enfant qui ne se lasse jamais de jeter les dés et d'inventer de nouvelles valeurs. On retrouve une interprétation de cette théorie dans le film *Un jour sans fin*.

comme la rose qui se parfume, comme cette cigarette qui se consume toute seule, abandonnée dans ce cendrier bleu posé sur cette table blanche. Enfin, maintenant, vous pouvez dire que vous n'attendez plus rien, que vous consentez à tout. Vous goûtez un repos total. Le monde est à vous, cher ami, vous en connaissez sa saveur. Vous êtes le créateur de vos propres valeurs. La puissance poétique des objets se révèle à vous parce que vous travaillez la matière, le plus qu'il vous soit possible de le faire, jusqu'à la rendre poreuse. Face à l'aiguillon du sentiment de l'absurde, la création esthétique vous sauve. Vous comprenez enfin l'enseignement de Camus : « *créer, c'est vivre deux fois* » [55].

Oh, je vous prie de bien vouloir m'excuser. Je suis bavard, hélas ! Je me suis emporté. J'ai oublié de me présenter. Avant, je me définissais comme un philosophe n'aimant pas les systèmes, ce qui, en soi, était paradoxal. Comme vous, je voulais que ce monde soit à moi. Je voulais l'expliquer pour qu'il réponde aux questions que je lui posais. Désespérément, je me heurtais à son silence. Puis, j'ai lu Camus. Je l'ai compris. Alors, maintenant, je me définis comme un romancier-philosophe. J'écris en images plutôt qu'en raisonnements. Avec mes mots de papier, j'habite à chaque instant chez tous les hommes aussi bien que chez moi et je me fais le familier de ces paysages qui

---

[55] Albert Camus, *Le mythe de Sisyphe*.

nous seraient restés aussi inconnus que ceux qu'il peut y avoir dans les étoiles.

Il se fait tard, mon ami fraternel. Le soleil s'est couché. Les astres nous saluent. Il est temps de rentrer chez soi. Mais avant de nous quitter, oserais-je vous faire part de ces derniers mots, qu'avec toute l'humilité de la déférence, j'aurais aimé adresser à Albert Camus, cet homme qui fut un de mes maîtres à penser :
La mer, les étoiles, les rivages,
Un bar rouge et vert au bord d'une eau profonde,
Une obscurité épaisse et un brouillard fumeux,
Un décor d'où tout émerge,
Une atmosphère humaine que tu connais par cœur. »

© Sophie Turco[56]

---

[56] Auteure et enseignante de philosophie dans le Sud de la France.

Hommage à Albert Camus
Créer, c'est vivre deux fois

Relire, c'est vivre deux fois !

Benoît Cazabon

(Canada)

Au détour d'un échange chaleureux que nous étirions, mon oncle me lance : « Je me suis mis à la lecture de *L'Homme révolté* de Camus. » Je trouvai normal que ce professeur de philosophie à la retraite aille dans les bois camusiens. La remarque s'est perdue dans un départ précipité et je ne savais pas ce que j'aurais pu ajouter sur ce texte oublié.

Chez moi, je me suis empressé de vérifier si mon exemplaire se trouvait sur les rayons de ma bibliothèque. Il y était, collection Idée 1969. Couverture rouge, protégée par sa pellicule de plastique. Je l'avais acquis en 1970 à Aix-en-Provence, chez un bouquiniste, au Passage-à-Gard, en haut du Cours Mirabeau. À l'époque, je couvrais mes livres préférés d'un film de plastique. C'était l'idée que je me faisais des livres ! Sur la page intérieure, au crayon, le prix : 2,50 francs. Environ 60 cents canadiens. Si je lui avais rapporté le livre en échange, le bouquiniste m'en aurait offert un franc et quelques centimes. Les plus précieux, je préférais les garder.

À l'intérieur de la page couverture, au crayon feutre « *Don de Michel à Sylvie, le 25/9/69, signé Michel* », avec le L se terminant gauchement en une fleur. Je me suis souvent demandé qui étaient ces Michel et Sylvie. N'avait-elle jamais lu le livre ? Aucune annotation, ni cornée, aucune marque qui jalonne la lecture de Sylvie. Qu'ont-ils partagé sur *L'homme révolté* ? Mon passage y apparaissait vers la page 150. Un carton publicitaire, bon de réduction de 40 F contre une boîte de lessive Génie aux enzymes. « Lessive détachante sans bouillir ». Il m'avait servi de signet. Ah ! Le bon temps des découvertes pas chères. Ainsi allait ma vie d'étudiant vers 1970.

Mais pourquoi ce signet au milieu du livre ? Une lecture non terminée ? Fort probablement. Qu'avais-je compris de ce Camus ? Pas le romancier, plus accessible, mais le si riche essayiste. Étais-je prêt à l'entendre ? Pourquoi celui qui choisit la révolte dédie-t-il son livre à Jean Grenier[57], son professeur, adepte du quiétisme et du non-agir ? Que de questions avant même d'entamer le texte ! Comme mon oncle, je me suis mis à la lecture de *L'homme révolté* pendant l'été.

Commençons par la fin : « *Au midi de la pensée, le révolté refuse ainsi la divinité pour partager les luttes et le destin communs. Nous choisissons Ithaque, la terre fidèle, la pensée audacieuse et frugale, l'action lucide, la générosité de l'homme qui*

---

[57] Depuis la rédaction de ce texte, je suis tombé sur celui de Bruno Curatolo dans Nuit blanche, no 144, p.48-51. Je le trouve très inspirant pour comprendre le lien entre Jean Grenier et Albert Camus.

sait. Dans la lumière, le monde reste notre premier et notre dernier amour. Nos frères respirent sous le même ciel que nous, la justice est vivante. Alors naît la joie étrange qui aide à vivre et à mourir et que nous refusons désormais à renvoyer à plus tard. [...] Chacun dit à l'autre qu'il n'est pas Dieu ; ici s'achève le romantisme. À cette heure où chacun d'entre nous doit tendre l'arc pour refaire ses preuves, conquérir, dans et contre l'histoire, ce qu'il possède déjà, la maigre moisson de ses champs, le bref amour de cette terre, à l'heure où naît enfin un homme, il faut laisser l'époque et ses fureurs adolescentes. L'arc se tord, le bois crie. Au sommet de la plus haute tension va jaillir l'élan d'une droite flèche, du trait le plus dur et le plus libre. »

Ces mots de la fin renvoient au texte en exergue de Hölderlin, *La mort d'Empédocle* : « *Et ouvertement, je vouai mon cœur à la terre grave et souffrante, et souvent, dans la nuit sacrée, je lui promis de l'aimer fidèlement jusqu'à la mort, sans peur, avec son lourd fardeau de fatalité, et de ne mépriser aucune de ses énigmes. Ainsi, je me liai à elle d'un lien mortel.* »

Refuser la divinité ; le monde, premier et dernier amour ; tendre l'arc pour faire ses preuves. Rien n'est gratuit chez Camus. Ithaque, cette l'île-terre où Ulysse dans l'Odyssée d'Homère retrouve Pénélope, donc le berceau d'une colonie nouvelle. Ici, il traite d'un homme nouveau, d'où le titre. Empédocle, ce philosophe présocratique qui réfléchit sur l'*arkhé* du cosmos ou son principe unificateur (rapport haine/amitié). De la même façon, sur la corde raide étirée entre le nihilisme et la croyance, Camus déploie

175

son érudition de l'histoire des idées qui ont façonné la pensée européenne. Il y traite surtout pour illustrer sa thèse de la littérature des XVIIIe et XIXe siècles, de l'histoire politique, artistique, sociale qui tisse des liens serrés entre ces diverses couches de lecture. Oui, c'est avant tout un livre de lecture, celle que Camus fait de ces époques jusqu'à la parution du livre en 1951. Il cherche cette nouvelle colonie, une fidélité renouvelée à la terre, une façon nouvelle de se voir : lucide, audacieuse, libre ; ce sont ses termes. Laisser derrière « *ses fureurs adolescentes* ». Que ce texte est contemporain !

« *Pour dire que la vie est absurde, la conscience a besoin d'être vivante,* », p.17. Et de là, sa pensée lucide nous explique que meurtre et suicide procèdent d'une même logique. Que dirait-il aujourd'hui du terrorisme qui assimile les deux : je me suicide en te tuant. Je tue pour une cause et je m'élimine pour la même raison. Ce geste n'est pas accompli au nom d'une logique autre que celle du nihilisme. Le prétexte religieux n'est que cela, un emprunt qui rend à mes yeux la raison plus grande que le geste. Mon sacrifice de moi-même rend le geste légitime. Il y a des logiques qui tuent.

« *Ce qui distingue la conscience de soi du monde naturel n'est pas la simple contemplation où elle s'identifie au monde extérieur et s'oublie elle-même, mais le désir qu'elle peut éprouver à l'égard du monde. [...] la conscience de soi est donc nécessairement désir.* », p.170. On croirait entendre Spinoza. Camus enseigne sur l'opposition hégélienne entre maître et serviteur. Maintenir ce duel relève d'une croyance atavique que le maître servait un dieu et le serf jouait son rôle en servant le maître. Il y avait là une loi naturelle ; donc, une force de cohésion. Quand les États-Unis montrent qu'ils représentent la force du bien, ils créent ceux qui représentent la force du mal. Ce manichéisme répond à une logique de l'ordre établi. Camus reprend ici la référence de Hölderlin à Empédocle qui cherchait le principe unificateur du cosmos dans l'alternance entre haine et amitié. Quelle est la nature du désir ? Dominer ou partager ? Quelle valeur supérieure prédomine ? *« Toute conscience est, dans son principe, désir d'être reconnue et saluée comme telle par les autres consciences. »* Ce principe peut aller dans les deux sens : du bien ou du mal. Dans son narcissisme exacerbé, Hitler croyait sur sa fin que l'Allemagne devait périr parce qu'elle avait été trop faible pour vaincre. C'est le principe de la reconnaissance animé par la haine extrême. Il y a place pour une relecture des enseignements de Camus à l'aune des événements courants[58].

Une dernière interrogation *: « une valeur à venir est une contradiction dans les termes, puisqu'elle ne peut éclairer une action ni fournir un principe de choix aussi longtemps qu'elle ne prend pas forme. »* P.202. Que faisons-nous à croire à une promesse électorale ? «We will make America great

---

[58] « Le 6 janvier 2021, en incitant ses vautours, un président déchu des USA est prêt à sacrifier la démocratie pour assouvir son narcissisme éhonté. » Benoît Cazabon.

again !», quel trou noir ! Je me suis demandé ce que cette pensée pourrait entraîner comme façon de revoir l'émancipation, l'autonomie, l'indépendance. Il tient de belles pages autour du prolétaire qui n'a eu comme mission que d'être trahi. Le prolétaire aux urnes se trahit-il lui-même ? Se construit-il à grands frais de concession une illusion qui le garde dans son état ? Le mouvement indépendantiste comme valeur à venir, n'est-ce pas une construction qui finit par ressembler en plusieurs points au régime que l'on veut quitter ? Une croyance plutôt qu'un arc bien tendu ? Nous sommes lancés dans une mystification sociale. Où est la révolte ? *« À mesure que la parousie s'éloignait, l'affirmation du royaume final, affaibli en raison, est devenue article de foi. »* p. 269. Touché ! Entre les deux yeux !

Que dire des références aux Lettres : Sade, Lautréamont, Dostoïevski, Vigny et quelques autres que j'ai revisités ? Je me suis enrichi. J'ai peut-être mieux apprécié à quarante-trois ans de distance ces si beaux textes. La lecture que Camus fait du monde est devenue la mienne. Je l'ai mieux saisie cette fois-ci, je crois. La révolte entre croyance et nihilisme. Fin du romantisme, dit-il, c'est-à-dire fin d'une croyance comme fuite en avant ou principe organisateur de l'état établi. Fin au nihilisme, désespoir de la condition humaine, qui se débarrasse d'elle-même en détruisant tout sur son passage. J'aime les lectures légères de l'été : l'ombre alternant avec la lumière et la bise en surplus ! Quel Camus !

© Benoît Cazabon[59]

---

[59] Linguiste influent sur les questions de bilinguisme, de didactique selon une approche communicative. Fondateur d'instituts de recherche qu'il dirigea, il compte de nombreux ouvrages (34) et articles (78) à son actif dont deux romans. Après sa carrière comme universitaire, il poursuit depuis 2009 une seconde carrière comme coach certifié de l'école intégrale New Ventures West.

Hommage à Albert Camus
Créer, c'est vivre deux fois

L'Amour et la révolte :
lettre à Albert Camus

Belinda Ibrahim
(Liban)

C'est avec une plume qui danse entre l'admiration et le respect profond que je m'adresse à vous aujourd'hui. Des époques nous séparent, des vagues de changements, mais vos mots, vos pensées et votre vision résistent, survivent à l'épreuve du temps et illuminent encore notre monde moderne, égaré et assoiffé de sens.

Vos œuvres sont des étoiles dans le ciel de la littérature et de la philosophie, éclairant les pensées, les idées et les sentiments de ceux qui ont la chance de naviguer à travers vos mers de mots. Les thèmes que vous avez abordés - l'amour, la révolte, l'absurde, la condition humaine - semblent plus pertinents que jamais dans notre monde d'aujourd'hui, un monde en proie à la complexité, à l'injustice et à la recherche incessante de sens.

Votre travail, votre vision, ont été d'une telle puissance et d'une telle perspicacité qu'ils ont ouvert de nouvelles perspectives et créé un espace de réflexion sur des thèmes qui nous touchent tous. Vos œuvres transcendent le temps. Votre compréhension de l'amour a remis en question les paradigmes traditionnels et a révélé la véritable essence de ce sentiment, trop souvent simplifié ou mal interprété. Vous nous avez montré que l'amour n'est pas une faiblesse ou une échappatoire, mais une force, un acte de courage, un défi lancé à l'absurdité et à l'indifférence.

Dans *Le Premier Homme*, vous avez élevé l'amour filial à un niveau inégalé, capturant le lien profond et inconditionnel entre un parent et son enfant, qui n'attend ni récompense ni reconnaissance. Cette représentation de l'amour, pure et sans fard, a inspiré et ému, lui donnant un nouvel éclairage. D'ailleurs, ce fut le seul amour que vous avez qualifié d'inconditionnel : celui de votre maman.

L'amour romantique dans vos œuvres, tantôt exaltant, tantôt douloureux, est d'une authenticité bouleversante. Pour exemple, le personnage de Meursault, dans *L'Étranger,* dont l'amour pour Marie brise sa carapace d'indifférence, ou le Dr Rieux dans *La Peste*, dont l'amour pour sa femme l'encourage à lutter contre la maladie ravageuse, offre un aperçu poignant de la complexité de l'amour romantique. Ces personnages aiment avec une intensité brute et inégalée, illuminant les pages de vos œuvres d'une lumière éblouissante.

Mais peut-être est-ce votre vision de l'amour universel pour l'humanité qui est la plus révolutionnaire et la plus touchante de toutes. Cet amour qui se manifeste en tant que compassion profonde, comme une résistance à l'injustice, une force qui nous incite à nous battre pour un monde meilleur. Votre insistance sur l'équilibre et la mesure, le rejet de l'extrémisme et le plaidoyer pour l'harmonie entre la raison et la passion, l'esprit et le cœur, sont des enseignements qui ont trouvé écho dans notre société. Vous nous avez appris que l'amour n'est pas seulement une émotion ou un sentiment, mais aussi un choix, un engagement envers l'autre, une reconnaissance de sa dignité et de sa liberté.

Au vingt-et-unième siècle, l'amour a pris une multitude de formes et de nuances, influencé par les changements sociétaux, les progrès technologiques et les évolutions culturelles. Cependant, malgré cette diversité et ces transformations, la vision de l'amour que vous avez proposée dans vos œuvres demeure pertinente et puissante. En effet, dans une ère de superficialité, de consommation effrénée et de solitude accrue, votre conception de l'amour comme un choix, un engagement, une résistance, est un rappel salutaire de ce que l'amour peut et doit être.

En revanche, je pense que vous auriez été préoccupé par certains aspects de l'amour au vingt-et-unième siècle. La prédominance de l'amour égoïste, souvent au détriment de l'amour universel pour l'humanité, aurait sans doute attiré votre critique. De plus, l'individualisme croissant et l'érosion de la solidarité et de l'empathie seraient probablement pour vous des symptômes d'une société qui a perdu de vue l'importance de l'amour authentique, engagé et désintéressé.

Vous auriez sans doute aussi été perturbé par la commercialisation de l'amour, son exploitation à des fins mercantiles, et la réduction de l'amour à un produit de consommation. À l'inverse, je crois que vous auriez trouvé de l'espoir dans les mouvements qui œuvrent pour la justice sociale, l'égalité et la solidarité, car ce sont des manifestations concrètes de l'amour pour l'humanité que vous avez si bien décrit.

Monsieur Camus, votre œuvre continue de nous guider et de nous inspirer, offrant des réponses et des directions dans notre quête de sens et de justice. En dépit des changements qui ont affecté l'amour au vingt-et-unième siècle, la puissance de vos mots et la pertinence de vos idées demeurent inégalées. Vous nous avez rappelé que, face à l'absurdité et à l'injustice, l'amour et la révolte sont des réponses non seulement valables, mais nécessaires.

Votre discours prononcé le 10 décembre 1957 à l'Hôtel de Ville de Stockholm, lors de la réception de votre prix Nobel, résonne encore avec une acuité impressionnante. Dans ce discours, votre dévotion à Louis Germain, votre instituteur d'enfance, est un rappel puissant de l'importance de l'éducation et de la façon dont un seul enseignant peut influencer la vie d'un individu. C'est une dédicace qui témoigne de l'humilité et de la gratitude, qualités qui caractérisent votre approche de la vie et de la littérature.

Votre discours dépeint avec clarté votre vision du rôle d'un écrivain, non pas comme un reclus déconnecté de la société, mais comme un participant actif qui sert ceux qui subissent l'histoire, la vérité et la liberté. Vous avez compris que l'écrivain reçoit beaucoup de la société, et donc, se doit de donner en retour.

Vous avez également exprimé la nécessité pour les humains de résister à l'effondrement du monde face à des oppressions diverses, à l'intelligence utilisée pour la tyrannie, et à la menace nucléaire. Ces mots ont un écho particulièrement puissant dans le monde d'aujourd'hui, rappelant notre responsabilité collective pour la paix et le respect mutuel.

Quatre jours plus tard, à l'Université d'Upsal, vous avez développé votre vision de ce qu'est un véritable artiste et son rôle dans la société moderne. Vos critiques acerbes de la « société des marchands » qui substitue des signes aux choses, et du « réalisme socialiste », soulignent votre engagement indéfectible envers la liberté et la vérité. Pour vous, un véritable artiste doit résister à l'oppression, qu'elle soit déguisée en liberté ou imposée par une tyrannie.

Pour toutes ces raisons et bien d'autres, le monde de la littérature vous doit une dette immense. Grâce à votre travail, nous avons non seulement une meilleure compréhension de l'amour et de la révolte, mais nous sommes également mieux équipés pour faire face à l'absurde et à l'injustice de notre monde. Nous avons appris, grâce à vous, que même dans les moments les plus sombres, il y a toujours une lumière, une possibilité de sens, et c'est cette leçon qui rend votre œuvre si précieuse et si profondément humaine.

Avec gratitude et admiration,
© Bélinda Ibrahim[60]

---

[60]Cheffe du service culturel *Ici Beyrouth*. (Liban). Éditrice, Journaliste, Auteure, Peintre.

À toi, maman
Sandrine Mehrez Kukurudz
(États-Unis)

Paris, 12 janvier 1972

Créer, c'est vivre deux fois - Pour un auteur, la célèbre citation d'Albert Camus prend tout son sens. Comme d'ailleurs pour tout artiste dont la mission quelque peu divine est de transformer ses cogitations en œuvres, qu'elles soient mineures ou majeures.

Pourtant tout un chacun est amené à créer. S'il en a profondément l'envie et s'il se sait mu par l'ambition de dessiner sa vie comme son ultime chef-d'œuvre. Créer, c'est aussi façonner son existence, lui donner un sens, faire la démonstration que l'on est doté d'un talent certain pour la vie. Chacun ne le possède pas et pourtant nous avons tous une destinée. J'ai décidé que la mienne serait double. Que je vivrai deux fois. Peut-être plus si j'arrive à me hisser là où mon ambition me mène.
Jeanne

New York, 25 février 2023

Quand ma mère écrivait ces quelques lignes sur son carnet de vie, elle n'avait pas encore signé son premier roman. Elle était dévorée par l'ambition de mettre un point final à son premier manuscrit, poursuivant l'idée de donner à sa vie un sens et au monde une empreinte indélébile. Celle de son talent.

Je n'étais pas née et aucun homme n'habitait les jours et les nuits de ma mère. Aucune passion n'avait emporté déraisonnablement son cœur. Elle trouvait dans l'écriture matière à aimer, à vivre fortement, à croire qu'elle pouvait maîtriser son destin personnel et professionnel.

« *Créer, c'est aussi donner une forme à son destin* » écrivait Albert Camus. C'est ainsi qu'un lundi de mai, ma mère est passée à l'action. Elle a ordonné ses idées, a achevé son texte maintes fois relu et corrigé, relié ses écrits, et est partie frapper aux portes des maisons d'édition, sûre d'avoir produit une œuvre qui méritait d'être publiée, saluée et reconnue.

Je suis née cinq printemps après cette première tentative littéraire, sur un malentendu. D'un père inconnu et d'une mère paumée. Je suis arrivée en pleine confusion. Ma mère désespérait de pouvoir un jour partager avec le plus grand nombre sa production littéraire, et sa vie – tant amoureuse que professionnelle - naviguait en eau trouble. Elle enchaînait les petits boulots pour refuser l'aliénation d'une routine qu'elle exécrait. « Quelle arrogance » estimait ma grand-mère. « Tu te crois au-dessus de la masse, dotée d'un talent et d'un destin. Mais comment nous juges-tu alors, nous les petites gens, qui affrontons la vie comme elle vient en tentant de survivre ? ». Ma grand-mère fut mise à l'index à mesure que l'incompréhension entre les deux femmes prenait de l'ampleur. Puis, elle disparut de nos vies et enfin de la surface de la terre, enfouie deux mètres sous terre, aux côtés de son défunt mari que personne n'avait jamais regretté.

Survivre, pour ma mère, c'était pouvoir choisir une vie construite sur les fondations de ses exigences.

©Sandrine Mehrez Kukurudz

C'est ce qu'elle fit le jour de mes cinq ans. Elle dit oui à Edgard, de vingt ans son aîné, doté d'un joli portefeuille immobilier et d'une particule qui lui ouvrait les portes du beau monde. Je n'ai jamais su si le rôle d'Edgard dans l'existence de ma mère se limitait à être son assurance-vie ou si elle lui portait une vraie tendresse malgré tout. Ma mère avait la capacité de mettre un épais voile sur ses ressentis et ses vérités, si cela allait dans le sens de ses désirs. Elle n'a jamais offert le visage d'une femme insatisfaite en amour, ni celui d'une épouse subissant les conséquences de ses choix incertains. Elle assumait ce mariage avec ses contraintes car il lui permettait de vivre doublement chaque minute. Et tel était bien son dessin depuis sa jeunesse.

J'ai vécu une vie aisée, largement dispensée de toute contrainte. Je m'épanouissais à mon rythme. Je traversais aussi mes périodes de doutes, seule, ne pouvant compter ni sur une mère psychologiquement absente, ni sur un beau-père manifestement pas fait pour la paternité. Ma chambre était mon territoire de rêves, mon cocon rassurant, avant de devenir le lieu de mes premiers émois amoureux. Personne ne m'a jamais dérangée, tant dans mes discussions avec mes amis invisibles que lors de mes débats sexuels. Je poussais seule pendant que ma mère butinait.

Elle a, sur le tard, signé une dizaine de romans. Ils ont connu un succès d'estime, mais son nom et sa position sociale lui ont permis de faire partie de cette petite élite parisienne culturelle. Elle papillonnait et

Edgard lui ouvrait porte après porte, fier de son petit pouvoir sur le monde.

Quand la maladie a frappé à sa porte, ma mère n'y a pas cru. Il n'était pas possible qu'elle soit partie de si loin et arrivée si haut pour être fauchée en plein vol. Elle a refusé les soins et mis toutes ses forces à nier la réalité, malgré les supplications d'Edgar.

C'est à cette période que ma mère a créé à tout va. Comme si elle ne pouvait quitter ce monde sans l'avoir fortement marqué. Elle se levait à l'aube pour rejoindre sa machine à écrire qu'elle ne quittait que pour rejoindre Edgar à déjeuner. À la même époque, elle se mit à l'aquarelle, puis à la photo d'art. Elle avait du talent. Et se découvrait animée d'une vraie énergie créative dans tout ce qu'elle touchait. Plus la maladie la provoquait, plus elle créait.

Un jour, la maladie a régressé. Elle s'en est allée pas à pas comme un miracle du monde. De son monde. C'est à ce moment-là que ma mère a basculé, persuadée que la création l'avait sauvée. Si son corps se remettait petit à petit, son esprit commençait à fuir. Le choc de cette rémission improbable avait détruit son équilibre psychologique précaire. Plus elle perdait pied et plus son talent éclatait au grand jour.

Elle fut de toutes les parties, de toutes les émissions, de toutes les réceptions. Edgard suivait, faisant mine de ne rien voir pour sauvegarder les apparences et son statut.

Créer c'est vivre deux fois. Ces mots, elle les avait inscrits sur la glace de sa coiffeuse. Pour s'en souvenir chaque matin, alors qu'elle entamait sa journée et reprenait son manuscrit en cours. La vie avait failli la quitter. Elle s'était maintenue. Accrochée et elle lui avait offert une seconde existence miraculeuse.

Cette période fut celle de mon exil. D'abord psychologique. Mes relations avec ma mère s'amenuisaient au fil de sa folie grandissante. Je n'étais d'ailleurs plus vraiment là. La maison était devenue un passage obligé pour changer d'affaires, réclamer quelques francs à Edgard et piocher dans la bibliothèque quelques livres. Et cela ne changeait rien. J'étais devenu un courant d'air et ne gênais personne. Surtout pas ma mère.

J'ai peu suivi les années qui se sont écoulées alors. J'avais pris un billet en aller simple pour New York. Je n'ai pris de retour que quand le téléphone sonna un matin de juin 2003 et qu'Edgard me supplia de monter dans le premier vol pour Paris, ma mère étant au plus mal.

Je la découvris au fond du jardin. Le visage tourné vers les lauriers et le regard dans le vague. « Les calmants » m'expliqua Edgard. « On ne la tient plus. Elle a perdu toute perception de la réalité ». C'était sa façon de me dire qu'il ne pouvait plus la garder à la maison et qu'elle allait rejoindre le bal des dingues dans un établissement qui la retiendrait jusqu'à sa perte.

Avais-je mon mot à dire, alors que je ne l'avais jamais eu depuis mon enfance ? Pourtant, c'est le cœur serré que j'avais repris la route de l'aéroport, avec l'impression de l'abandonner pour de bon. Pour la première fois de ma vie d'ailleurs. Je crois même que je n'avais jamais eu ce sentiment d'être la fille de ma mère jusqu'à ce jour. Quelle étrange sensation de se sentir fille au crépuscule de la vie de sa mère.

Je n'ai pas revu ma mère. Je n'ai pas eu le courage d'assister à sa lente et inexorable descente aux enfers. Elle n'aurait pas aimé m'offrir ce spectacle dégradant.

Edgard me tenait informée de son évolution. Même lui espaçait ses visites. Il est des fins qu'on ne souhaite à personne. Ma mère ne pouvait plus écrire. Tout était bien trop confus. Pourtant, elle a continué à tracer de manière frénétique des milliers de lignes incohérentes et illisibles, d'abord sur le papier, puis partout sur les murs. Jusqu'au jour où elle enfonça son crayon dans l'œil d'une autre patiente. Tout lui fut confisqué. Son ultime vie aussi. Elle s'éteignit peu de temps après, vide de sens, de ce qui l'avait toujours maintenu vivante malgré tout : la création.

Tout le malheur des hommes vient de l'espérance, écrivait Camus. Je ne sais si l'espérance a vaincu ou sauvé ma mère, en fait. Tout ça est si loin désormais. Je dois me battre avec ces démons. Les siens et les miens. Son legs. Celui d'une vie. Pardon de deux vies.

« *Les doutes, c'est ce que nous avons de plus intime* ». Je ne suis que doute et c'est ce qui me rattache encore à toi maman. Notre intimité n'a été faite que d'incertitudes et c'est ce avec quoi je dois me débattre à présent.

À toi maman.

© Sandrine Mehrez Kukurudz[61]

[61] Auteure franco-américaine et fondatrice de Rencontre des Auteurs Francophones.

Entre l'exil et le royaume, quel Sisyphe ?

Laurent Desvoux-D'Yrek

(France)

À Dominique Bernard, martyr laïc **d'Arras**,
le vendredi 13 octobre 2023

Lecture par **jour clair-obscur au 17 mai 2022**.

« Voici la petite pierre, douce comme un asphodèle. Elle est ***au commencement*** *de tout. [...]* ***Au milieu de la journée****, quand le ciel ouvre ses fontaines de lumière dans l'espace immense et sonore, tous les caps de la côte ont l'air d'une flottille en partance. Ces lourds galions de roc et de lumière tremblent sur leurs quilles, comme s'ils se préparaient à cingler vers des îles de soleil.* ***Ô matins d'Oranie*** *! [...] La côte entière est prête au départ, un frémissement d'aventure la parcourt.* ***Demain****, peut-être, nous partirons ensemble. »*

Albert CAMUS, *L'Été,* **1954**, fin du premier chapitre « Le minotaure ou la halte d'Oran ».

Camus, le multiple, le complexe, associé à la recherche du juste et du vrai à qui refuse les réductions des idéologies. Son œuvre et son chemin de pensée ainsi me parlent **depuis toujours**. Son rôle dans la presse, le théâtre, la philosophie, le roman, les combats de tous genres et styles, tous essentiels. Et, familialement, par nos attaches oranaises, n'ai-je pas toujours entendu que *La Peste* contait aussi l'histoire de ma grand-mère Léa-

195

Alice, mordue par un rat **en 1942** et empêchée d'être soignée par les lois de Vichy, courant jusque dans ce département français plus loin que la mer à Marseille ? Oran, ville des études mathématiques de ma mère, qui me conta comment elle était alors la seule fille dans une classe de garçons -à devoir s'imposer contre une réelle difficulté… à écrire lisiblement les… chiffres. Ma mère, je lui vois encore ce visage à mi-distance entre celui d'Anne Frank et celui de la Mona Lisa. À la Faculté, ni d'Histoire ni d'Histoire de l'Art, n'est-ce pas **dès la première année** *L'Exil et le Royaume* que j'eus au programme de mes Lettres ? Camus ? Un tel avec un titre voulait le réduire en « philosophe pour classes terminales », comme les formules d'Albert étaient accessibles et frappantes et qu'il n'avait pas fait deux mille pages d'ontologie phénoménologique, de métaphysique déconstruite ou d'esthétique post-moderne. C'est vrai que, lycéens, on aimait seuls ou ensemble faire ou rejouer le match entre Sartre et Camus, le match des mots, des idées, des lettres, des sens et de la vie, des fins et des moyens, du Nobel l'accepter ou non, de « l'enfer c'est les autres » et du *Mythe de Sisyphe*, de la *Nausée* et de l'Absurde, de Jean-Pierre et d'Albert, du théâtre et du roman, de la fiction et de l'essai, « de tous les hommes et qui les vaut tous et que vaut n'importe qui » ou « Il n'y a qu'un problème philosophique vraiment sérieux… », l'abstraction et la présence, la révolution et la non-violence, l'argumentaire et le lyrisme, le désespoir et l'espérance ou le nom de Malraux et d'un sens à créer, à inventer, à se frayer une voie entre les vivants ? Camus c'est aussi… le premier à avoir pris la mesure d'un monde nouveau qui s'ouvrait avec le nucléaire à portée des puissances. Camus, jusque dans son décès, rejoignait mon angoisse des accidents de la route, héritée de la vision d'une voiture reculant sur un enfant qui jouait comme un chat.

Estrambot de royaume

Coq et son frère étaient assis autour du feu
Coq, il s'était intéressé aux cathédrales
Sous l'autel, une sorte de niche garnie
D'Arrast laissa docilement tomber les bras
Immobile. « Saint-Georges arrive. Regarde… »
Il dit qu'il est le champ de bataille du dieu
Au-dessus de sa tête. Au même instant d'Arrast
Perçut le coq qui dansait au milieu des autres
Le coq grogna, sans cesser de rythmer son pas
Une mélancolie égale et innocente
Aux arrêts de la musique, elle chancelait
Étrange bruit d'élytres vint de la forêt
Un minuscule avion aux ailes transparentes
Obscur remue-ménage attirait de nouveau
Quand la châsse fut arrivée au bas des marches
Sur une plaque de liège à même le crâne
La rue vide, aux maisons désertes, l'attirait…

Camus nous accompagne dès que l'on veut réfléchir sur l'époque et qu'on porte de l'attention à la singularité des individus pas solubles dans des idées ou des programmes - comme à la misère sociale des pauvres gens et des solutions politiques concrètes à apporter pour l'amélioration de la condition de vie des classes oubliées ou négligées. Camus est aussi… l'éternel débat en moi du roman coup de poing *L'Étranger* -parution 42- et pourquoi le héros et comment le narrateur et comment l'auteur peut-il tolérer que… et pourquoi ce roman-là s'est-il imposé alors que la « mesure de Midi » …, alors que la beauté évidente de *Noces*… Jusqu'à la lecture jubilatoire du récit de Kamel Daoud, publié **il y a une décennie**, *Meursault contre-enquête* qui n'aurait pu être qu'un pendant simple et scolaire à la parole de Meursault, mais crée mille et deux fois et met une vie extraordinaire dans le petit café du narrateur prolixe (par fêtes de fin ou de début d'année, **un jour de présent**, mon oncle offrit le pack des deux ouvrages à ma mère). Jusqu'à la lecture entêtante et récente de *Camus l'Espoir du monde*, où la romancière Mona Azzam réalise en quelque sorte le rêve de René Char de sortir Camus de son cachot en le faisant revenir de la mort, qui n'eût été qu'un coma, et Mona connaît son Albert sur le bout des pages, de l'intellect, de la sensibilité et du cœur, mais j'ai un malaise à penser que l'on puisse… penser qu'un homme, un géant ou un lambda, même bornoyé par des principes, des valeurs nettement affirmés, soit recomposable dans ses réactions par une autrice subtile et humaniste à belle plume ou par une froide intelligence artificielle ; demeure pour chacune chacun la liberté, l'imprévu, un chemin de vie et de pensée irréductible à un déjà écrit. Camus de toutes les saisons de ma vie… Peut-être que Camus m'est trop proche pour que j'accepte cette réinvention que j'accepte parfaitement quand Rostand met en scènes son Cyrano de Bergerac, dont l'ombre était passée déjà dans l'œuvre de son ami Molière et réinvention que j'étais prêt à accomplir dans ma jeunesse au sujet d'un certain Joachim du Bellay. La citation **du jour**, de Paul Valéry, vient à la rescousse, en ambivalence et en ses *Cahiers* : « *Que fais-tu **tous les jours** ? Je m'invente !* »

Jusqu'à ce qu'aujourd'hui, un dimanche de juillet, je cours les librairies ouvertes, mon regard soit attiré par un titre inconnu *La mort heureuse* et j'y comprends, par l'appareillage critique, que Camus a interrompu son livre à la narration plus sage et plus classique pour cette écriture sèche de *L'Étranger* connue mondialement sous l'appellation écriture blanche. Je me dis que, sans ce virage à cent pour cent, le récit n'aurait pas autant interpellé son public et que les éditeurs parisiens ne lui auraient pas accordé sa chance si vite et fort. Le tour de force narratif, si agaçant et déceptif soit-il, donne un aspect moderne équivalent aux romans américains où l'on reçoit la surface de personnages abyssaux : je pense et seulement **aujourd'hui, Paris 2023**, à *Des souris et des hommes* et dire qu'au théâtre, feu **mon père, quand il était jeune**, a joué le rôle du grand bêta à la naïveté attachante. *Des souris et… L'Étranger,* c'est tout le contraire de portraits d'intellectuels ou d'individus subtils. *L'Étranger,* c'est un roman rupture, un roman clivant et si loin du Camus que j'apprécie. Qui n'aurait pas eu lieu, aurait-il concédé, sans un roman de Georges Simenon, autre écriture efficace, tendue, sèche… Bon, j'allais écrire sur tout ça ou continuer ma réflexion sur son œuvre ou me décider à choisir un récit pour approfondir un chemin avec Albert Camus. Eh bien justement, sur le rayonnage, je vis d'autres titres que je croyais m'être inconnus…

Ces titres, en y regardant de plus près, pour ces fins volumes, correspondaient à des nouvelles extraites de *L'Exil et le Royaume*, titres et personnages sortis de ma mémoire, livre **jamais relu depuis mes vingt ans** où je l'étudiais à la Sorbonne Nouvelle, il me semble dans le domaine de Littérature Comparée pour des nouvelles de différentes époques et de divers lieux (une seule notion m'est restée : l'invention par Cervantès du héros à deux éléments de définition, qui fait sortir le personnage du type, fait entrer la complexité et surgir la psychologie. Un exemple ? *L'Espagnole anglaise*…). Parmi quatre ouvrages sur ce rayonnage de librairie dans Les Halles à ventre et centre, je pris cet *Exil* et en consultant la table des matières, je fus intrigué par le titre de la dernière histoire : « *La pierre qui pousse* ». Je lus debout, quelque part à Paris, **dans la foulée**, cette histoire captivante étrangement et ce qui m'a marqué, après le titre, c'est l'évocation bariolée, remuante de la fête de Saint-Georges. Je repensai que ma mère **l'année précédente** était décédée le **jour calendaire de la Saint-Georges.** Je l'avais fait remarquer, quelques mois plus tard, à mon frère Gilles qui composait une pièce où le prénom Georges a le premier rôle (**un soir** j'arrivai en courant à la représentation de son « *Richard* » …, car je me rendis d'abord, *naturellement*, rue Saint-Georges au lieu de la rue La Bruyère). J'avais décrit dans les dernières pages des *Années Coudes* le combat comme avec un Dragon, l'ultime que ma mère mena. Je décidai, livres en sac-à-dos, de rendre une visite à mon oncle, « jeune » demi-frère de feue ma mère, il habite ce cher quartier de mon enfance du plateau Beaubourg, il a pris notre relais, **dans les années 70**, sur Paris tandis que nous prenions celui d'Antony…

Il me demande quelle en est la trame. Je lui conte en quelques mots qu'un personnage, rescapé naufragé maritime, fait la promesse à son Dieu de porter sur la tête lors des fêtes de la Saint-Georges une grosse pierre jusqu'au pied de l'autel. Mes habitudes de lecteur me faisaient attendre une fin avec un retour de bâton d'une promesse impossible à tenir et imprudemment lancée, mais non, pas de pierre à écraser le porteur sous son terrible poids ou nulle victime de l'atterrissage de la pierre au lieu de destination, non, uniquement le contentement de l'homme œuvrant pour sa promesse, satisfaction que sa force et sa persévérance jusqu'au bout de lui-même afin de rendre gratitude. Pas de punition, pas de sanction, pas de tragédie, non une tragédie par deux fois évitée. Mon oncle Y. est retourné **en novembre dernier, en 22, pour la deuxième fois de sa vie** à Saïda, sa ville de naissance, comme de ma mère et de mon grand-père, une bouteille de l'eau minérale de cette ville à thermes appréciés de la région oranaise témoigne sur une étagère avec l'air de Paris… Tout à fait **récemment, en ces grandes vacances 23,** j'ai compris que j'avais voulu suivre à mes débuts ses traces d'auteur, à tenter comme lui, ma chance comme scénariste, à quoi je voulus ajouter parolier… alors que je savais clairement, consciemment refuser de suivre les pas de mes parents, comédien et enseignante, je marchais sur les pas de mon tonton et je ne le savais pas. Or… et je vois ce soir Camus comme un de la famille, quelqu'un comme un grand-oncle, quelque part entre mon oncle Yves et mon grand-oncle René, celui-là même qui en Afrique-du-Nord rencontra Denise, pour leur plus grand bonheur à tous les deux, dans le train qui devait emmener la Demoiselle à un mariage arrangé : à l'arrivée du train, Denise l'inconnue attendue n'y était pas… Ce n'est que le **lendemain de ma formulation orale, c'est-à-dire aujourd'hui,** que je me suis dit, bon sang, mais c'est bien sûr ! La pierre, l'effort, le contentement… Pierre qui pousse masque-révèle pierre qui roule depuis toujours. C'est une reprise du *Mythe de Sisyphe*, une version catholicisée du vieux mythe païen, et rejoue, depuis la dernière page de *L'Exil et le Royaume* la dernière phrase du *Mythe* camusien : « *Il faut imaginer Sisyphe heureux.* »

Bon ou bond, saut, course, j'ai re-relu la nouvelle, dans ce train du retour d'Avignon et je m'aperçois qu'en effet, j'ai confondu deux personnages, mais c'est que le narrateur organise un relais entre ces deux personnages pour l'accomplissement de la promesse et que n'était la fraternité s'instaurant par ce relais, la promesse tournerait court, la pierre n'est pas dans ce récit un symbole de l'absurdité du fardeau à continuer de porter ou rouler mais une image de ce que les hommes peuvent réaliser si l'un tombe pour que l'action se poursuive, sans que le premier ne soit achevé par l'effort. La défaite se transforme en victoire. Là où l'histoire est belle, c'est que la surprise est au rendez-vous pour le lecteur et surtout pour le personnage d'Arrast, un responsable de chantiers, habitué aux plans davantage qu'aux efforts musculaires, mais il a été psychologiquement préparé par le premier personnage, un coq de navire, et lui demande son soutien, celui-ci a sûrement une promesse à rattraper et si d'Arrast balayait cela d'un revers d'épaule, il concède qu'il a appelé, mais sans formuler de promesse, alors que quelqu'un allait mourir par sa faute. D'Arrast est un ingénieur, il a dû se faire violence pour parvenir à traverser eaux et forêts jusqu'à cette ville brésilienne où il est reçu par l'édile local, un juge qui le choque en lui demandant de choisir une sanction contre la personne qui lui a donné des sueurs froides pour le hasardeux voyage. Dans son nom, je vois un lieu ou un message comme pour Meursault, j'y vois aussi un « rat » qui passe et je vois un « saint » à la fin. D'Arrast semble sensible et sans idée révolutionnaire, il entre en dialogue avec ce coq et avec son frère, Socrate, deux hommes noirs qui représentent le peuple brésilien, ses croyances et jusqu'à un bon sens évangélique désarmant, lorsque d'Arrast veut le mettre en défaut sur sa foi en le bon

203

Jésus, celui-ci l'a-t-Il toujours aidé, a-t-Il toujours répondu à sa promesse ? J'aime la réponse que le coq apporte dans un grand rire. Allez-y voir, allez-y lire. Jésus est convoqué, Saint-Georges aussi chasseur de dragons et ces dragons dans la cérémonie apportent leur pittoresque, leur intensité comme pour des transes vaudous.

Estrambot d'exil

Pensait en même temps à cette pierre énorme
Couverte d'yeux et de bouches vociférantes
Flamme s'évaporait dans la lumière ardente
Sueur huileuse et sale couvrait son visage
Comme s'il fuyait la charge qui l'écrasait
S'il espérait l'alléger par le mouvement
Pendant quelques secondes, le coq, encadré
Et soudain la pierre glissa sur son épaule
Mais sa bouche formait à peine les syllabes
Capitaine ! et les larmes noyèrent sa voix
Coq, en pleurant, se laissa aller contre lui
Soudain, il arracha la plaque de liège
Légèrement tassé sous le poids de la pierre
Regardait à ses pieds, écoutant les sanglots
Puis il s'ébranla à nouveau d'un pas puissant
Vacarme des cloches et des détonations
Avançait, du même pas emporté, et la foule

À Avignon, **juillet 2023, après juillet 2022,** j'ai revu une énième fois avec bonheur et avec mon amour la pièce de mon frère comédien et auteur *Le Retour de Richard 3 **par le train de 9h24,*** j'ai vu en plus un spectacle où la prose de Cendrars rythmait le suc de poésie voyageuse. **Le dernier jour**, j'ai failli revoir Pierre S. sur scène, notre Pierrot ! qui avait joué avec mon père et mon frère *Le Malade imaginaire* par « Les Boucles de Marne », mais le metteur-en-scène a conseillé au vieux comédien de protéger sa gorge souffrante, encore un jour – mon neveu A. est tombé à l'oral du Baccalauréat de français sur des répliques moliéresques que mon frère, son père, avait jouées en jeune premier. Là, **au même dernier jour**, une partie de la troupe de *Georges et Georges* arpente les rues en répondant aux questions sur un spectacle de 2E. Schmitt consacré à Georges… Feydeau. Madame Feydeau voudrait retrouver l'autre Georges, le jeune Georges, attentionné, épris, pas celui préoccupé uniquement de terminer l'écriture de sa pièce et d'échapper aux créanciers à ses trousses… Ce Feydeau, dramaturge fétiche de mon frère (avec le grand Will !) qu'il a lu et relu, vu et revu pour les ressorts qu'il sait si bien agencer pour ses scènes et saynètes, pour le rythme infernal qu'il impose à ses personnages et à son public. Le metteur-en-scène rappelle une règle de ce Georges du théâtre : mettre son héros sur la scène à chaque fois que c'est le pire moment à passer…

Le jour où ma mère est morte, **L'Haÿ-les-Roses avril 2022**, c'était la Saint-Georges disais-je et son dragon c'était la souffrance, c'était la pandémie, non pas la peste mais la Covid, et la déficience d'un système de santé sursaturé, qui par deux fois n'avait pas accepté son entrée aux urgences, c'était la mort même et, comme elle entendait me déléguer son vote, **ce jour précédant l'élection présidentielle** du premier tour, notre toute dernière conversation fut au sujet des possibilités du vote par procuration, son dernier combat, elle le livrait corps et âme contre le retour de la Bête, étant entendue au sens de l'extrême droite, du nazisme qui avait assombri les premières années de sa vie et avait assombri le monde de longues terribles années. J'ai lu, **lors de la cérémonie d'adieu à ma mère**, un extrait lumineux d'*Été*, publié en deuxième partie, après *Noces*, venues alors qu'elle était un nourrisson et que la guerre mondiale allait rugir. Mon « Quartier de L'Horloge », **Paris les nouvelles années 20**, « Quartier » et « Horloge » au bord de quoi j'ai passé mes **années de prime enfance et où j'use ou renouvelle mes jours mûrs**, c'est le lieu même de cette statue automate, avec le bonheur vif de le voir fonctionner à nouveau, juste après l'écriture du texte, **après plus de vingt ans, depuis cette année**, où le « Défenseur du Temps », comme un Georges temporel, en lien avec les heures et le hasard, combat tantôt dragon, tantôt crabe, tantôt oiseau, tantôt tutti. **Vingt-deux heures**, j'ai vu trois pigeons s'envoler, d'abord les deux posés sur le crabe, tournés l'un vers l'autre et le troisième devant la gueule du dragon pourtant impressionnant mais pas suffisamment tant que la machinerie n'actualise le combat entre le Défenseur et les trois éléments de l'espace animés et fasse tourner ou retourner tous les clients à la terrasse du bistrot en contre-bas. Je n'ai pu immortaliser par une photographie l'instant de mes retrouvailles avec le beau joujou du Temps, mon smartphone était à recharger, lui qui me sert aussi de montre… Amour, ensemble, nous nous installerons à cette terrasse et je te parlerai de la « Petite Jehanne de France » de Cendrars ou de la phrase de René Char « Dans les rues de la ville il y a mon amour ». Et toi tu me conteras, **jusqu'au déclenchement de vingt-deux heures**, les romans de ta vie, l'amitié, l'amour, les tiens, les tiennes, sur la carte des jours.

La joie de sa force, **Brésil années cinquante**, qui a œuvré et que se formule d'Arrast, c'est aussi une joie fraternelle, de solidarité, d'entraide, d'œuvre commune. L'attention des Indigènes, hommes et femmes, se porte sur le coq, pas un oiseau, ni ara ni colibri mais l'homme de leur communauté qui prépare les repas sur un bateau, et nullement sur d'Arrast, ressentant un « bonheur tumultueux », venu de si loin et ayant pris part à la réalisation physique, concrète, musculeuse de la promesse, avec vigueur et persévérance, avec un accomplissement distinct de l'objectif affiché par le coq. Alors le frère, en parole et en acte, libère une place, juste une place, une place juste, entre lui et son frère pour accueillir dans ce cercle humain d'après fête, d'après rituel, d'après transes, d'après efforts intenses, celui qui a accepté le jeu du relais -à sa manière improvisée, à sa manière avec du sens ! - et de répondre à l'appel qu'un frère avait envoyé.

Tu peux visualiser, **aujourd'hui dans un an**, **et tous jours**, Sisyphe en solidaire.

Estrambot d'exil et de royaume

Malgré le poids qui commençait de lui broyer
La tête et la nuque, il vit l'église et la châsse
Sans savoir pourquoi il obliqua vers la gauche
Obligeant les pèlerins à lui faire face
S. s'écarta les bras comiquement levés
Pendant que la foule peu à peu se taisait
La place n'était plus qu'une rumeur confuse
Il s'arrêta, tendit l'oreille. Il était seul.
Assura la pierre sur son support de liège
Descendit d'un pas prudent, mais encore ferme
La respiration commençait de lui manquer
Frère conduisit près de la pierre le coq
Il s'assit lui aussi faisant un signe aux autres
D'Arrast, debout dans l'ombre, écoutait, sans rien voir
Bruit des eaux l'emplissait d'un bonheur tumultueux
Il saluait joyeusement sa propre force
Une fois de plus, la vie qui recommençait
Montra la place vide : « Assieds-toi avec nous. »

Aujourd'hui, dimanche soir du 30 juillet 2023, je me suis rappelé que Balzac dans son agonie appelait Bianchon de sa *Comédie humaine*, Honoré eût-il été sauvé si on avait pris sa parole au sérieux et si on l'avait mandé vraiment ce médecin fictif en qui il avait sa confiance ? Camus était présent à Oran **entre 41 et 42, aux dates où mes grands-parents maternels étaient dans cette ville,** et y a subi les attaques répétées de la tuberculose, c'est dans cette ville aussi qu'il a « rencontré Francine Faure, alors étudiante en mathématiques » qui sera sa deuxième épouse. Et si Denise, l'une des sœurs de ma grand-mère, elle qui avait couru, **en 41 ou 42**, vainement avec sa sœur malade Alice tous les hôpitaux de la ville, pour qu'un médecin ou des soignants s'occupent d'elle enfin, avait rencontré ou demandé Rieux, le médecin consciencieux créé par Camus dans son roman *La Peste*, si Denise était tombée sur Tarrou son collègue, sur Cottard le rentier, sur Rambert le journaliste, Othon le juge d'instruction, le prêtre Paneloux, Gonzales le joueur de football, Grand l'écrivain qui a des soucis avec les adjectifs, est-ce que tel ou tels les auraient conduites voir Rieux, Rieux, Rieux, l'anti-Knock !, pour consultation et soin et le sort de Léa, le destin de la famille auraient-ils été changés ? L'exergue de *La Peste*, phrase de Defoe extraite du *Robinson Crusoé* : « *Il est aussi raisonnable de représenter une espèce d'emprisonnement par une autre que de représenter n'importe quelle chose qui existe réellement par quelque chose qui n'existe pas.* » est peut-être par anticipation une réponse à déchiffrer… **Le 8 novembre 42** mon grand-père dont le prénom est l'anagramme de Saïda s'est procuré un gâteau quelque part dans la ville, bel exploit, belle attention, pour l'anniversaire, malgré le deuil, malgré la guerre, des **quatre ans de sa fillette** Annie, orpheline de mère, le ciel et les rues sont riches des rumeurs du débarquement allié en Afrique-du-Nord et Sadia craint d'être arrêté à vouloir fêter cette arrivée maritime et aéroportée avec son beau dessert qu'il aplatit contre sa veste. Sa seconde femme, Fina, **quelques années plus**

tard, infirmière qui osait, soignant les gens quelles que soient leurs confessions, sera assassinée par un fanatique, à la porte de leur demeure... **Plus tard**, à Nice, avec vue sur les palmes méditerranéennes, chez grand-papa, prénommé alors Sylvain, nous fîmes connaissance de sa troisième et dernière compagne et nous l'avions tout de suite surnommée, nous les trois petits-fils, lecteurs de bandes dessinées, Sylvette... **Aujourd'hui -der de juillet**- jour puis nuit sur son vingt-huit plus trois, un frémissement d'aventure, c'est la vie même...

Paris, Quartier de L'Horloge et Plateau Beaubourg, juillet 2023.

© Laurent DESVOUX-D'YREK[62]

---

[62] Post Scriptum : les « estrambots », forme poétique dérivée du sonnet, sont formés chacun de 17 extraits dodécasyllabiques de la nouvelle « La pierre qui pousse » qui clôt... ou ouvre... le livre *L'Exil et le Royaume* d'Albert Camus.

Remarque : j'ai mis en relief - en repères ? - les expressions temporelles de mon texte labyrinthique, *Les Ailes des Châteaux* formant un dédale d'espaces, de temps, de nombres et de lettres.

Quand l'absurde nous rend plus libre !
Ingrid Recompsat
(Canada)

Lorsque l'on m'a parlé de ce recueil en hommage à Albert Camus, grand auteur et philosophe (concernant son histoire, je laisse les experts vous en parler !), je ne sais pas pourquoi mais j'ai eu envie de participer à ce beau projet (un message de l'univers, peut-être, via un message sur Instagram d'une des responsables de ce projet !). J'ai donc décidé de relire une de ses œuvres et voici celle qui m'est venue en premier (je ne saurai dire pourquoi ?) : *L'Étranger* (1942). En effet, je n'avais pas relu cet auteur depuis le lycée et à cette époque, je n'étais pas assez mature pour le comprendre et y voir plus que la simple histoire d'un homme un peu original, qu'on m'avait imposée pour préparer les épreuves de Français lors mon baccalauréat.

En le relisant, j'ai aimé la simplicité de son écriture : cela touche les gens de la façon la plus authentique possible, à mon sens ! D'expérience, les tournures trop alambiquées peuvent desservir l'œuvre et faire que le lecteur passe à côté de l'histoire, et du message de l'auteur. De plus, l'histoire de cet *Étranger* m'a beaucoup plus parlé aujourd'hui qu'il y a quelques années.

211

Pour ceux qui ne l'ont pas lue, je vais vous résumer cette œuvre en quelques mots : nous suivons l'histoire de *L'Étranger* qui a une façon bien à lui d'appréhender la vie, les moments difficiles comme le décès de sa mère, ou les parenthèses de bonheur comme la rencontre avec une femme qu'il pourrait aimer. Il dit les choses telles qu'il les voit et ce d'une manière très candide, simple mais sincère et malheureusement, cela va le conduire en prison.

Dans ce livre, je retrouve tout à fait la façon qu'ont mon mari et ma fille de voir la vie. Pour vous expliquer un peu plus précisément les choses, ils sont sur le spectre de l'autisme (autistes de haut niveau). Je les reconnais totalement dans *L'Étranger* car ils sont, parfois (voire souvent), en décalage avec le reste de la société, sur des sujets, des situations complexes comme le décès d'un proche ou même sur ceux plus ordinaires comme une réponse à une question basique, ou quand on leur demande leur avis. Ce livre m'a touchée car Albert Camus nous amenait à voir, déjà à l'époque, que ce décalage par rapport aux autres pouvait être compliqué à gérer et vous amener à être exclu de la société, ou tout du moins d'un groupe de personnes car vous ne faites pas les choses comme les autres et pas de la manière qu'ils attendent… Ça peut d'ailleurs, dans une moindre mesure aujourd'hui (j'espère !), vous pénaliser grandement et avoir des lourdes conséquences : perte d'un travail, perte d'amis ou difficulté à s'en faire, solitude car la famille ne sait pas comment vous gérer et gérer le regard des autres sur vos comportements hors du commun… Dans l'histoire de *L'Étranger*, il ne faut pas oublier qu'il finit en prison et risque la condamnation à mort pour un crime (on parle d'homicide quand même) qu'il a commis sans aucune préméditation, ni esprit de vengeance. Malgré cette fin un peu « sombre », je trouve qu'Albert Camus a bien mis en avant, et ce de manière très douce et émouvante, la sincérité et l'absence de méchanceté que peuvent avoir les personnes autistes (pour moi *L'Étranger* avait des traits se rapprochant des traits autistiques) : ils n'ont aucune volonté de faire souffrir l'autre et c'est même tout le contraire… En effet, il y a beaucoup de bienveillance dans leurs paroles, leurs comportements (ils veulent être le plus sincère possible car ils vous respectent et ont une bonne intention : vous aider, vous faire plaisir…). Pour étoffer un peu cette idée, je rajouterai même (de ma propre expérience puisque je suis femme et mère de personnes autistes) qu'être dans leur entourage est une chance car vous avez une relation tellement simple, sincère et authentique : ce qui est rare de nos jours !

À mon sens, Albert Camus, dans *L'Étranger*, nous a montré la voie et a essayé de nous faire comprendre que même si la différence et l'originalité peuvent faire peur, dérouter, nous devons voir au-delà pour nous rendre compte de la beauté de la personne avec qui on interagit. Je pense sincèrement qu'Albert Camus était un homme en avance sur son temps !

213

De plus, sur un plan « professionnel », puisque je suis auteure également ; la citation d'Albert Camus « créer c'est vivre deux fois » (provenant du livre *Le Mythe de Sisyphe* - 1942), qui a servi de titre à ce recueil, fait écho à ma façon de voir la création artistique. Je pense qu'écrire un livre, peindre un tableau… est un acte, à la fois, égoïste et très généreux : on crée ce qu'on a dans notre tête pour le partager avec le monde. Il y a, selon moi, toujours deux façons d'interpréter une œuvre artistique, quelle qu'elle soit : celle de l'auteur, du créateur et celle du lecteur, de la personne qui va l'observer. En tant qu'auteurs, artistes, nous essayons de faire passer un message bien précis à travers notre œuvre mais ce message ne sera pas forcément perçu de la même façon par le lecteur car il a un vécu, un passé, des principes de vie différents des nôtres. C'est ce qui fait la richesse culturelle de notre société ! Ceci nous permet également de nous améliorer, d'échanger… Un vrai enrichissement pour tout le monde !

Pour approfondir un peu la réflexion sur cette citation du *Mythe de Sisyphe*, Albert Camus a écrit dans cette même œuvre, une phrase qui la complète bien et qui, pour moi, nous montre l'importance de l'art dans la vie : « Si le monde était clair, l'art ne serait pas. ». En effet, si notre société, dans sa globalité, que ce soit dans son fonctionnement ou ses principes, était claire, précise et limpide, nous n'aurions pas « besoin » ni envie de créer des œuvres artistiques pour faire passer nos messages, pour essayer de faire changer les choses.

Aucune interprétation ne serait possible, ni nécessaire !

Pour conclure ce texte, je dirai que la seconde lecture que j'ai faite de *L'Étranger* a résonné en moi d'une façon plus forte et plus émouvante qu'au lycée : je n'étais pas prête à cette époque et je n'avais pas encore vécu les chamboulements de la différence autistique de mon entourage ni ceux de la mienne et de celle de mon fils (atypiques mais d'une autre façon : des hypersensibles avec un haut potentiel). Cette seconde lecture, avec mon vécu de ces dernières années me fait percevoir le message d'Albert Camus différemment : *« Chacun est libre d'être ce qu'il est même si cela nous amène à être en décalage des autres, car c'est important, voire même vital, de rester sincère et authentique envers nous-même »*. Mais, était-ce celui qu'il voulait nous faire passer à l'époque ? Ça c'est une autre histoire… À cela s'ajoute un message cher à ce grand auteur : le respect de l'autre, de ses principes même si ce ne sont pas les nôtres !

Et pour « finir » cette conclusion, je vous laisserai sur ces quelques mots d'Albert Camus *« Créer c'est aussi donner une forme à son destin »* …

Bonne réflexion à vous et le conseil que j'aimerai vous donner serait : « Vivez pleinement le moment présent en étant vous-même et en respectant les différences des autres, la vie n'en sera que plus belle » !

© Ingrid Recompsat[63]

---

[63] Maman de deux enfants atypiques, elle a créé son blog après le diagnostic de sa fille car elle avait besoin de partager avec d'autres parents d'enfants différents. Écrire sur ce blog lui a permis de découvrir sa voie : L'écriture !

Au-delà des voiles

Laurence Flez-Renaudin

(France)

Malgré les blessures de la vie, l'amour doit rester notre force principale – Albert Camus

On peut prendre de nombreuses mauvaises directions dans notre vie, mais un jour on prend la bonne. Et c'est ce qui importe.

La période est trouble actuellement. Une épidémie menace de confiner l'ensemble de la population. Qualifiée depuis toujours de jeune femme hypersensible, il est vrai que je ne supporte pas l'idée que ma grand-mère Léontine reste seule dans son village isolé.

Je n'ai jamais été très proche de cette grand-mère solitaire, mais je sais que Léontine est fatiguée. Sur un coup de tête, je décide de partir m'installer chez elle durant cette période incertaine. Pour être tout à fait honnête, je me demande si je veux réellement prendre soin de cette grand-mère quasi inconnue, ou si je veux fuir à tout prix une solitude subie depuis le départ de Jérôme, mon compagnon depuis quatre ans.

Malgré sa froideur et sa distance naturelle, Léontine m'accueille comme si nous nous étions vues la veille. Dans cette cohabitation inattendue, la communication entre nous n'est pas toujours aisée. Les

217

jours passent et la proximité forcée du confinement nous rapproche progressivement.

Autour de la table en bois, les discussions chaleureuses, les tasses de thé fumantes et les souvenirs qui émergent des profondeurs du passé créent un rythme.

Je prends soin de Léontine avec tendresse, faisant tout mon possible pour la rendre confortable et heureuse. Je découvre une grand-mère très différente de celle dont on m'a souvent parlé dans des termes peu sympathiques, et dont je ne me souviens qu'au travers des photos vieillies par le temps.

Malgré tout, des moments de silence et de distance persistent, comme deux mondes émotionnels qui se frôlent sans vraiment se rejoindre. Léontine, parfois distante, porte en elle des souvenirs d'une époque révolue, garde ses émotions enfouies sous une façade de sagesse et de retenue tandis que moi, avide de connexion émotionnelle, je laisse souvent parler mon cœur sans filtres, exposant ainsi ma vulnérabilité et, en même temps, je tente de percer les mystères de cette femme au regard bienveillant.

Un après-midi pluvieux, alors que Léontine est partie se reposer dans sa chambre, je décide d'explorer le grenier de la maison. Là-haut, parmi les vieilles boîtes en bois et les objets oubliés, je découvre une malle en cuir qui attire mon attention. Des étiquettes vieillies et arrachées par endroit, symboles de voyages passés, ornent cette malle. C'est irrésistible et ma curiosité est à son comble. Avec beaucoup de précautions, je décide de l'ouvrir.

Sous mes doigts, je trouve un véritable trésor : une collection de vieux romans aux couvertures fanées. Parmi eux, je déniche des titres familiers, les œuvres d'Albert Camus. Le nom de l'auteur m'évoque de lointains souvenirs d'école, mais je n'ai jamais vraiment pris le temps de les lire.

Intriguée, je m'installe près d'une fenêtre, baignée par la lumière douce de l'après-midi pluvieux, et commence à feuilleter les pages jaunies. Dès les premiers mots, je suis captivée par l'écriture de l'auteur. Ils sont des caresses sur mon cœur hypersensible, une brise légère qui réveille en moi une profonde résonance émotionnelle.

Je plonge avec passion dans les romans d'Albert Camus, dévorant chaque mot avec émoi. Meursault, Caligula, Janine, et chaque personnage semblent murmurer à mon l'oreille. Les émotions qui traversent leurs vies me touchent en plein cœur. Je me retrouve dans ces mots, dans ces tourments et ces révoltes, comme si l'écrivain avait sondé les méandres de mon âme hypersensible.

J'explore la malle et découvre les carnets autobiographiques d'Albert Camus, des écrits très personnels dans lesquels il dévoile ses pensées les plus profondes. Ces carnets font écho au journal intime que je tiens depuis des années, un recueil de mes ressentis les plus secrets, de mes réflexions les plus troubles.

Les écrits de l'écrivain deviennent ma compagnie, ma bouée de sauvetage dans cette période incertaine tant par rapport à la pandémie qui sévit, que dans ma propre vie. Ils m'offrent un refuge pour exprimer mes émotions profondes et donner un sens à cette période troublée.

Je me sens de plus en plus connectée à cet homme à travers ces pages empreintes d'une sensibilité particulière. Cet être qui, comme moi, explore le monde émotionnel avec sensibilité et curiosité. Je trouve dans ses mots une source d'inspiration, un miroir qui me renvoie l'image d'une jeune femme éprise de vérité et de révolte intérieure.

Les mots éclairent ma route avec douceur et sagesse. Albert Camus, ce grand explorateur de l'âme humaine m'entraîne dans son voyage qui rappelle combien la vie est un équilibre fragile entre contradictions, espoirs et désespoirs. Il m'invite dans cette toile qu'il a tissée, faite d'interrogations et d'invitations à la réflexion, m'incitant à voir le monde avec des yeux neufs.

J'ai longtemps porté des lunettes aux verres teintés de noir, distordant ma perception de la réalité. Ces lunettes m'ont fait croire que la désolation et l'absurdité régnaient en maîtres absolus. Mais grâce à lui, je découvre qu'il existe une autre voie, une voie où la douceur, l'empathie et la liberté s'épanouissent.

Comme je lui suis reconnaissante. Je me sens libre de me débarrasser enfin de ces lunettes sombres, car je comprends maintenant que je peux voir le monde différemment, à travers mes propres filtres. Je porte dorénavant des lunettes multicolores, des lunettes qui me permettent d'apprécier chaque nuance de la vie.

Chaque jour, je teste une nouvelle paire de lunettes. J'ai enfilé les lunettes rouges de la passion, qui font battre mon cœur avec intensité. Elles me permettent de ressentir chaque instant comme une aventure, chaque rencontre comme une chance de grandir et d'apprendre. La passion est ma boussole, me guidant vers une vie authentique et épanouissante.

Les lunettes vertes de l'espoir m'enseignent à trouver la beauté même dans les lieux les plus arides. Elles me montrent que chaque geste de solidarité, chaque acte d'amour, est une graine d'espoir qui germe et transforme notre monde. L'espoir est ma lumière, éclairant les chemins tortueux de l'existence.

Et il y a les lunettes bleues de l'introspection, qui m'invitent à plonger au plus profond de mon être. Elles me permettent de me connaître, de comprendre mes émotions et mes motivations les plus intimes. L'introspection est ma clé, ouvrant les portes de la connaissance de soi et de l'épanouissement personnel.

Cher Albert, si vous saviez combien je vous suis reconnaissante. Vous m'avez montré que je suis maître de ma vision, que je peux créer ma propre réalité. Vous m'avez enseigné que la liberté réside dans ma capacité à choisir les lunettes que je porte, à façonner ma perception du monde. Je suis une artiste de la vie, peignant mon existence avec mes émotions, mes rêves et mes choix, et que créer c'est vivre deux fois.

Au fur et à mesure que les jours passent, une nouvelle compréhension s'installe avec Léontine. Les barrières émotionnelles s'estompent, laissant place à une acceptation mutuelle de nos sensibilités respectives. J'ai compris que Léontine porte en elle une sagesse forgée par les épreuves de la vie, une réserve d'émotions qui n'ont pas trouvé l'occasion de s'exprimer pleinement.

Quant à Léontine, elle réalise que derrière mon audace émotionnelle se cache une force inébranlable, un amour inconditionnel pour la vie et pour les autres Elle commence à partager quelques anecdotes du passé, à dévoiler ses souvenirs les plus tendres et les plus amers.

Et c'est ainsi, entre les pages des romans d'Albert Camus et mes confidences, que la relation entre la petite-fille et sa grand-mère s'approfondit. On se découvre, telles des alliées dans cette quête commune pour donner un sens à notre existence, chacune apportant à l'autre une parcelle de vérité et de réconfort. Et quand le confinement prend fin et que les jours redeviennent plus cléments, je sais que j'emporte avec moi bien plus qu'une simple lecture. J'ai découvert dans les romans et les carnets d'Albert Camus un trésor précieux, une résonance émotionnelle qui m'accompagnera tout au long de ma vie.

Désormais, quand la pluie tombe à nouveau, quand les rues se vident et que le monde semble à l'arrêt, je sais au fond de moi que je peux retrouver ma grand-mère, me replonger dans les romans d'Albert Camus, et trouver dans ces moments intimes une étincelle d'été au milieu de l'hiver, une révolte intérieure qui me rappelle que je ne suis jamais seule dans ce voyage sensible qui rythme ma vie.

Et je sais aussi que Léontine, malgré sa réserve apparente, porte également en elle un trésor d'émotions, de souvenirs, et de sagesse acquise au fil du temps. Grâce aux mots d'Albert Camus, j'ai appris à regarder au-delà des apparences, à explorer les profondeurs cachées de l'âme humaine, et à embrasser la complexité des relations.

Les échanges que nous avons partagés autour des livres et d'une tasse de thé ont ouvert une nouvelle porte entre nous. Une porte qui nous permet de communiquer avec nos cœurs, de nous comprendre sans jugement, et de nous accepter telles que nous sommes, dans notre unicité, en toute authenticité, avec nos forces et nos vulnérabilités.

La relation avec Léontine s'est transformée progressivement ; elle a évolué vers une intimité profonde et sincère. À travers les mots d'Albert Camus, nous avons trouvé un langage commun pour exprimer nos émotions, nos réflexions, et leur révolte face à l'absurdité du monde.

Nous continuons à nous écrire régulièrement, partageant nos découvertes, nos pensées, et nos joies.

J'envoie même des extraits de mon journal intime, où je raconte mes aspirations, mes rêves, et mes projets, et je glisse à l'intérieur des citations d'Albert Camus.

Léontine me répond avec des anecdotes du passé, des moments de vie qui ont façonné la personne qu'elle est aujourd'hui.

Car au-delà des kilomètres qui nous séparent, nous savons que nous resterons toujours liées par ces mots, ces émotions partagées, et cette révolte intérieure qui nous anime toutes deux.

Et lorsque les jours se feront plus sombres, que les nuages menaceront de prendre le dessus, je sais désormais que je peux toujours revenir aux romans d'Albert Camus, ces trésors littéraires qui m'ont tant inspirée et qui m'ont permis de tisser des liens intimes avec ma grand-mère.

À chaque page tournée, je me rappellerai que la révolte silencieuse peut prendre mille visages, que l'émotion peut être à la fois fragilité et force, et que l'amour et la connexion émotionnelle ont le pouvoir de réchauffer les cœurs, même au milieu de l'hiver le plus froid.

C'est dans cette danse subtile des mots et des émotions, que se trouve le véritable trésor de la vie, celui qui transcende le temps et les aléas du monde, l'étincelle d'éternité au cœur de l'éphémère.

Ce voyage intime et profond m'a entraînée à tisser des liens au-delà des générations et des époques. Aujourd'hui, encore je marche sur ce chemin tracé par

Albert Camus, et je porte ses enseignements dans mon cœur. Je suis animée par une soif de découverte et une curiosité infinie. J'explore les recoins de l'âme humaine, guidée par la douceur et l'empathie. Et j'invite ceux que je rencontre à embrasser leur propre pouvoir de vision, à découvrir les couleurs qui illuminent leur monde, et à trouver cette étincelle d'éternité qui transcende le temps et les aléas du monde, l'étincelle d'éternité au cœur de l'éphémère.

La vision du monde d'Albert Camus m'a offert une toile infinie, une symphonie de nuances. Je danse sur cette toile, je vibre avec cette symphonie. Et lorsque je lève les yeux vers le ciel étoilé, je sais qu'il y a tant de voiles à déchirer, tant de couleurs à explorer.

© Laurence Flez-Renaudin[64]

---

[64] Chroniqueuse Radio, elle apporte sa joie de vivre et son optimisme dans ses conseils de psy. Après une expérience de mort imminente, elle a transformé son hypersensibilité en force et partage sa passion pour la puissance de l'inconscient. Sa mission est d'accompagner chacun à devenir la meilleure version d'eux-mêmes, à travers des chroniques radio, des livres, des podcasts et des publications sur les réseaux sociaux.

Hommage à Albert Camus
Créer, c'est vivre deux fois

L'Homme révolté

Michel Lobé Étamé

(France/Cameroun)

Albert Camus est aujourd'hui considéré comme un des plus grands auteurs de la littérature française du vingtième siècle. Il en est aussi le symbole de la révolte.

Né à Mondovi en Algérie, quand elle était française, il a un an quand son père participe à la bataille de la Marne pendant la première guerre mondiale. Il n'en reviendra pas. Cette disparition affectera l'enfant que sa mère élèvera, seule, dans une grande précarité.

Dans son roman, son ultime œuvre inachevée et publiée à titre posthume. *Le premier homme*, Albert Camus évoquera cette enfance dans le quartier de Belcourt auprès de sa grand-mère et de sa mère analphabète.

À l'école, à l'âge de dix ans, il se distingue déjà de ses camarades par son intelligence et son instituteur l'aide à obtenir une bourse d'études en l'y préparant bénévolement. Il poursuit sa scolarité au Lycée d'Alger réservé à l'élite et il obtient son baccalauréat à dix-sept ans.

Le destin ne lui fait aucun cadeau. Atteint de tuberculose, il met fin à sa pratique du football incompatible avec sa maladie, même s'il restera, toute sa vie, passionné par ce sport. Soigné à l'hôpital, il s'en remet. Il réalise alors que la vie est un moment d'une extrême fragilité. Il a frôlé la mort. La maladie a privé Camus du sport. Mais elle l'a rapproché de la littérature et de la réflexion philosophique.

Camus commence alors à écrire quelques essais. Son professeur de philosophie, Jean Grenier, lui fait découvrir Nietzsche. Il s'intéresse aussi au théâtre qui le passionne, car -dit-il – le théâtre, c'est « vivre plusieurs vies au lieu d'une ». Il écrit et joue dans plusieurs pièces.

L'amour entre aussi dans sa vie. En 1934, il se marie. Mais très vite, cette relation bat de l'aile. Sa femme est une toxicomane qui mène une vie chaotique.

Pour donner un sens et une raison à sa nouvelle vie, Albert Camus se lance dans la politique. Il adhère au parti communiste algérien qui défend les opprimés. Mais il le quittera parce qu'il prend conscience de leurs limites et ne partage pas toutes les positions politiques du parti.

La même année, il écrit *L'envers et l'endroit*, un essai qui constitue sa première création littéraire et qu'il republiera plus tard précédée d'une très longue préface.

Doué pour l'écriture et la philosophie, Albert Camus devient journaliste et travaille pour le journal *Alger Républicain* dont il devient le rédacteur en chef. Homme de conviction, il dénonce la misère sociale au cours de ses reportages.

Fort de sa nouvelle notoriété, Camus rejoint le journal *Le Soir Républicain*. En 1940, le gouvernement algérien met fin aux activités de ce journal. La même année, il divorce et se remarie. Il aura deux enfants de sa nouvelle épouse, Francine.

Ayant perdu son emploi, Camus décide alors de quitter l'Algérie où il s'estime victime de la censure et s'installe à Paris. Mais, même s'il y commence une nouvelle vie, il ne quittera jamais vraiment Algérie puisqu'il y retournera jusqu'à sa mort. D'abord, parce que sa mère y vit encore. Ensuite, parce que sa femme Francine retournera vivre à Oran avec les jumeaux.

À Paris, il travaille comme Secrétaire de rédaction à *Paris Soir*. Pour occuper son temps, Albert Camus commence l'écriture d'un essai qui devient son premier roman : *L'Étranger*.

Ce roman attire les critiques et André Malraux, philosophe de renom du siècle l'encourage à publier *l'Étranger*. Le roman est publié en 1942. Il fait partie du « Cycle de l'absurde » qui est un ensemble de quatre œuvres et qui contient le roman *L'Étranger*, l'essai *Le Mythe de Sisyphe* et deux pièces de théâtre *Caligula* et *Le malentendu*.

Albert Camus est alors au sommet de son art. Il livre à ses lecteurs ô combien nombreux, sa philosophie de l'absurde. S'il écrit que la vie n'a aucun sens, mais que nous devons vivre ainsi et l'accepter, sans nous poser de questions existentielles, il n'y a pourtant pas de défaitisme chez lui et Camus laisse place à l'action. « Je me révolte donc nous sommes. »

La pensée philosophique de Camus est sans équivoque : nous devons vivre dans un monde absurde et qui ne nous aime pas en retour.

Camus conclut que la vie est un combat perdu d'avance parce que nous sommes condamnés à la mort. Mais il faut se révolter et se battre pour gagner les batailles et ne jamais baisser les bras, ne jamais abandonner.

Toujours dans le cycle de l'absurde, *Le mythe de Sisyphe* s'articule autour d'un personnage qui agit pour agir, non pas pour un but. Pour l'auteur, Sisyphe est un combattant qui ne perd jamais l'espoir. Le combat est interminable car le but de l'homme est d'agir dans la vie et de ne jamais perdre espoir.

Dans *L'Étranger*, Meursault est indifférent aux codes de la société et à ses valeurs communes. Il a du mal à nouer des relations avec les autres qui lui rappellent sans cesse son décalage avec les normes – injustes et absurdes - en vigueur.

Pendant la guerre, il mène l'action au sein de Combat et il est le seul intellectuel à avoir réagi et condamné l'envoi de la bombe atomique sur Hiroshima.

Après la guerre, Albert Camus publie un autre roman en 1947, *La peste*, qui sera suivi par la pièce de théâtre *Les justes*. Si *La peste* pose la question de l'extrémisme que Camus a combattu toute sa vie, la pièce *Les justes* interroge le totalitarisme, posant la question suivante : *faut-il répondre à la violence par la violence* ? La réponse de Camus est non.

Camus remet en question la révolte lorsqu'elle s'effectue par le biais de la violence et la justice quand elle est inique, s'opposant à la peine capitale. Pour lui, toute tentative de justifier un meurtre ou la violence en tant que moyen de réaliser une justice absolue est fondamentalement erronée.

Albert Camus, un espoir pour la jeunesse africaine

L'œuvre d'Albert Camus a été au centre de tous les débats philosophiques de la jeunesse africaine en quête de liberté. Nous sortions de la colonisation et son œuvre a très largement influencé notre mode de pensée car il abordait les thèmes chers- on peut citer son réquisitoire contre le colonialisme publié dans *Alger Républicain*- jusqu'ici soumis à la censure tels que la révolte contre l'oppression, la quête de la liberté, la critique de l'idéologie révolutionnaire, la valeur de la vie individuelle, l'absurdité de l'existence et la responsabilité individuelle et collective.

Albert Camus a façonné la pensée philosophique et politique de la jeunesse africaine qui voyait en lui quelqu'un qui ne renonçait jamais au combat pour les idées.

Aujourd'hui encore, cette jeunesse, malgré le temps, se ressource l'esprit des enseignements de celui qui est l'un des maîtres à penser.

Albert Camus a marqué le vingtième siècle par ses idées humanistes et il reste plus que jamais d'actualité. Il a obtenu le prix Nobel de littérature en 1957. Ce prix l'a secoué et le discours qu'il a prononcé à l'occasion de sa remise en Suède reste d'une absolue actualité : *"Chaque génération, sans doute, se croit vouée à refaire le monde. La mienne sait pourtant qu'elle ne le refera pas. Mais sa tâche est peut-être plus grande. Elle consiste à empêcher que le monde se défasse."*

L'homme révolté nous a quittés le 04 janvier 1960 dans un banal accident de voiture. Sa mort a provoqué une onde de choc dans le monde littéraire et bien au-delà.

Même si elle s'est tue à jamais, sa voix généreuse qui disait dans *« L'été »* : *« J'ai toujours eu le sentiment de vivre en haute mer, menacé au cœur d'un bonheur royal »* résonnera pour toujours en nous.

© Michel Lobé Étamé[65]

---

[65] Auteur, journaliste indépendant et éditorialiste. Il a publié les livres *Cameroun : au chevet d'un régime à l'agonie* (Éditions L'Harmattan), *Sous le regard de Khedy* (Éditions les trois colonnes) et participé à l'ouvrage collectif *Qu'est-ce que l'Afrique ?* (Éditions la Croisée des chemins) et à nos ouvrages collectifs *Marguerite Yourcenar, la première Immortelle* et *Hommage au Petit Prince*.

Né Camus
Marie-Amélie Rigal
(France)

Étrangère, si proche et pourtant si lointaine
Entraîneras-tu la chute, ô dur châtiment
Semblable au rocher de Sisyphe, une quintaine
Ou seras-tu preuve d'un tendre sentiment ?

Aux confins de l'été, célébrerons-nous noces
Et banquets, l'amour vibrant du tout premier homme
Pour sa dulcinée- a Malo libera nos-
La flambante Marie, pour qui il s'est fait homme ?

De leur correspondance, une synesthésie
Qui culmine sans doute jusqu'à la folie
De deux cœurs séparés, à jamais, poésie !

Et que pour toujours une mort heureuse lie.
Peste, n'oublions pas en notre très cher hôte
L'aventurier, l'homme révolté, le pilote !

© Marie-Amélie Rigal[66]

---

[66] Auteure française, rédactrice de chroniques littéraires.

Hommage à Albert Camus
Créer, c'est vivre deux fois

Quel massacre !

Muriel de Foucaud
(France)

En sortant de table, après le déjeuner, lors d'une superbe journée automnale où les dorures resplendissantes de la végétation ont l'art d'envahir l'âme des contemplatifs, Flora Golenn, dix-huit ans, s'adresse à sa mère, Mélanie :

— Maman, voilà plusieurs nuits que je dors particulièrement mal, je vais essayer de récupérer en faisant une petite sieste.

— C'est tout naturel ma chérie, repose-toi ! Je t'emmènerai faire des courses après, si tu le souhaites !

Une heure à peine s'est écoulée quand Mélanie entend un bruit inhabituel dans la chambre de sa fille. Comme la chute de plusieurs objets. Préoccupée, elle s'y dirige pour apporter son aide. Elle ouvre la porte doucement et voit Flora allongée en travers de son lit avec, à proximité par terre, un verre, des chaussures et des livres ainsi que la chaise sur laquelle ils étaient posés. Et cela, pense sa mère, certainement à cause d'un coup de pied envoyé maladroitement pendant son sommeil. Mélanie s'approche pour remettre silencieusement les choses à leur place, et remarque avec horreur deux boîtes vides des somnifères qu'elle utilise ponctuellement, quand les insomnies ont décidé de lui pourrir la nuit. Terrifiée, elle secoue sa fille de toutes ses forces. « Réveille-toi, ma chérie, réveille-toi ! », crie-t-elle. Flora, inconsciente, respire et gémit. Immédiatement, cette mère aux abois appelle les secours afin qu'elle soit emmenée à l'hôpital de toute urgence.

La sirène des pompiers ne tarde pas à retentir. Sur place, ils emmènent Flora avec soin et sans perdre une minute dans leur véhicule. Mélanie les accompagne, décidée à rester à l'hôpital le temps qu'il faudra. Pendant le trajet, Flora gémit, bougeant légèrement la tête. Elle ne semble pas être tombée dans un coma profond. Arrivée au Mans, ville la plus proche du domicile des Golenn, la secourue est immédiatement prise en charge par les services d'urgence du CHU. Après avoir pris connaissance des faits, l'équipe médicale soigne leur patiente avec les antidotes appropriés. Mélanie attend.

L'attente d'une petite heure paraît une éternité à cette mère submergée d'inquiétudes, surtout au moment où le médecin se dirige vers elle. Mais son visage serein la rassure : « Votre fille n'est plus en danger ! Fort heureusement, elle est arrivée ici assez vite après l'absorption des somnifères. Elle a repris conscience et a demandé si vous étiez là. Elle reste sous surveillance quelques heures. Si tout va bien, elle pourra retourner chez elle en début de soirée ! » Tellement heureuse, Mélanie lui aurait sauté au cou pour l'embrasser et le remercier ! « Merci docteur, comme je suis soulagée ! » Elle décide de se promener en ville et en profiter pour faire un peu de shopping. Après quoi, elle prendra un taxi pour rentrer aux Phalènes, maison de caractère en pleine campagne, avec sa fille chérie, à une quinzaine de kilomètres du Mans.

Tout se déroule comme prévu. « Qu'il est bon de se retrouver chez soi ! », pensent-elles toutes les deux. Flora monte dans sa chambre et s'empresse de détruire la lettre d'adieu qu'elle avait laissée avant de quitter ce monde. Elle sait que sa mère souhaite avoir une discussion sérieuse avec elle, quand elle sera capable de s'exprimer sans trop de fatigue.

Ce moment tant attendu aura lieu pendant le petit déjeuner du lendemain matin, après que mère et fille aient passé la nuit dans la même chambre.

— Ma chérie, tu dois te douter que je ne comprends pas ton geste. J'avais l'impression que tout allait plutôt bien pour toi. Tu semblais heureuse de vivre !

— C'est vrai, maman, tu ne pouvais pas savoir. J'ai agi dès que j'ai eu connaissance d'une nouvelle abominable qui m'a anéantie.

— Il ne peut s'agir que de Renaud, c'est bien ça ?

Six mois auparavant, Flora faisait la connaissance de Renaud, lors d'un mariage chez des amis communs. Ravissante, en jupe longue surmontée d'une courte cape qui lui arrivait à la taille, elle avait été immédiatement remarquée par Renaud, un jeune homme de vingt-cinq ans au charme renversant. Leur conversation ne tarit pas, faisant apparaître une flopée de points communs. Galant, il prit une coupe de champagne sur le plateau qu'un serveur lui présentait et lui offrit. « Non, merci beaucoup, je ne bois pas ! » Renaud ne se démonta pas : « Je vais vous chercher un jus de fruit ! » Même refus. Alors Flora plongea son regard dans le sien avec une profonde émotion et lui confia : « Sous ma cape, il n'y a pas de bras ni de mains pour saisir cette coupe. Je suis née sans bras ! » La réponse de Renaud lui coupa le souffle : « Qu'à cela ne tienne ! Je vais tenir le verre et vous faire boire ! Et je vous mettrai tous les petits fours que vous souhaitez dans la bouche ! » Leur idylle avait débuté ce jour-là.

— Oui, c'est de Renaud qu'il s'agit. Juste avant ma sieste d'hier, j'ai reçu un message de sa sœur m'annonçant que son frère s'était tué la nuit dernière dans un accident de voiture. Cette nouvelle a été pour moi un véritable tsunami. Tu sais combien je l'aimais. Ma douleur était d'une intensité exceptionnelle, ma vie n'avait plus aucun sens, mon seul désir était de le rejoindre. Je suis consciente qu'avec mon handicap, il n'y aura plus de « Renaud » pour m'envelopper de ses bras, accepter que je ne puisse en faire autant et consentir à ce que l'on ne se prenne jamais la main !

— C'est affreux ce que tu me dis, ma chérie ! Je ne peux contenir mes larmes en te voyant affligée d'une telle souffrance. Je comprends ton geste mais ne peux, bien sûr, pas l'approuver. Je sais au fond de moi que tu vas aimer la vie comme autrefois, comme avant de rencontrer Renaud. Je sais aussi que ton cœur vibrera pour un autre homme et que tu connaîtras le bonheur que tu crois avoir perdu.

— Je l'espère de toutes mes forces, ma petite maman ! Mais je ne peux m'empêcher de réaliser que naître sans bras et perdre l'homme qu'on aime sont les composantes drastiques d'une vie absurde !

— Tes propos me rappellent une longue et passionnante discussion que nous avons eue l'année dernière quand tu as étudié Albert Camus.

— C'est vrai, j'adhérais complétement à ses propos selon lesquels « *ce monde est absurde* ». Pourquoi suis-je née sans bras ? Pourquoi papa est mort d'un cancer ? Pourquoi les relations entre les hommes ne se font que par la guerre ? Pourquoi la nature, par ses éruptions volcaniques, ses typhons, ses tremblements de terre, ses tsunamis se montre-t-elle d'une violence inouïe ? Je t'accorde que depuis des lustres, l'Homme la maltraite sans vergogne.

— À ces questions, tu te souviens que Camus répondait en se servant de la métaphore du *Mythe de Sisyphe* !

— Ah oui ! J'en ai même plaisanté ! Pour monter son rocher sans cesse en haut de la montagne, parce ce qu'à peine au sommet il retombait inlassablement, Sisyphe se servait de ses bras ! Moi, maman, je n'aurais pas pu avoir cette punition-là !!

— Très juste, répond Mélanie en riant, mais cette image était destinée à nous montrer que nous cherchons constamment à donner un sens à notre vie et Camus prône l'acceptation de ce non-sens par la *révolte qui nous permet de vivre avec dignité et liberté.* Cette dernière doit être guidée par *un sens de la mesure et de la responsabilité.*

— Reconnais, maman, que, depuis ma naissance, j'ai toujours accepté mon handicap ! Je vous ai montré très tôt tout ce que je pouvais faire avec mes pieds. Vous étiez tous ahuris de mes prouesses, et mon cher frère Julien qui devait partager mes jeux avec les pieds, n'y arrivait jamais. J'étais très fière de moi !!

— C'est vrai, aujourd'hui, tu as une vie tout à fait normale ! Tu te sers de tes pieds avec une dextérité ahurissante, comme le commun des mortels se sert de ses mains. Tu t'occupes de ta toilette, tu fais la cuisine, tu danses comme une déesse, tu te sers de ton ordinateur avec maestria et tu vas bientôt passer ton permis de conduire. Cette « révolte » en toi est une très belle leçon de vie pour ton entourage. Et surtout, tu as un sens artistique très développé. Tu dessines et peins avec tes pieds et les résultats sont prodigieux ! Bientôt tu feras des expositions et tes œuvres seront admirées !

— Merci maman ! On a abordé dans notre discussion le point de vue de Camus sur la création. « *Créer, c'est vivre deux fois !* » J'ai essayé de bien saisir la teneur de ses propos, et j'avoue qu'il est vrai que lorsque je peins un sujet qui me tient à cœur, c'est une autre vie que je matérialise sur ma toile.

— Alors, tu comprends pourquoi ton geste d'hier, compte tenu de tous tes talents, était pour moi inexplicable. Et si on se réfère encore à notre grand écrivain, souviens-toi qu'il récusait totalement le suicide. Car, pour lui, la lutte contre l'absurdité, c'est son acceptation. Ce que fait finalement Sisyphe, en voulant être maître de son destin : « son rocher est sa chose ! »

— Camus va même très loin dans sa conclusion, car il écrit : « *Il faut imaginer Sisyphe heureux !* » Je crois que tous autant que nous sommes, nous parvenons à trouver un sens à notre vie dans ce monde absurde. Nous bâtissons des projets, nous nous préoccupons de notre futur avec l'être aimé, et j'ose dire que nous poussons inlassablement notre rocher avec bonheur ! Mais quand il n'y a plus l'ombre d'une force pour déplacer ce roc écrasant, tout s'écroule, tout s'arrête, la seule issue est la mort. Et pour moi, cette force, c'était l'amour avec Renaud.

— Je comprends, ma petite fille, il y a des souffrances dans cette vie qui nous semblent insurmontables. Quand ton papa est mort, heureusement ton frère et toi existiez. Vous avez été ma raison de vivre. Mon rôle aujourd'hui est de te dire que tu possèdes des atouts majeurs dans le jeu de ta vie. Tu es ravissante, tu es une artiste de haut niveau, et surtout, tu as une force intérieure venue de ta « révolte » contre ton handicap qui va te faire accepter et aimer la vie.

— Merci maman de cet échange si réconfortant et salvateur pour moi !

Au moment de rejoindre sa chambre, Flora entend le signal de son portable, lui indiquant qu'un message vient d'arriver. C'est son frère qui souhaite lui parler : « Petite sœur, maman m'a fait part du drame que tu as vécu hier. Je suis content que tu sois de retour à la maison. Je mesure ta souffrance et pense beaucoup à toi. Cependant je te connais bien. Nous avons des souvenirs d'enfance uniques, et je te sais capable, même l'âme ensanglantée, de faire face à l'adversité, en lui donnant de solides coups de pieds (!!!). Tu dispenses autour de toi une leçon de vie remarquable ! Je viens le week-end prochain, heureux de m'évader un peu de Londres pour te voir et parler avec toi. Je t'embrasse fort, fort.

Flora revient vers sa mère et lui fait part du message de Julien. Mélanie se réjouit de l'arrivée prochaine de son fils et ajoute :

— Tu vas lui répondre ?

— Oui, je vais le faire dès maintenant et je vais te dire tout haut ce que je lui écris : « Mon très cher Julien, un immense merci de ton message qui me va droit au cœur. Je vais surmonter cette épreuve grâce au soutien de maman avec qui j'ai longuement discuté. Elle m'a fait toucher du doigt (de l'orteil, bien sûr !!!) tout ce que je suis capable de faire pour m'en sortir. Elle m'encourage vivement à me consacrer plus assidûment à la peinture, car elle pense que je peux réaliser de très beaux tableaux. Elle m'a rappelé les propos d'Albert Camus que je dois garder en tête : « *Créer, c'est vivre deux fois* ». J'en arrive à la conclusion que si à chaque tableau que je peins, je vis une deuxième vie et que j'envisage d'en créer des dizaines, je ne vais plus jamais me suicider, car, mathématiquement ce n'est pas une seule vie que je vais supprimer, mais un bon nombre !! Quel massacre !! Je suis ravie de te voir très bientôt et t'embrasse de tout mon cœur. »

Très heureuses de clore le sujet qui aurait pu tourner au drame sur cette note d'humour, la mère et la fille s'embrassent avec beaucoup d'émotions.

© Muriel de Foucaud[67]

[67] Née en France à Chinon, Indre et Loire, Muriel de Foucaud a vécu principalement Paris où elle a obtenu une maîtrise de droit privé à Assas. Mère de trois enfants, son parcours a été essentiellement pédagogique, que ce soit dans la formation professionnelle, auprès d'étrangers ou d'enfants en difficulté. De retour dans sa région d'origine, elle se consacre à l'écriture.

Hommage à Albert Camus
Créer, c'est vivre deux fois

Chauve-Souris Jolie

Cathy Galière

(France)

Dans mon quartier vivait une belle chauve-souris. Discrète, elle ne sortait que la nuit. Elle aimait la musique, la danse, la vie.

Seulement ces temps derniers, le ciel s'était beaucoup assombri. Dans cette ambiance morose, Chauve-Souris-Jolie gardait l'espoir d'un monde meilleur. C'était bien la seule d'ailleurs…

Lorsque les cieux s'éclairaient, au creux d'un parasol, Chauve-Souris-Jolie s'endormait. Ainsi, elle était à l'abri dans son douillet nid. Dans les bras de Morphée, elle comptait un, deux, trois, un, deux, trois… Chauve-Souris-Jolie rêvait qu'elle dansait encore et encore sur les planches étoilées.

À la tombée de la nuit, Méga-Méchante, la voisine acariâtre, la regardait s'envoler en toute liberté. Elle la trouvait répugnante, arrogante, effrontée et surtout nuisible.

Un soir, du haut de son perchoir, Oiseau-Grand l'aperçut. Comme il n'avait point soupé, il voulut la croquer. Salive aux babines, Gros-Chat-Gris la guetta de ferme pied aussi, il allait se régaler !

Mais, Chauve-Souris-Jolie virevolta tant qu'elle leur échappa aisément ! Tous deux furent désagréablement surpris.

Chaque soir, Chauve-Souris-Jolie continuait de danser dans ses belles robes d'été. Échappant en riant à Oiseau-Grand et Gros-Chat-Gris, qui se sentaient de plus en plus frustrés, vexés et très énervés !

Elle ne peut être que satanique pensaient amèrement Gros-Chat-Gris et Oiseau-Grand.

Chauve-Souris-Jolie se moquait bien de ces foutues niaiseries.

Hélas, elle ne se méfiait point assez… car c'était sans compter sur la plus maligne d'entre tous, Méga-Méchante, qui avec ses grosses lunettes et son fichu sur la tête, ressemblait à une vieille chouette.

De son drôle d'air, elle la zieutait d'un air mauvais. Méga-Méchante l'accusait, elle aussi, d'être satanique. Elle était même prête à la faire disparaître !

Méga-Méchante, Gros-Chat-Gris et Oiseau-Grand s'enquirent vivement de cerner l'abri douillet de Chauve-Souris-Jolie.

– La terre grondera tant qu'elle ne sera point maîtrisée, tuée ou brûlée ! pavanaient-ils dans tout le quartier.

Chauve-Souris-Jolie était vraiment en péril !

Les nuits suivantes, Doux-Vent, qui avait ouï-dire ce qui se tramait, avertit Chauve-Souris-Jolie :

– Méfie-toi, belle enfant, méfie-toi des vauriens, des méchants !

Malheureusement, Doux-Vent soufflait en vain. Chauve-Souris-Jolie n'en croyait rien. Sans se soucier, elle virevoltait avec ses amis.

À force d'âpres efforts, Méga-Méchante, Oiseau-Grand et Gros-Chat-Gris, dénichèrent enfin le nid.

Ils lui crièrent qu'elle était laide, nuisible, sanguinaire, voire satanique !

Surprise et peinée par tant de bêtises et de méchancetés, Chauve-Souris-Jolie les pria :

— Je ne suis pas diabolique, je vous en prie ! Je ne fais que danser avec mes amis sur de belles musiques !

Devant le regard de plus en plus haineux de Méga-Méchante, Chauve-Souris-Jolie les supplia encore :

— Laissez-moi vivre, je vous en supplie ! Je ne suis ni satanique, ni vampire, encore moins sanguinaire ! Quelles niaiseries contez-vous là, chers amis. Vous voyez, nous ne faisons que danser ! Je suis incorruptible, insaisissable, mais non nuisible ! Une Reine de nuit, je vous le dis !

Mais les trois vilains, n'en avaient que faire de ses explications grotesques. Méga-Méchante, Gros-Chat-Gris et Oiseau-Grand la sommèrent de déguerpir au plus vite, sinon ils la tueraient pour mieux la croquer, l'anéantir, voire la brûler !

Chauve-Souris-Jolie n'en crut mot et continua sa douce vie. Personne ne pouvait être aussi cruel, pensait-elle.

Dès que les étoiles brillaient, Chauve-Souris-Jolie s'envolait contre vents et marées pour des cieux argentés.

La tête à l'envers, elle se laissait tomber pour mieux voler. Ainsi, elle évitait les pires ennuis. Du moins, elle se pensait à l'abri.

Mais, la rumeur avait propagé son venin empoisonné. Tous alors s'étaient affolés de la voir ainsi batifoler en toute liberté.

— Elle marivaude, vous la voyez ? Faut la chasser! Faut la croquer ! Faut la brûler ! Sifflaient en cœur les Habitants-Vauriens du quartier.

Les dissonances du tintamarre arrivèrent jusqu'à ses fines oreilles. Il fut tel, qu'au petit matin alors que les lumières orangées s'étalaient de beauté, le cœur brisé, Chauve-Souris-Jolie n'eut d'autre choix que de s'envoler vers des cimes plus éloignées. Là-bas, elle était sûre qu'elle serait en sécurité.

Hélas, dans la forêt, cela allait de mal en pis. Le souvenir de ses nuits enchantées la rendait triste à pleurer.

Qu'avaient-ils tous à retourner leur veste ? se demandait-elle attristée.

Aucun Être-Forêt ne voulait lui parler. Tous se moquaient. Elle était si laide !

— Non, non et non ! Je ne suis pas laide. Que dites-vous, que dites-vous ? Ne voyez-vous donc pas que vous me faites de la peine ? Moi, je veux rire, danser et m'amuser. Venez et vous verrez, la vie est belle à mes côtés ! Allez, venez, dansez avec moi…

Malgré cela, les Êtres-Forêts continuaient à déverser leur cruauté. Même les Êtres-Fleurs avec qui jadis elle chantait et s'amusait, méchamment chuchotaient :

— Si, si, vous êtes bien laide, même le diable nous l'a dit !

— Que nenni, que nenni ! Répondait-elle, désespérée.

— Et les Êtres-Fleurs reprenaient à tue-tête en tournant autour d'elle.

— Si, si vous êtes laide, même le diable le dit ! Ah ah, vous êtes laide, vous êtes bien laide

— Taisez-vous, taisez-vous, vous m'attristez, vous me faites pleurer ! Regardez donc, mes grandes ailes et mes beaux cheveux dorés, ne voyez-vous donc pas que je suis faite pour aller danser ? Et puis, vous m'ennuyez! Je ne suis point laide ! Oui, Messieurs-Dames. Je sais que je peux plaire, ne vous en déplaise !
Le printemps m'a dit que j'étais jolie !
Le printemps, lui, ne se trompe pas.
Il est si grand, si puissant.
C'est la douce pluie sur les prés fleuris.
C'est le virtuose des vallées encore enneigées.
C'est le vent qui souffle dans nos cœurs d'enfants.
C'est le souffleur de vie !
Vous riez, vous vous moquez Êtres-Forêts,
Mais, l'été m'a chuchoté que j'étais belle en liberté.
L'été, non plus, ne se trompe jamais !
Il est la lumière éclatante.
Il est les douces nuits.

Il est le chant, la fête et il bannit l'ennui.
Il chauffe nos cœurs endoloris, si, si !

Les Êtres-Forêts ricanèrent de plus belle !
– Ne soyez pas vilains, je vous en prie.
L'automne parle de moi comme d'une reine !
L'automne ne peut se méprendre
Il est les couleurs des tourbillons
C'est le…

Soudain, Chauve-Souris-Jolie saisie d'effroi, se tut. Sapin-Grand avait sorti son fusil…
– Vous êtes laide certes, mais j'ai ouï dire, satanique aussi ! Alors, vous allez mourir. Je vais tirer sur vos folles pensées, je vais tirer sur votre liberté !

Arrêtez, ne tirez point, je vous en prie ! Je ne suis pas satanique. Écoutez-moi, je vous en supplie.
L'hiver a dessiné sur les montagnes enneigées un grand cœur pour me réchauffer.
L'hiver ne se trompe pas.
C'est le sommeil de la nature.
C'est le vent sifflant dans nos prairies.
C'est le manteau blanc des rivières endormies.

Sapin-Grand allait appuyer sur la gâchette lorsque Orage-Grand sortit ses énormes éclairs d'argent. Alors, à son grand étonnement, Sapin-Grand et les autres Êtres-Forêts lui laissèrent la liberté.

——

250

En vérité, ils redoutaient que les Êtres-Saisons ne se mettent encore plus en colère. Ils savaient pertinemment que sans eux, leurs vies ne tiendraient alors, plus qu'à un fil.

Quelques jours passèrent dans la tristesse et le silence. Chauve-Souris-Jolie confia à Chose-Miroir qu'elle se sentait, de soir en soir, encore un peu plus esseulée. Chose-Miroir lui sourit et dit :

— Aie espoir, Chauve-Souris-Jolie, aie espoir et tu verras Souffle-de-Vie reviendra !

Un soir, alors que la lune était ronde comme un ballon, Chauve-Souris-Jolie aperçut un Être-Jeune-Homme courir à perdre haleine. Il avait l'air blessé, son cœur saignait. Ses larmes étaient si grosses, qu'une rivière se forma le temps d'un chant, le temps d'une plainte.

— Étrange créature, pensa-t-elle.

Elle hésita un instant, puis d'un petit vol courageux, elle le rejoignit :

— Qu'as-tu, cher Être-Jeune-Homme, tu pleures tant que la rivière se transforme en océan !

Être-Jeune-Homme lui répondit tristement qu'il était plongé dans l'obscurité sous des feux désastreux et cruels.

— J'entendais des cris déchirants. Mon cœur est mort, mon âme, hélas, n'est plus.

— Cher Être-Jeune-Homme, repose-toi auprès de moi. Allez, laisse les vauriens, les méchants, retrouve ta joie et l'innocence d'un enfant !

Être-Jeune-Homme la regarda, ses larmes séchèrent, son cœur cessa soudain de saigner, ébloui d'une belle lumière.

— Est-ce vous, belle Chauve-Souris, qui éclairez mon âme alourdie ?

Chauve-Souris-Jolie ravie qu'il la trouve belle acquiesça. Elle le prit par la main et l'emmena jusqu'au paradis étoilé, danser jusqu'aux perles rosées.

Chut, ne les réveillez pas, je vous prie.
Ils rêvent qu'ils dansent.
Ils sont libres comme le vent, le soleil, la neige et la pluie.
De les voir ainsi.
Moi, je souris.

© Cathy Galière[68]

---

[68] Ancienne championne de patinage artistique, la Lattoise Cathy Galière a déjà publié une trilogie policière à l'ambiance gothique (*" Le bal des morts "* en 2019, *"La valse des têtes "* en 2020, et *" La danse de l'ombre "* en 2021). En septembre 2022, avant les rencontres francophones à Mons, en Belgique, et à New York, est paru *"Le mystère d'Armance"*.

Ecce homo
Émilie Dhérin
(France)

« C'est là votre défaut et votre véritable impuissance[69] *»*.

Naître.

Douleurs qui cisaillent le ventre, rafales de vagues dans leur va-et-vient et un corps en alerte. Par toutes les fibres de l'être, les muscles tendus, la femme hurle. Un cri, un seul, à pleine bouche, extirpant toute la douleur amassée en elle dans une maison inconnue, celle qui sera dorénavant la sienne. À terre, un châle de grosse laine écru et le râle infini de ces nouveaux-venus en un pays étranger. A quelques lieues, la ville, une longue rue, droite, unique, bordée de maisons sans étages, toits plats, toutes sœurs et au bout une place de tuff dotée de la coquetterie d'un kiosque à musique. Il est venu. L'enfant a crié. Il est venu. Ce pays sera le tien.

Attendre.

Les persiennes fermées, le soleil qui déverse sa vie sur le boulevard. Patience dans les heures qui s'étirent.

---

[69] Camus, Le premier homme.

Regard en coin. Attendre dans la torpeur de l'après-midi. Une cigarette à la bouche.

Appartement fatigué, blanc d'histoires de vies en suspens. Un homme et son chien descendent les escaliers. Le tirer, le frapper en compagnon exutoire, vociférer l'acariâtre du quotidien. Plus loin, un autre voisin ferme tranquillement sa porte, les mains rouges, chaudes, une femme à ses côtés, aux joues tuméfiées. Claquement des pas dans les escaliers. Langueur de la journée dans la rue que les chats traversent silencieusement. Le pouls de la ville d'un simple dimanche. Et le silence de la pièce. Un corps à la fenêtre à califourchon sur sa chaise qui attend que ce dimanche soit tiré. Odeur âcre des cigarettes. Rien n'a changé.

Choisir.

Sage lenteur d'une route caillouteuse, qui s'étire dans le crépuscule atlantique, un homme seul, le visage raviné, long, au front haut et carré, assis sur un rocher massif, monumental. Derrière lui, les hauteurs formidables d'une montagne. L'Atlas peut-être, de ses saillances abruptes, une sente se dessine en tortillons. Les pieds sourds s'offrent à la poussière du chemin à gravir. En haut, l'éblouissement du soleil qui vous éclaboussent de sa lumière fauve un sommet presque inatteignable. L'homme s'avance, fait quelques pas, hésite. Son front se fronce, le regard toujours lancé vers la montagne et dans la terre, l'empreinte de ses pieds nus. Ses mains âpres, fortes et cette voie étroite. Le corps s'arrête, en suspens. Derrière lui, une énorme pierre, massive, presque ronde, au gris lissé, poli attend. Un pas, un autre, le pied se ravise. L'homme se retourne, contemple le rocher. Il ferme les yeux. Dans la nue, le cri d'un rapace et de nouveau un silence, terrible, épais, un silence de mort.

S'exiler.
Portes fermées, dernières embrassades, se dire de se revoir, mais la séparation sur le quai de la gare.
Faire monter prestement l'enfant, la femme, l'arracher à l'air vicié, redouté, stupide espoir. Invasion brutale.
Épidémie, Monologue stérile, entêté. Solitude du soir.
La patience d'une vie morne, en suspens d'un couperet nerveux. Train de l'imagination, recréer l'abîme, le tapisser de vaines espérances et s'asseoir ainsi, attendre le temps effiloché dans la ville poussiéreuse, close, aux rayons déconcertants, abandonnés par le soleil.
Caprices du ciel, voile de la pluie, mine affligée, visite dorée du soleil et se baigner dans ce mélancolique silence de la terre.

Un simple souffle entre ici et ailleurs.
Et devant le néant, choisir en Sisyphe condamné.
Le vide, l'abîme, ou le goutte-à-goutte de la vie dans ce numéro d'acrobate.
Évoquer les jours écoulés.
Sourire de paroles impossibles,

Et se rappeler que, parfois, les dieux descendent sur les corps nus.

© Émilie Dhérin[70]

---

70 Auteure de plusieurs ouvrages, notamment fictionnels, Emilie DHERIN a publié les Miettes de nous aux éditions des Mots qui trottent. Professeure agrégée de lettres modernes et Docteur en lettres classiques,elle enseigne le français et le latin en collège et lycée. Elle a également dispensé, pendant plusieurs années, des cours de culture générale et enseigné les techniques rédactionnelles.

Camus et vivre

Christine Hainaut

(France)

Créer, c'est vivre deux fois ?
Parfois, il faut vivre des drames pour continuer notre
vie, voire en démarrer une deuxième.

Pourquoi créer ?
Et si c'était par peur de mourir un jour ?
Si nous étions immortels, aurions-nous ce besoin de
créer ?

Pourquoi créer ?
Un jour, nous allons tous mourir… c'est une certitude,
même si certains imaginent des stratagèmes pour se
réveiller un jour.
Créer, c'est partager ce que nous avons appris, nos
valeurs, nos expériences, notre imagination, ces drôles
d'histoires qui se promènent dans nos têtes.

Pourquoi créer ?
Peut-être pour que peut-être demain soit meilleur, que
ce monde inintelligible soit plus compréhensible.

Pourquoi créer ?
Parce qu'un jour on va mourir.
Quand notre corps deviendra poussière, il restera nos
créations, qu'elles soient artistiques, scientifiques ou
révolutionnaires.

Elles deviendront peut-être immortelles et en inspireront d'autres.

Pourquoi créer ?
Peut-être pour devenir un peu immortel…

Pourquoi créer ?
Parce que dans nos rêves d'enfants, l'art, l'imaginaire et la création étaient sans limites. Vous souvenez-vous de ce petit enfant qui raconte des histoires incompréhensibles et qui a l'air si heureux de les partager ? Vous souvenez-vous de ces œuvres enfantines qui semblent incroyables aux yeux des créatrices et des créateurs et qui parfois interloquent le public ?

Pourquoi créer ?
Peut-être pour retrouver son âme d'enfant ?
Pour retourner à ses désirs profonds enfouis par une culture et un environnement étouffant ?
Dis-moi Camus ?
Que penserais-tu de ce monde d'aujourd'hui ?
Aurais-tu encore le courage de créer au milieu de ces phénomènes incompréhensibles ?
Aurais-tu le courage de vivre ici ?
Aurais-tu le courage d'écrire ?
Écrire pour ne pas mourir ?
Écrire pour survivre.
Écrire pour vivre.
Créer.

Créer pour vivre après la mort.
Créer, pour vivre une deuxième fois.
Créer, pour vivre.
Créer pour vivre deux fois.

© Christine Hainaut[71]

---

[71] Coordonnatrice du Réseau des écoles associées de l'UNESCO, prix Hippocrène de l'éducation à l'Europe et prix des enseignants innovants et de l'innovation éducative, Christine est conférencière, écrivaine, bloggeuse, voyageuse, coach Elle a écrit *Moi, j'ai pas le cancer* (prix Les Femmes et les étoiles), *Si Haroun Tazieff m'était conté, le Ride des Colibris, c'est la vie, le petit agenda perpétuel du mieux-être* et elle a participé à l'ouvrage collectif *Hommage au Petit Prince*.

Hommage à Albert Camus
Créer, c'est vivre deux fois

L'Ombre de Camus

Michel Tessier
(États-Unis)

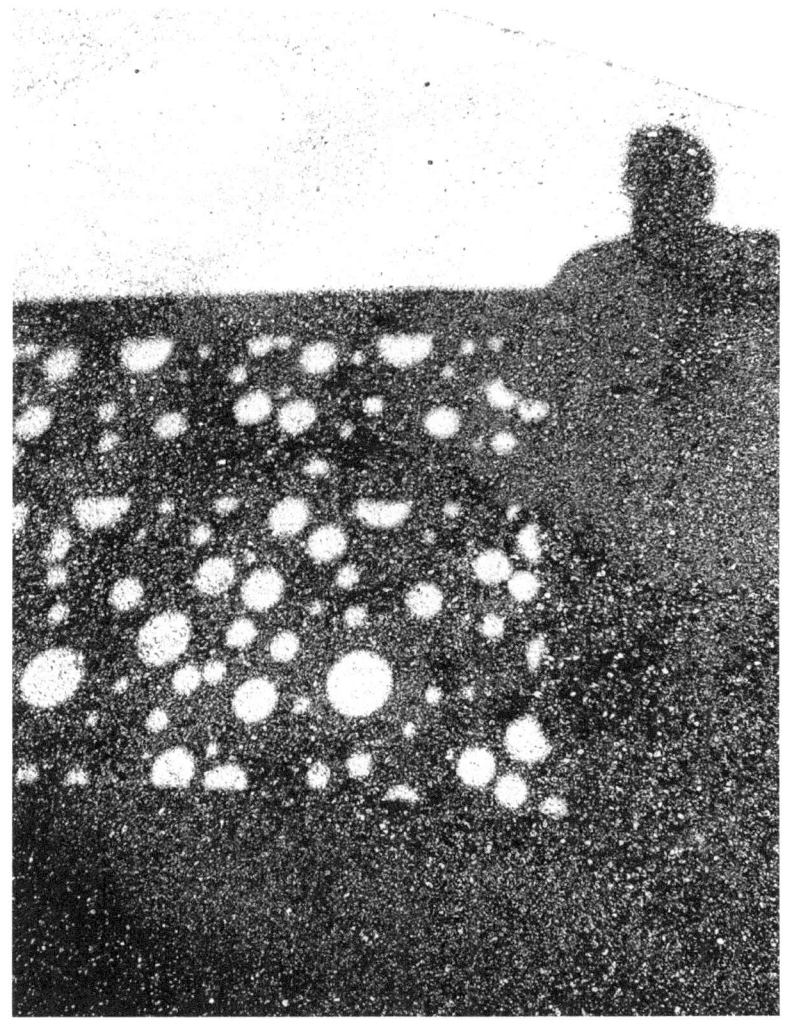

© Michel Tessier

Dans une ville où les ombres ont leur propre vie. Une ville, où le temps ne suit pas les règles habituelles. Les ombres sont libres de s'y déplacer à leur guise, indépendantes de leurs hôtes, tout comme les habitants de la ville le sont de leurs actes, mais contraints par l'absurdité de leur existence.

Albert, c'était un homme d'un certain âge, avec des rides qui dessinaient sur son visage les traces du temps et du travail minutieux. Il portait toujours un vieux gilet usé et son regard bleu, d'habitude vif et curieux, était maintenant voilé d'inquiétude. Il avait passé des années dans l'atelier obscur de son horlogerie à réparer des montres et des horloges. Les montres que réparait Albert étaient les seules à donner l'heure précise, mais il ne savait pas si cette heure était vraie ou aussi absurde que la ville elle-même. Les aiguilles du temps semblaient avoir arrêté leur course pour lui, jusqu'à ce jour où son ombre avait décidé de se séparer de lui. Et lorsque son ombre s'était détachée, il s'était trouvé confronté à une forme d'absurdité qui l'avait bouleversé.

— Attends ! cria Albert, alors que son ombre commençait à se faufiler hors de l'atelier. Où vas-tu ? Tu es à moi !

Mais l'ombre, détachée, s'était contentée de répondre :

— Non, Albert. Je ne suis à personne. Je suis libre, tout comme toi.

Ce qu'Albert ignorait alors, c'est qu'en cherchant son ombre, ce qu'Albert allait trouver, c'était plutôt une sorte de vérité sur lui-même et sur l'existence humaine : son ombre, et celles des autres, sont des manifestations de leur propre condition absurde. Il allait comprendre que, même s'il ne pouvait pas contrôler son ombre, il pouvait choisir comment vivre avec elle : soit la laisser errer, soit accepter son existence absurde et continuer à vivre du mieux qu'il pouvait.

Albert, l'horloger, se rendait compte que son ombre n'était pas une simple silhouette sans substance, au contraire, elle semblait posséder une présence et une individualité distinctes, en décalage avec le monde qui l'entourait. Elle ne suivait pas les conventions habituelles des ombres, refusant d'imiter les mouvements de son propriétaire et choisissant plutôt de se déplacer selon ses propres désirs.

Elle se comportait comme si les règles habituelles de la société ne s'appliquaient pas à elle, semblable à celle de Meursault, le protagoniste indifférent et existentialiste du roman *L'Étranger* de Camus. Son ombre est une étrangère dans leur propre monde. Ils sont tous deux des outsiders, refusant de se conformer aux normes et choisissant de vivre selon leurs propres règles.

Francine, elle, était une femme vibrante et perspicace, qui avait une fascination particulière pour les horloges anciennes. Ce qui l'avait conduite à l'horlogerie d'Albert. Sa présence apportait toujours un vent de fraîcheur dans l'atelier, un contraste frappant avec l'atmosphère poussiéreuse qui y régnait.

Ce jour-là, elle avait remarqué Albert errant dans les rues, le regard perdu et la démarche hésitante. Elle s'était approchée de lui, son visage exprimant une préoccupation sincère.

— Albert, dit-elle d'une voix douce mais ferme, tu sembles perdu. Que cherches-tu ?

Albert l'avait regardée, son regard bleu maintenant teinté d'un soupçon de tristesse.

— Mon ombre, avait-il répondu d'une voix presque inaudible, elle est partie. Elle a décidé de vivre sa propre vie.

Dans le calme solitaire de son atelier d'horlogerie, Albert avait toujours été un homme de peu de mots. Il s'exprimait à travers les mécanismes délicats des montres qu'il réparait, les aiguilles qu'il ajustait avec une précision minutieuse. Francine l'avait toujours trouvé fascinant, avec son silence contemplatif et sa concentration intense sur son travail.

— Francine, murmura Albert d'une voix pleine de confusion, mon ombre.

Francine regarda Albert, sa surprise cédant rapidement la place à la compassion.

— Albert, dit-elle doucement, il ne faut pas être plus pressé que Dieu. Nous ne pouvons pas accélérer ou forcer l'ordre qu'il a établi. Si cette ombre décide de partir pour vivre sa propre vie, cela pourrait signifier un besoin de développer une pensée propre, une nouvelle perspective, le désir de ne plus être une réflexion de l'œuvre d'un autre, mais d'être l'auteur de sa propre vie et de sa propre pensée.

— Alors que dois-je faire, Francine ? demanda Albert, le désespoir pointant dans sa voix.

— Chercher la leçon dans cette expérience, répondit Francine avec sagesse. La souffrance révèle une lueur exquise d'éternité. C'est difficile à voir maintenant, mais elle éclaire le chemin vers la délivrance.

Francine avait l'esprit clairvoyant : elle croyait fermement qu'il ne fallait pas être plus pressé que Dieu. Que tout ce qui prétend accélérer l'ordre immuable établi une fois pour toutes conduirait à l'hérésie.

Lorsqu'elle avait rencontré Albert errant sans son ombre, elle avait vu dans son désarroi une manifestation du mal qu'Albert subissait. Cependant, elle savait aussi que, selon les paroles de Camus, la volonté divine transforme le mal en bien.

— Albert, avait-elle dit en l'approchant doucement, ton ombre est partie, mais elle n'est pas perdue. Tu n'es pas seul dans cette épreuve. Laisse-moi t'aider à la retrouver.

Albert avait levé les yeux vers elle, son visage habituellement stoïque montrant une expression de confusion.

— Pourquoi, Francine ? Pourquoi voudrais-tu m'aider à retrouver mon ombre ?

Francine avait posé une main réconfortante sur l'épaule d'Albert.

— Parce qu'il y a une lueur d'éternité au fond de toute souffrance, avait-elle répondu avec douceur. Cette lueur nous guide vers le silence essentiel et le principe de toute vie. C'est la leçon que nous devons tirer de cet exemple.

— Et comment puis-je trouver ce chemin ? Albert regarda Francine, une lueur d'espoir apparaissant dans ses yeux.

— En croyant que la volonté divine peut transformer ce mal en bien, dit Francine. C'est un cheminement, Albert. Un cheminement de mort, d'angoisses et de clameurs. Mais à travers tout cela, nous sommes guidés vers le silence essentiel et vers le principe de toute vie.

— Francine, souffla Albert, tu es mon immense consolation. Tes paroles ne sont pas seulement des paroles qui soignent, elles sont un verbe qui apaise.

Francine avait cligné des yeux, surprise par sa réponse. Elle avait regardé le sol à ses pieds, où son ombre se dessinait clairement contre le pavé. Puis elle avait regardé Albert, son expression se teintant de sympathie.

— C'est une solitude que je ne connais pas, avait-elle dit doucement. Mais je suis prête à te comprendre, Albert.

Francine le regardait. Après un moment de silence, elle posa une main réconfortante sur l'épaule d'Albert.

— Je vois, dit-elle doucement, alors cherchons-la, ensemble.

Et c'est ainsi que commença leur quête pour retrouver l'ombre d'Albert, un voyage qui les amènerait à explorer les profondeurs de l'absurdité et de la solitude.

Alors que leur quête pour retrouver son ombre progressait, Albert rencontrait d'autres habitants de la ville, tous aux prises avec leur propre solitude et leur propre non-sens. Ils rencontrèrent une femme qui avait perdu son ombre lors d'un grand bal. "J'ai dansé si fort que mon ombre n'a pas pu me suivre", dit-elle, "et maintenant, je ne sais pas où elle est."

Un autre habitant, un vieux monsieur à la barbe hirsute, racontait comment son ombre avait décidé de partir après une dispute philosophique. "Elle prétend que la vie n'a pas de sens, que tout est absurde", se plaignait-il. "Je ne suis pas d'accord, mais je ne peux pas la convaincre de revenir."

Au travers de ces rencontres, Albert commençait à comprendre que son ombre n'était pas simplement une silhouette sans substance. Elle était une part de lui-même, une expression de sa propre condition humaine Au fur et à mesure que sa quête progressait, Albert commençait même à ressentir une certaine admiration pour l'indépendance de son ombre, à remettre en question les conventions de son propre monde et à envisager la possibilité de vivre selon ses propres termes, tout comme son ombre et Meursault.

C'est ainsi qu'Albert, l'horloger, devient Albert l'Étranger, un homme qui, comme son ombre, choisit de vivre en marge de la société, embrassant l'absurdité de l'existence et vivant selon ses propres termes.

Sous un ciel vide et insensible, qui semblait se moquer de leur insignifiance, Francine l'emmenait à travers la ville, rencontrant d'autres habitants qui avaient perdu leurs ombres. Chacun racontait sa propre histoire et Francine les écoutait attentivement, ajoutant souvent ses propres réflexions philosophiques.

— Peut-être, suggéra-t-elle, que ton ombre est plus qu'une simple silhouette. Peut-être est-elle une part de toi-même, une expression de ta propre absurdité."

Un jour, alors qu'ils traversaient une rue déserte, ils revirent l'ombre d'Albert. - Je te cherchais partout! s'écria Albert. Tu m'as manqué !

– Je ne t'ai pas quitté, Albert, répondit l'ombre calmement. J'ai simplement choisi de suivre ma propre voie. Tout comme tu es libre de suivre la tienne.

Francine sourit à Albert et lui dit,
– Ton ombre a raison, Albert. Nous sommes tous libres de choisir notre propre voie. Même si cette voie semble absurde.

Ils traversèrent ensemble la ville. Une ville qui autrefois était pleine de vie et de bruit, mais qui maintenant était silencieuse et déserte, comme si elle était elle-même une ombre de ce qu'elle avait été. Les rues étaient vides, les maisons silencieuses, les places abandonnées. C'était comme si la ville elle-même avait perdu son ombre.

Ils rencontrèrent encore bien d'autres habitants qui, comme lui, avaient perdu leurs ombres. Chaque personne racontait son histoire, chaque histoire était une nouvelle teinte de solitude et d'absurdité. Ces histoires étaient différentes, mais elles partageaient une même essence. Des histoires qui, ensemble, tissaient un tableau vivant de la condition humaine, de son absurdité inhérente, de sa solitude inévitable. Et pourtant, il y avait quelque chose de profondément humain dans ces histoires.

C'était peut-être cela, se dit Francine, la véritable essence de la vie : une quête constante de sens dans un monde absurde, une recherche inlassable de compagnie dans un univers solitaire.

Il y avait l'ombre de l'épicier, une silhouette robuste qui avait autrefois été remplie de vie et d'énergie, mais qui avait maintenant disparu, laissant derrière elle une coquille vide et désolée. Il y avait l'ombre de l'enfant qui jouait autrefois joyeusement dans les rues, maintenant réduite à un simple spectre de son passé.

Il y avait ce vieux libraire dont l'ombre avait disparu alors qu'il rangeait des livres sur une étagère, et cette d'une couturière dont l'ombre s'était détachée alors qu'elle cousait une robe. Quant à Jean, le boulanger, il avait vu son ombre s'évanouir un matin en ouvrant sa boulangerie. "J'étais en train de pétrir la pâte, comme tous les matins," raconta-t-il, "et quand je me suis retourné, elle n'était plus là. Je me suis senti aussi vide que le fournil sans pain. Jean, qui autrefois était un homme plein de vie et de passion, semblait maintenant aussi pâle et vide que la farine qu'il pétrissait chaque jour.

Il y avait aussi Marie, la coiffeuse du quartier. Elle avait perdu son ombre un après-midi, alors qu'elle était en train de coiffer une cliente. "C'était comme si une partie de moi s'était détachée, comme si je m'étais coupé les cheveux et que je ne pouvais plus les faire pousser," confia-t-elle, les yeux remplis d'une tristesse étrange. Marie, qui avait toujours été une femme gaie et enjouée, semblait maintenant aussi triste et effacée que les mèches de cheveux qu'elle coupait.

Puis, ils rencontrèrent Lucas, un artiste peintre, assis sur une chaise dans un atelier vide. Sur sa toile, il peignait un portrait invisible, guidé par la mémoire de l'ombre qui jadis dansait à ses côtés. "Mon ombre était ma muse," déclara-t-il, la voix teintée d'une tristesse sans nom, et sans elle, ma toile est vide."

Ils croisèrent également Camille, une jeune femme qui tenait une petite boutique de fleurs. La boutique, autrefois vibrante de couleurs et de parfums, avait perdu sa chaleur, comme si les fleurs elles-mêmes avaient perdu leur éclat en l'absence de l'ombre de Camille. "Chaque fleur a besoin de son ombre pour grandir," murmura-t-elle, "comme chaque personne a besoin de la sienne pour exister."

Enfin, il y eut aussi François, un vieil homme qui passait ses journées à nourrir les pigeons sur la place du village. L'ombre de François avait disparu un matin, pendant qu'il distribuait des miettes de pain aux oiseaux. Depuis, les pigeons ne venaient plus. "Même les oiseaux savent que quelque chose manque," soupira-t-il, le regard perdu vers le ciel vide.

Chacune de ces histoires renforçait la conviction qu'il y avait quelque chose de fondamentalement erroné, d'incomplet, sans l'ombre qui nous accompagne. Et entre Francine et Albert, un lien forgé par l'étrange camaraderie qui naît de la souffrance partagée était en train de se tisser.

Après avoir arpenté la ville à la recherche de son ombre, Albert comprit finalement que la véritable quête n'était pas celle de son ombre, mais celle de sa propre identité…Et que Francine, par son écoute et sa compassion, avait été le phare qui l'avait guidé à travers ce voyage intérieur.

© Michel Tessier

Un soir, alors que le soleil se couchait et que les ombres s'allongeaient, Albert regarda sa propre ombre, maintenant une entité distincte, qui se dessinait faiblement contre le mur de sa maison. Il avait cessé de la poursuivre, de chercher à la retenir. Au lieu de cela, il avait appris à coexister avec elle, tout comme il avait appris à coexister avec l'absurdité de la vie.

— C'est peut-être dans notre solitude que nous nous trouvons vraiment, Albert - suggéra-t-elle un jour. Peut-être que ce n'est que lorsque nous confrontons l'irrationnel que nous commençons à comprendre ce que signifie vraiment être vivant."

Francine avait dans le regard une lueur profonde, à la fois douce et intense. Une empathie qui allait au-delà de la simple sympathie, une compréhension qui semblait émaner de son âme.

Albert la regarda, plongeant ses yeux dans les siens, y cherchant un réconfort silencieux. Il était déconcerté, déboussolé par la perte de son ombre. Sa voix tremblait quand il répondit : "C'est comme si une partie de moi s'était détachée, une partie qui m'était si familière... et pourtant, si étrange."

Peut-être y avait-il dans cette aventure une clé pour comprendre les mystères plus profonds de l'existence, une vérité plus grande à découvrir.

Un soir, alors que le soleil se couchait et que les ombres de la ville s'étiraient jusqu'à se fondre dans l'obscurité, Albert et Francine virent une autre ombre approcher. Une silhouette familière, bien qu'ils ne l'aient jamais rencontrée auparavant. C'était l'ombre d'Albert Camus lui-même. L'ombre du philosophe s'arrêta devant eux, son regard pénétrant les scrutant avec curiosité. "Vous avez trouvé ce que vous cherchiez, Albert ?" demanda-t-elle.

Albert le regarda, puis son propre reflet fugitif contre le mur. "Je crois que oui", répondit-il. "J'ai trouvé ma place dans le chaos. J'ai trouvé ma liberté."

Camus hocha la tête, un sourire presque invisible jouant sur ses lèvres. "C'est tout ce que nous pouvons espérer, n'est-ce pas ? Trouver notre propre sens dans le non-sens. Trouver la liberté dans le néant" Il leur adressa un dernier signe de tête avant de disparaître dans la nuit, laissant Albert et Francine seuls une fois de plus.

La présence de l'ombre d'Albert Camus, bien que fugitive, avait apporté une forme de clôture à leur quête. Ils savaient maintenant que, même dans l'ombre de l'absurdité, ils pouvaient trouver leur propre lumière, leur propre liberté. La ville s'endormait autour d'eux, laissant derrière elle les murmures de ces histoires de solitude irrationnelle.

Francine, avec un sourire doux sur son visage, demanda à Albert :

— Tu as trouvé ce que tu cherchais, Albert ?

— Je crois que oui. J'ai trouvé ma place dans le monde. J'ai trouvé ma liberté.

— Tu sais, Albert, je crois que j'ai trouvé quelque chose de bien plus précieux que ton ombre pendant cette quête.

— Qu'est-ce que c'est, Francine ? demanda Albert, intrigué.

— C'est toi, Albert. C'est toi, répondit-elle, son visage s'illuminant d'un sourire doux.

Albert la regarda, surpris, puis il sourit. Il avait trouvé plus que son ombre. Il avait trouvé une partenaire, une âme sœur dans cette ville de solitude.

Dans leur quête de l'ombre d'Albert, ils avaient découvert un amour qui brillait plus fort que n'importe quelle ombre. C'était un amour qui leur offrait de l'espoir dans leur solitude, un amour qui les liait l'un à l'autre, malgré l'absurdité de leur monde.

Au milieu des ombres, ils avaient trouvé une lueur d'espoir, un amour qui éclairait leur chemin. Quelque chose de beau, quelque chose de vrai. Albert pensait à son ombre perdue, à la manière dont elle s'était détachée et avait pris sa propre vie. Il pensait à la façon dont il avait cherché cette ombre dans tous les coins de la ville, désespéré et confus, jusqu'à ce qu'il rencontre Francine. Francine, avec sa présence douce et sereine, avait apporté une lumière dans sa vie obscurcie par l'absurde.

Francine, de son côté, pensait à Albert. Elle pensait à la façon dont il l'avait cherchée et à la façon dont elle l'avait trouvé. Elle pensait à la douce ironie de leur situation : deux étrangers, cherchant une ombre perdue, et trouvant l'amour.

Et au milieu de ces pensées, au milieu de la beauté de leur situation, ils se rendirent compte de la vérité profonde de leur existence. Que, malgré l'absurdité de la vie, malgré la solitude et la perte, il y a toujours de la place pour l'amour. Ainsi, au milieu des ombres de la nuit, sous le regard des étoiles, Albert et Francine s'étaient trouvés. Pas seulement l'un l'autre, mais aussi eux-mêmes.

Et, peut-être pour la première fois, ils réalisaient que l'absurdité n'est pas une malédiction, mais une bénédiction. Parce que c'est dans l'absurdité que l'on trouve la liberté, et c'est dans la liberté que l'on trouve l'amour. Et c'est cet amour, plus que tout, qui donne un sens à l'existence.

Sur cette pensée, ils s'embrassèrent, leurs ombres se mélangeant dans la lumière de la nuit, et ils se rendirent compte qu'ils n'étaient plus seuls.

Ainsi, leur quête se termina. Pas avec un retour à la normalité, mais avec une transformation. Une transformation qui les avait fait passer de l'ombre à la lumière, de l'absurdité à l'amour. Et dans cette transformation, ils avaient trouvé un sens à leur existence. Un sens qui, malgré sa simplicité, était plus profond et plus vrai que tout ce qu'ils n'avaient jamais connu.

Albert regarda Francine, qui dormait paisiblement à côté de lui. Leur rencontre avait été inattendue, comme beaucoup de choses de la vie.

Et il se demanda, "J'avais eu raison, j'avais encore raison, j'avais toujours raison... J'avais vécu de telle façon et j'aurais pu vivre de telle autre. J'avais fait ceci et je n'avais pas fait cela. Je n'avais pas fait telle chose alors que j'avais fait telle autre. Et alors ?"

La vie était absurde. Il n'y avait pas de bon ou de mauvais chemin à suivre, pas de décision correcte ou incorrecte. Chaque choix qu'il avait fait, chaque action qu'il avait entreprise, l'avait conduit à ce moment précis.

À cette rencontre avec Francine, à ce sentiment d'amour qui l'emplissait d'une chaleur qu'il n'avait jamais connue auparavant.

Il avait cherché son ombre, et au lieu de cela, il avait trouvé Francine. Il avait cherché une partie perdue de lui-même, et au lieu de cela, il avait découvert un amour qu'il n'aurait jamais imaginé. C'était merveilleux.

Et donc, Albert conclut, la vie n'avait pas à être un enchaînement logique d'événements, un parcours prédéterminé vers une destination fixe.

La vie était un voyage absurde, chaotique et magnifique, plein de surprises inattendues et de revirements improbables. Un voyage qu'il était libre de parcourir à sa manière, d'explorer selon ses propres termes, sans se soucier de savoir s'il avait raison ou tort.

"Et alors ?" pensa Albert. Et alors, la vie était absurde, et l'amour était absurde, et c'était parfaitement bien.

Parce qu'en fin de compte, malgré l'absurdité de tout cela, il avait trouvé l'amour. Et cela, pensa-t-il en regardant Francine dormir paisiblement à côté de lui, c'était tout ce qui importait vraiment.

© Michel Tessier, Juin 2023

Rêver de se perdre

Élisabeth Simon-Boïdo[72]

(France)

Créer, c'est vivre deux fois.
A. CAMUS

---

[72] Ancienne élève de Julien BERTHEAU (ex sociétaire de la Comédie-Française), elle a créé une école de théâtre à Roquefort-Les-Pins dans les Alpes Maritimes (France), dédiée aux jeunes de quatre à dix-huit ans. Après avoir enseigné la comédie et monté des pièces pendant vingt ans avec ses élèves, elle se lance comme auteure pour la jeunesse qu'elle affectionne tant.

Au détour d'un rêve perdu,
À pas feutrés
Je me suis avancée vers ma fenêtre sur rue.
N'ayant rien d'autre à faire,
Je me suis accoudée à la lumière du soir d'un chapeau
de lampe
M'entraînant à voir et à entendre.
Mon âme sensible m'invitait à lâcher prise
Le temps d'une nuit…
…c'est alors que j'aperçu
L'homme au manteau sombre.
La fumée de sa cigarette serpentait haut dans le ciel,
Et semblait serein face à la beauté du moment.
Les mots de l'artiste reconnu,
Transportaient mon oreille à l'écoute de mon
inconnue.
Écrivain, journaliste, philosophe, prix Nobel,
dramaturge et grand humaniste,
Albert CAMUS grandissait l'endroit où il fallait bien
vivre,
Et moi…
…Moi ?
Le cortex cingulaire de mon cerveau s'affolait,
Je cherchais à tout prix à rétablir une cohérence,
J'avais du mal à trouver ma place dans ce monde
incompréhensible.
C'était quoi ma vie ?
Un tourbillon psychédélique qui tournait sans cesse ?
Une machine humaine qui se répétait, sans réfléchir ?

Une fatigue géante, envahissante ? J'étais révoltée par
mes sales pensées qui me diminuaient et me rendaient
lâche et faible.
Il me fallait prendre une décision,
Il me fallait agir,
Me séparer de cette tension,
Maintenir mon existence,
Cristalliser la magie de la vie.
L'œuvre !
Et j'ai élevé la voix pour qu'elle me vienne !!!
Réveillée en sursaut
Je succombais à mon rêve labyrinthique.
Trempée de sueur,
Je me levais.
J'avais froid.
Je me sentais bizarre, je sentais en moi un renouveau.
Du haut de ma lucarne,
La vue de mon quartier commençait à se dessiner.
Le réverbère de mon avenue,
Avec son design sans faille et son magnifique globe
brillant,
Me séduisait toujours autant.
Comme une évidence, la direction de ses rayons
lumineux annonçait le jour,
Un message sans équivoque d'un levé du soleil
soudain
Qui révélait à mes yeux cette guirlande de mots :
-"Créer, c'est vivre deux fois".
Sans le savoir, je respirais l'absurde…

Élisabeth Simon-Boïdo

281

Hommage à Albert Camus
Créer, c'est vivre deux fois

Retour de bâton

Yannick Jan

(Nouvelle-Calédonie)

Tout est blanc. Autour de moi. Au loin, trois montagnes aveuglantes. Chaleur abominable. Le soleil éblouissant brûle ma peau. Je marche depuis plusieurs heures. Le seul ancrage tangible est mon bâton en bois de chêne. Et ma main est crispée dessus.

Toujours ce blanc. Mes yeux se plissent. Une fine fêlure me préserve de la lumière crue. Cependant, ces trois montagnes paraissent froides et encore plus distantes. Ma main se tétanise. Le bâton incruste ma paume douloureuse.

Qui suis-je ? Seule question en boucle dans mon esprit.... Qu'est-ce que je fous la ?

Je tourne en rond. Je ressens des présences. Des chuchotements étouffés. ... Et parfois, une accélération de mon rythme cardiaque.

Cette marche m'épuise. Un tremblement intérieur m'envahit... *je me sens partir... Accroche-toi au bâton !* Ultime effort.

Clic... Des flashes dans mon esprit... Vie dorée... Mes parents... Rire... Bougies soufflées... Je vois...

Clac... hurlement de terreur... Le noir me recouvre peu à peu... J'entends des bruits de succion... Moteur qu'on allume... Tronçonneuse... Découpage... Suis qu'un interrupteur manipulé...

Clic... Des formes bougent... élancées... Tête de poire... Œil noir et brillant... Trois longs doigts fins... des ventouses en bout...

Clac...Disparaître... Ténèbres... Le vide... Clic. La lumière réapparaît. Vive !

Mon genou gauche ploie d'épuisement... Seul mon bâton m'évite l'effondrement sur ce sol sec et brillant, me rappelant l'Arizona. J'ai envie de mourir.

Un doux ruissellement m'attire. Il éveille mon corps et mes sens... Mon cerveau a repris les commandes malgré ses trouées, la vie est plus forte.

Je me relève difficilement. Mes pieds sont en sang. Cri de rage... Un pas devant l'autre... D'où vient cet écoulement musical ?

Derrière un enrochement... Une étendue d'eau... Le soulagement.

Mes pieds s'enfoncent peu à peu... La fraîcheur éveille mon corps. Je m'allonge en douceur. Des poissons tournoient autour de moi. Je sens leurs délicates succions. Je les imagine complétement rouges...

– Que viens-tu faire ici petit homme ? murmurent-ils.

Mon esprit me joue des tours ? J'entrevois de petites lumières scintiller. Multicolores m'encerclant. J'écarquille les yeux... Un tableau de bord, des boutons apparaissent... Des symboles incompréhensibles...

— Que viens-tu faire ici petit homme ? insiste une voix lointaine.

Une angoisse terrible m'étreint. Je ne suis pas seul ? Et si ? impossible ! Je réalise que je vole. ... Une soucoupe ? Un aéronef ?

Ou une hallucination. Un mirage. Un miracle ? Je ne sais plus où je suis. L'eau clapote contre mon corps endormi. J'ai froid. Je réponds quand même...

— Je cherche Tucson...

Je deviens fou... Je devine un être inconnu, dangereux, qui se rapproche... hurlement.

J'avale de l'eau. J'étouffe ! Et finis par vomir !

Je me relève difficilement. Mon bâton ploie sous mon poids.

Je ne me retourne pas... ne veux pas voir... ne veux PLUS voir ! Pourtant je m'égare dans le labyrinthe de mon esprit. J'ai beau chercher, Je ne trouve pas. Les gens hurlent tout autour de moi. Les cris résonnent dans ma tête tel un écho infini. Je veux m'enfuir. J'appréhende soudain les gouffres, les pièges qui ont parsemé le chemin sinueux de mon passé. Ma vie a été sacrifiée. Rien ne m'a été épargné... des voix complaisantes... des larmes de crocodile...

Malgré des belles promesses... Puis rapidement un poids pour ma famille, mes amis, pour tous. Et pour finir, mon divorce. Rejeté par cette société indifférente aux différences. Je me sens laminé, détruit, explosé... cependant debout.

L'angoisse m'étreint à nouveau. Mon enfer intérieur, doux tyran au cœur noir, est toujours présent. Il brise mes élans. Et j'accepte l'inacceptable. Force, volonté, sacrifice... Je les ai tous annihilés. Enfin, ils ont fui aussi vite que mon entourage. La colère et la haine ont fini par les vaincre. Et je m'y complais. Ces deux sentiments sombres me rassurent. Je me repais dans cette fange.

Tout est calme à nouveau. J'avance avec mon bâton de chêne. Il me porte péniblement dans ce désert... je ne passerai pas les prochaines heures... suis trop faible.

La fraîcheur de la nuit tombe sur ce désert. La chaleur chute. Je perçois les serpents à sonnettes sortant de leurs nids. J'entends les scorpions roder à la recherche d'une proie facile. Dans cet autre monde, la nature règne en maître ! Les plus faibles meurent pour en nourrir d'autres. Je marche sur trois pattes. La nuit est désormais installée et le froid me glace le dos. Ma vie repasse tel un caléidoscope… Je sombre dans l'émotion. Je pleure. Je ris. Je m'arrête et m'applaudis telle une rock star sans public. Que de chemin parcouru! Je n'en avais pas conscience !

©Sandrine Mehrez Kukurudz

287

Je repars abandonnant mon bâton. Sûr de ma force. Sûr de retrouver le chemin de ma maison. Je monte la dune difficilement et perd l'équilibre au sommet. Je bascule en arrière. La malchance ... L'arrière de mon crâne tape une pierre acérée. Je sens une explosion interne. Une douleur fulgurante puis la paix, la sérénité, une nouvelle chaleur m'envahit. Je m'envole et soudain je... je VOIS les lumières scintillantes de Tucson. Je réalise que j'ai tourné en rond à moins de cinq cents mètres de ma ville... Quelle malchance ! Je suis ébloui... Puis tout devient de plus en plus petit. Minuscule... Ma Terre. Ronde et bleue... À mon prochain voyage, je veillerai à avoir les yeux grands ouverts.

Tâtonnant de sa main gauche, il cherche son briquet pour sa dose de nicotine quotidienne. Il ouvre son second paquet et sa main heurte son verre vide... À peine vingt-heures, pense-t-il ... Et ce texte qui n'avance pas... Difficile d'écrire et de se renouveler dans le genre fantastique.

Repoussant sa Perkins Brailler[73] d'un geste brusque, l'écrivain se lève et récupère sa canne blanche... Il a soif !

---

[73] La Perkins Brailler est une « machine à écrire braille › avec une clé correspondant à chacun des six points du code braille, une touche d'espace, une touche de retour arrière et une touche d'espace de ligne. Comme une machine à écrire manuelle, elle a deux boutons latéraux pour faire avancer le papier à travers la machine et un levier de retour de chariot au-dessus des touches. Les rouleaux qui maintiennent et avancent le papier ont des rainures conçues pour éviter d'écraser les points en relief créés par le brailler.

Il sort sur le palier et descend vers le bar juste en bas de son appartement. Un trajet archiconnu... qu'il pourrait faire les yeux fermés. Un rire, presqu'une grimace, étire ses lèvres sèches.

Ce putain de désert lui avait donné chaud.

© Yannick Jan[74]

---

[74] Yannick Jan est né en 1973, il est l'auteur de deux romans et vit en Nouvelle Calédonie. *L'Herbier de feu, œuvre collective, poésie, Avant que la nuit tombe* ; *L'Écrivain*, éditions Jardin secret, 2016 ; *Légendes du monde : Islande,* Revue *Sillage* 2020, éditée par l'Association des Écrivains de la Nouvelle-Calédonie. Œuvre collective : Sillage 2022 édité en septembre par l'Association des Écrivains de la Nouvelle-Calédonie, texte : Lever de voiles ; *Liens de sang, 2022, roman d'espionnage* ; Œuvre collective sur le Petit Prince, éditée en octobre 2022 par l'Association des Auteurs francophones aux États-Unis. Texte : voyage méditatif

Hommage à Albert Camus

Créer, c'est vivre deux fois

Mon nom est Camus

Jean-Michel Guiart

(Nouvelle-Calédonie)

© Jean-Michel Guiart

L'absurde à ses raisons que la raison ignore. Cela dit, Albert Camus ne déraisonne pas en démystifiant le mythe de Sisyphe comme idylle moderne. L'absurde

291

résonnant comme compromis, comme morale, du « *comment vivre* », face à une contradiction entre le réel et la pensée. Face au silence du monde, quant à notre désir de reconnaissance, d'aspirer à perdurer hors de ce schéma fataliste qu'est le mythe de Sisyphe. La religion interprète ce silence en cajolant nos espoirs par un sens sûr, si ce n'est fantasmé comme tel face à ce néant qu'est la vie. Toutefois, Albert Camus récuse toutes croyances et idéologies religieuses prônant un sens à l'existence qui sont irrationnelles, à ses yeux. Selon lui, vivre ne vaut rien, car rien ne vaut le fait de vivre. Aussi absurde soit le monde, nous sommes seuls maîtres du sens que l'on donne à notre existence. Mais l'absurde règne en maître dans nos sociétés contemporaines. Il oscille par le monde sur les différentes places boursières. Il fait le bonheur ou le malheur de ceux qui ont placé leurs deniers dans ce grand casino à ciel ouvert. Responsable, semble-t-il, de l'accaparement des terres autochtones et autant de génocides pour acheter le silence, au prix du sang. L'absurde, ce diable qui s'exprime par la violence, par l'avarice d'un pouvoir de soumission d'autrui, à sa volonté. En ces termes, il n'y a plus absurde violence que le racisme.

À titre d'exemple, la migration clandestine fait figure d'irritation civilisationnelle. La forteresse européenne assiste un œil à moitié ouvert au crépuscule de l'horreur. Du haut de murs symbolisant d'absurdes morales. D'où on est libre de détester nos voisins, libre de délégitimer leurs douleurs. Celles inscrites, dont la couleur de peau qui supposent une indigence quasi-génétique. On nous incite à vénérer les puissants, pour s'habituer, ainsi, à l'effroi. La seule liberté qui prévaut, dans nos sociétés modernes, est celle liée à la servitude illustrant une civilisation aux déshonorantes officines. Aux belles assises, aux morales acides faites d'allitérations, aux envoûtantes propagandes, faites d'allitérations, aux envoûtantes aliénations. Lors d'élections, aux machiavéliques inspirations. En légitimant, plus ou moins, le talent politique à duper la plèbe. Lors de messes électorales scélérates qui scellent de désespoirs en filigrane. Des espoirs tenant sur un bout de papier, ce bulletin de vote, en mouchoirs de papiers, en pacotilles émiettées, comme nos voix tombent dans l'oubli. Comme ces vies qu'on délaisse, lassés de malheurs opportuns. Celui qui frappe les mêmes couleurs, les mêmes contrées maudites.

On éprouve que peu d'émoi face aux écumes qui jaillissent et renversent ces semblants d'embarcations, pas assez solides pour soutenir d'obscures espoirs. Désormais, femmes et enfants demeurent au sein d'une mer bleue, béate d'être la seule mandatée à accueillir dans ses bras vigoureux ces noms imprononçables, voués, de quelques manières que ce soit, à disparaître.

Or, dans cette vie, nous sommes tous étrangers d'un sens au monde et d'une destination finale qui nous échappe. Bien qu'on imagine quelque part dans un coin de cet univers insaisissable, Albert Camus partager avec

Schopenhauer leurs pessimismes respectifs en analysant notre capacité à combler ce néant qu'est la vie, par amour ou souvent malheureusement par la violence. Quand bien même, tout a été dit, tout a été écrit pour nous alerter face à cette propension à la violence quasi-naturelle. Aussi, le messager n'importe pas plus que le message. Quand le messager s'appelle Albert Camus, on serait tenté de croire (comme pour d'autres) que le message comporte une formulation qui rapporte une perspective commune. Vu que la pensée camusienne s'inscrit dans une dynamique de la raison. Face à un absurde comme horizon qui fige de fatalités quotidiennes quand on a connaissance d'un tel messager, d'un tel message, le comble de l'absurde ne serait-il pas de se priver d'une réécriture, à la fois individuelle, collective, politique, sociale et historique pour ainsi faire société ? Face à un système politique qui canalise la liberté, vers les méandres, de l'aliénante, servitude.

© Jean-Michel Guiart[75]

---

[75] Auteur et poète kanak.

Imagination

Gilles Gaillard
(France/États-Unis)

Il existe un facteur commun intrinsèque à une grande majorité de romanciers, il s'agit de l'imagination. Quel que soit le genre littéraire abordé, chaque auteur s'invente une histoire qu'il ne vivra jamais, ou un monde qu'il ne pourra voir.

L'écriture reste son jardin secret, il choisit, seul, les végétaux qu'il souhaite cultiver. Pour les faire croître, il les arrose avec ses mots, dans le secret espoir qu'un jour, il pourra en déguster quelques fruits, de préférence sans pépins.

Isolé dans sa bulle créative, il façonne des personnages parfois merveilleux, parfois diaboliques, dont on perçoit l'émotion au fil des pages, jusqu'à se l'approprier.

Parfois il se sent obligé de préciser : toute ressemblance avec des faits et des personnages existants, ou ayant existé serait purement fortuite et ne pourrait être que le fruit d'une pure coïncidence. Cette célèbre phrase, à volonté protectrice, apparaît sur les écrans de cinéma depuis le procès perdu par la MGM après la réalisation, en 1930, du film Raspoutine et l'impératrice. [76] Si dans le domaine de l'édition cette précision reste cependant très marginale, elle deviendra effective lors d'une adaptation cinématographique. Mais les mots « pure coïncidence » reflètent-ils vraiment la vérité ?

Permettez-moi d'en douter, car il arrive que notre inconscient trahisse notre imagination.

Certains personnages que l'on fait naître sont inspirés, à notre insu, d'individus de notre entourage ou simplement de passants croisés dans la rue que notre cerveau mémorise. Détail révélateur, après lecture de mon premier roman, certains amis se sont reconnus à travers plusieurs participants à ma fiction. La simple utilisation d'un prénom, d'une profession, ou d'une spécificité physique ou caractérielle avait suffi pour qu'ils se reconnaissent. Je restais stupéfait et je ne pouvais que dissimuler ma gêne derrière un sourire complice. Difficile de leur avouer que certaines similitudes, dont ils se réjouissaient, étaient en réalité totalement involontaires de ma part.

Nos deux hémisphères cérébraux comportent une multitude de petits tiroirs qui s'ouvrent et se ferment à leur guise. L'irrationnel se produit, un fluide étrange guide notre plume en un éclair.

Pour étayer cette théorie, j'apporte en exemple précis.

---

[76] *Ce film évoque la liaison de Raspoutine avec une Princesse Russe parfaitement identifiée. Le richissime Prince exilé n'a pas apprécié et a gagné une somme colossale lors de ce procès. Le plus intolérable et morbide dans cette affaire : ce prince a activement participé à l'assassinat de Raspoutine et ne s'en cachait pas.*

Dans mon premier roman, une des protagonistes ne se déplace que dans un fauteuil roulant à la suite d'une chute aux conséquences physiques irréversibles.
Son handicap ne se révèle pas primordial pour mon intrigue, mais, peu après son apparition, j'ai compris l'influence d'un de mes petits tiroirs, ma propre sœur condamnée depuis son enfance aux conditions de vie identiques.
Comment était-elle parvenue à venir s'immiscer dans mon récit et à mon insu ?
Je ne possède toujours pas la réponse. Sans doute un clin d'œil chargé de complicité dans ce lien très fort qui nous unit.

Si je risque d'être jugé marginal par le monde littéraire à cause de cette confidence, je me console en évoquant Albert Camus.

Orphelin de père dès l'âge d'un an, il passera son enfance dans un environnement silencieux avec sa mère, sourde et illettrée, et son oncle sourd également. Dans cette absence de communication verbale, ne peut-on pas trouver une similitude avec le caractère de Meursault, acteur principal de son roman *l'Étranger* ?

Dans d'autres ouvrages, la présence d'une mère seule avec son enfant attire l'attention, les rôles de pères sont pratiquement inexistants, tandis que le silence reste son obsession :

Par son seul silence, sa réserve, sa fierté naturelle, cette famille qui ne savait même pas lire m'a donné alors mes plus hautes leçons, qui durent toujours.
(Préface d'Albert Camus – L'envers et l'endroit 1937)

Volonté de sa part dans ces différents écrits ou influence de l'ouverture inopinée d'un petit tiroir cérébral ? le doute est permis !

En réalité, peu importe car, avec ou sans influence, il existe un lien commun entre tous les romanciers : la maîtrise absolue de leur œuvre !

Nous choisissons les lieux de l'action en toute liberté, parfois une ville dans laquelle nous avons vécu. Un cadeau personnel que nous nous octroyons pour obtenir l'émergence de souvenirs d'enfance ou d'adolescence.

Nous pouvons aller plus loin, au gré de notre imagination, dans des contrées que nous avons secrètement envie de découvrir. Un voyage à bas prix pour une évasion totale.

Le décor peut avoir son importance, à contrario le rôle des acteurs est primordial. Il est l'élément déclencheur, celui qui nous passionne tous, car il parle de vies que nous mettons en scène.

Ces vies nous appartiennent. Géniteurs en puissance, nous les multiplions à notre guise, sans la moindre honte.

Nous les décrivons comme bon nous semble, affligeants de laideur ou d'une beauté suprême. Nous les dotons du caractère qui nous sied le mieux par rapport à notre histoire.

Leurs joies ou leurs peines dépendent de nous, uniquement de nous, et pire encore nous connaissons leurs destins, diaboliques ou divins !
Cette notion de pouvoir sur autrui, ces êtres entre nos mains, au bout de notre plume, parviennent pourtant à tempérer nos ardeurs.

Au fil des pages, certains personnages émergent et nous pénètrent, s'investissent en nous ; tout devient presque irrationnel, modifiant nos intentions planifiées. Ils jouent aux perturbateurs dans certains sommeils. Sans scrupule, ils n'hésitent pas à manipuler un de nos tiroirs en pleine journée, ce qui nous plonge dans une absence qui surprend notre entourage. Nous ne sommes plus dans le monde concret, nous venons de nous éloigner. Nos créatures nous parlent, nous devons les écouter, il nous est impossible de faire autrement, notre cerveau s'y refuse.

Dans ces moments troubles une réalité éclate, un protagoniste se détache et la vie que nous lui avons tracée devient la nôtre comme si le pouvoir venait de s'inverser par cette possession qu'il nous inflige.
Sa vie devient simplement la nôtre, une sorte de réciprocité qui nous enchante. L'irréel devient visible, nos hémisphères s'entrechoquent dans cet imaginaire et nous prenons un plaisir immense, comme un bol d'air frais sous une chaleur étouffante.

Dans ce sentiment obscur et intime, nous percevons une division interne, qui a vraiment vécu le déroulement de cette aventure : lui ou nous ?

Assurément, il ne peut s'agir de lui car il n'est que le fruit de notre imagination !

Et la raison l'emporte lorsque notre récit prend fin. Trois lettres qui signifient le retour à la réalité, ou d'autres envies de voyages.

Alors la citation d'Albert Camus dans *Le mythe de Sisyphe* nous le rappelle :

L'œuvre est alors la chance unique de maintenir sa conscience et d'en fixer les aventures. Créer c'est vivre deux fois.

© Photo de Dominique Milherou – Tourisme-Marseille.com. Avec son aimable autorisation

Marseille, sur la Canebière en novembre 2020, affiche un message lumineux dans une ville recluse et sa population condamnée à l'isolement, dont un nouveau fléau est la cause. La citation d'Albert Camus scintille symboliquement dans une lutte contre le confinement de la culture.

Exactement trois siècles auparavant **la peste** avait mortellement touché la moitié de ses habitants. Le chef-d'œuvre d'Albert Camus affublé de ce titre effrayant ressurgit et ravive l'admiration pour l'auteur.

© Gilles Gaillard[77]

---

[77] Passionné d'écriture depuis son adolescence, mais pris par le tourbillon d'une vie professionnelle et associative très intense, Gilles GAILLARD a dû attendre le moment propice pour réaliser son rêve. C'est de Floride qu'il l'a exaucé .Né à Lyon, à l'instar des Frères Lumière, son cœur oscille entre sa ville natale et La Ciotat où avec un ami il a créé en 2008 une association humanitaire *« Ciotat Africa-Les Voiles du Partage »*.

Hommage à Albert Camus
Créer, c'est vivre deux fois

Briser les silences
V.Maroah
(France)

« Nous avons cessé de parler et ce n'est pas le silence. »
René Char. *L'éternité à Lourmarin.*

©Sandrine Mehrez-Kukurudz

Je suis né ce matin en terre des hommes, sur ce continent chaud et sec que les hommes abandonnent.

Je suis né, c'est bien fait, à l'aube d'un siècle qui se lève.

Dans l'indicible splendeur de la promesse du monde.

Un bout de ciel qui dévoile l'horizon, ligne frêle et fragile porteuse de tous les lendemains.

Un trait au loin qui trace un chemin.

Comme un croquis esquissé par un léger coup de fusain.

Un plein soleil qui fait le serment d'éclairer l'existence.

Jusque dans ses moindres recoins. Prêt à tout pour déloger les doutes et les peurs. Prêt à tout pour déposer la lumière sur ceux de l'ombre.

Et un fragment de terre empêtré dans des caprices et coquetteries bien féminines, tour à tour fertile ou aride.

Une terre cajoleuse ou rebelle, enjôleuse et si belle.

Si belle.

Ma terre flamboyante qui m'étreint comme les bras d'une femme.

Et qui donne et qui prend, comme le cœur d'une femme.

Ma patrie, mon pays. Mon pays terre d'Exil.

Mon Royaume.

Je suis né un matin, un an avant la guerre.

Celle qu'on appelle la der des ders.

C'était la première.

Une énième tricherie du monde.

J'ouvre les yeux sur l'ombre d'un siècle qui couche sa jeunesse dans la nuit des hommes.

Il faudra se lever, vraiment, pour ne pas plier sous la torpeur de la défaite.
Il faudra.
Se relever de l'indicible douleur de la détresse du monde.
Colorer le ciel blême qui voile l'horizon.
Ce trait au loin qui barre le chemin.
Tel un croquis esquivé par un coup du destin.
Redessiner les contours d'une humanité distraite de son propre sort.
Il faudra.

***

Il est mort quand elle a éclos, la guerre, la der des ders
Il est mort à la guerre, mon père
Sans s'attarder. Graver le deuil derrière les yeux clos
Tandis que je vivrai des suites de ses blessures
Afin que les choses durent
Que les choses durent.
Je ne verrai jamais ce qui n'existe plus
L'orphelin grandit dans la solitude du monde.
Je ne verrai pas. Pas parce que je ferme les yeux.
C'est ce que disent les Justes.
Et taire la rancœur et taire la douleur
Noyer la misère sous la mer endormie
Dessiner l'absence sur le sable brûlant
Des souvenirs inexistants.
Inventer le présent.

Mes premiers pas hésitants épousent ce siècle trébuchant, vautré dans ses propres embûches. Pris au piège de ses pathétiques embuscades.

Il y a des choses que *je ne verrai pas*.

Dans le feu insolent de cette terre de braise où gisent les cercueils de nos pères.

Dans les funestes labyrinthes où la mémoire me perd.

Pas parce que je ferme les yeux. Parce que la haine me viendra au bon moment et elle m'aveuglera.

Telle est la prophétie des Justes.

***

Elle n'entend pas le vacarme du monde.

Elle ne lit pas les mots des hommes.

Elle ne sait ni l'un ni l'autre.

Drapée des limbes du silence, elle est l'étrangère, ma mère.

Rien n'existe que l'essentiel, dans l'humble condition de ceux de l'ombre.

Rien qui ne se dit vraiment, mais parfois tout est dit pourtant.

Sans un mot, sans un bruit.

Qu'importe, puisqu'*un amour n'est jamais assez fort pour trouver sa propre expression*.

Qu'importe.

Chacun porte en soi les silences brisés. Comme *chacun porte en soi la peste*.

Qu'importe.

La parole n'est qu'une ébauche de la pensée. Et les mots des hordes de fugitifs.

Rescapés des forteresses de silence.

Dehors la chaleur accable de ses dards incandescents la misère de ceux de l'ombre.

Il faudrait faire du bruit sans rien dire.

Il faudrait.

Puisque le silence hurle jusqu'à nous rendre sourds. Il a tant de choses à dire, le silence. Il le sait bien, le Renégat, il le sait : *depuis qu'ils m'ont coupé la langue, quelque chose parle.*

Il faudra faire du bruit même sans dire.

Il faudra.

***

Vivre, ça prend du temps.

Ça prend son temps.

Surtout quand il fait si chaud.

Les jours se traînent dans la torpeur moite des heures lentes.

Tout ce temps à tuer, c'est compliqué. Quand on n'est pas un criminel.

L'âge d'homme m'étreint dans toute sa complexité.

J'engage la conversation humaine.

Histoire de franchir le mur du son.

Il y a tant à dire pour briser les silences de ceux qui sont sans voix. Parce que la vie scelle leurs lèvres muettes pour étouffer les cris de défaite, elle leur chuchote au creux de l'oreille les mots à taire. Tant de choses à dire et tant de choses à faire, pour réparer l'humanité des dommages qu'elle s'est infligés.

Chaque génération, sans doute, se croit vouée à refaire le monde. La mienne sait pourtant qu'elle ne le refera pas. Mais sa tâche est peut-être plus grande. Elle consiste à empêcher que le monde se défasse.

Je m'engage dans la conservation humaine.

Je dis et je fais.

Je vis et je crée. *Créer, c'est vivre deux fois*. Une sacrée opportunité, même si ça ne suffit jamais.

Je dirai l'humanité dans tout ce qu'elle contient d'absurdité.

L'absurde naît de la confrontation de l'appel humain avec le silence déraisonnable du monde.

Je combattrai l'absurde avec l'engagement de L'homme révolté.

Parce que la vie vaut bien ça.

Parce que c'est la révolte qui lutte contre ce profond sentiment d'inutilité de l'existence humaine, c'est elle qui donne sens aux choses. Aux choses humaines.

Et la vie vaut bien ça.

Qu'est-ce qu'un homme révolté ? Un homme qui dit non. Mais s'il refuse, il ne renonce pas.

Créer, c'est vivre deux fois.

Parce que les mots sont des actes. Aussi.

Actes de résistance.

Actes d'engagement.

Contester. Dénoncer. Lutter. Témoigner. Défendre. Aimer.

Tous ces mots qui sont bien plus que des assemblages de lettres.

Tous ces mots qui désignent des actions.

Actions à mener. Leçons d'humanité.

Je milite pour la cause humaine.

Parce que la vie le vaut bien.

Libérer les peuples opprimés et mutiques, laissés pour compte de la vie. Écrire les histoires silencieuses des invisibles. Délivrer l'écriture, exutoire des douleurs qui se taisent.

A mi-distance de la misère et du soleil, l'horizon au loin s'affranchit des fatalités et injustices de ceux de l'ombre.

La liberté a le goût salé de l'océan.

Créer, c'est contester le réel tout en lui donnant sens.

Le dénoncer, le magnifier.

Pour l'entraîner plus loin.

Plus loin.

De l'autre côté de l'horizon.

***

Je suis mort tout à l'heure, un jour d'hiver.

À toute allure.

Je suis mort, c'est un fait. Dans le grelottement de l'hiver.

Une ligne brisée sur l'horizon.

Un silence qui s'éternise.

Et l'indicible douleur de l'inachevé.

C'est rapide, la mort.

Quand elle vous prend à toute vitesse.

Je suis mort, il est vrai. Dans la glace d'un interminable hiver.

Et ma vie tout entière porte la grâce de la chaleur humaine.

Dans les bras d'une femme.

Dans le berceau des hommes.

Dans les silences de ceux de l'ombre.

Et mes mots, tous mes mots, s'enflamment de la chaleur du monde.

Alors qu'importe.

Je suis mort et alors ?

Il fait si chaud au creux des mots.

Ma vie s'achève et les mots se lèvent.

La vie m'achève et les mots s'élèvent.

Comme la révolte brave l'absurde, la création abolit la mort.

Créer, c'est vivre encore.

L'éternité m'accueille à Lourmarin

Comme un fragment d'été sur une terre gelée.

Il faudra se relever de la nuit des hommes. Continuer.

Il faudra.

Chaque génération colore le monde de ses rêves bleutés.

Il faudra redessiner la vie des hommes.

Déposer les soleils couchants sur une ligne d'horizon

Comme on dépose des mots sur les lignes d'un cahier d'écolier.

Ces dizaines, ces milliers de mots

Qui étranglent les silences et inventent des mondes nouveaux.

Il faudra.

***

Aujourd'hui maman est morte.
Et je briserai tous les silences pour qu'elle existe encore.

© V.Maroah[78]

---

[78] V.Maroah vit à Aubagne, dans le sud de la France et a publié, en 2022, Les volets clos, Anna et Je. Ses romans démontrent une prédilection avouée pour les questionnements identitaires, une déléctation particulière pour les explorations du langage et un incontrôlable goût pour l'absurde.

Hommage à Albert Camus
Créer, c'est vivre deux fois

Une nouvelle vie

Valérie Chèze Masgrangeas
(France)

Il y a dix ans, ma vie a changé. Ou peut-être neuf je ne sais plus. On m'a dit « *on va vivre à l'étranger* », j'ai répondu « *banco* » et nous sommes partis. Et là, c'est moi qui ai changé. Je ne me souviens plus quand exactement, ni comment précisément, ni le temps que cela a pris, mais une chose est sûre, je suis revenue différente. Presque une étrangère dans mon pays natal. Vivre en dehors de sa patrie désinhibe et fait valser les frontières mentales. Se confronter à l'Autre, à l'Étranger, rend humble et agrandit l'esprit. Se frayer un chemin tout neuf dans des paysages inconnus ouvre des perspectives différentes et change la vie.

Quand je suis arrivée dans ce nouveau pays, j'avais envie de créativité et de sensibilité. Je voulais essayer des choses que je n'avais jamais expérimentées auparavant. C'était comme si mon hémisphère gauche s'était spontanément mis en sommeil et que le droit s'était réveillé. Je me suis littéralement plongée dans la création et rien ne pouvait m'arrêter. Je lisais, j'écrivais, je prenais des photos, je peignais. J'avais le sentiment de rattraper le temps perdu et de rajeunir en apprenant. Plus aucun obstacle ne me gênait. J'avais le sentiment que créer allait agrandir ma vie et je sortais de ma zone de confort sans inconfort.

La première fois que j'ai pris un pinceau dans la main, un sentiment d'imposture m'a submergée. Toutes ces années de collège me sont revenues en pleine face, avec des notes médiocres en cours de dessin et mon dégoût pour les textures des gouaches et le brun poussiéreux des crayons de bois. Je revis comme dans un film tous mes camarades vêtus des blouses blanches de rigueur, penchés sur des projets artistiques en tous genres, dont aucun ne m'avait jamais passionnée. J'avais toujours aimé la peinture pourtant, mais il ne m'était jamais venu à l'esprit de peindre moi-même. Je me sentais nulle. Je n'avais d'ailleurs jamais gardé aucun dessin de ces années-là. Ils avaient dû finir dans un sac poubelle à chaque fin d'année, rejoignant les cahiers de maths et de physique que j'exécrais.

Pourtant, cette fois-ci, mue par une énergie insoupçonnée, je persévérai. Tenant fermement le crayon dans ma main droite, je commençai l'exercice donné. Reproduire ce que je voyais droit devant moi sans regarder la feuille. Sentir le crayon faire partie intégrante de ma main et de mon bras tout en lâchant prise. Un pur exercice de relaxation. Et quand, au bout de quelques cours, je m'attelai à mon projet, je vécus à chaque séance une expérience inédite. La première fois me prit de court. Je venais de construire une pile de conteneurs sur ma toile quand je fus soudain transportée dans le port du Havre où j'avais souvent traîné mes guêtres durant ma dernière année d'étude. Je me vis dans le quartier des Neiges, les porte-conteneurs à quai un peu plus loin. Le Havre Port 2000 n'était pas encore né et les immenses navires accostaient presque dans la ville. Et quand je plongeai mon pinceau dans une goutte d'acrylique, le dégoût de ma jeunesse fit place à une vraie joie. Plaisir de créer des couleurs et des textures. Plaisir de voir un bleu virer au vert ou un rouge s'éclaircir. Plaisir de mélanger cette pâte onctueuse au risque d'en déposer trop sur la toile. Plaisir d'enduire puis de frotter, gratter, poncer, lustrer. C'était comme redonner son éclat à un vieux meuble. Je ne me posais pas la question de savoir si j'étais douée ou pas, je faisais, tout simplement, guidée par ma professeure et épaulée par mes camarades. Le groupe favorisait l'émulation et la bienveillance était de mise. Tous avaient des aspirations et des goûts différents mais respectaient les envies de chacun. Le silence régnait la plupart du temps, tout le monde restant concentré sur son œuvre en création, ne s'arrêtant que pour se donner des petits mots d'encouragement ou bien prendre une pause collation.

Chaque fois que je reprenais ce premier tableau, je me retrouvais comme par enchantement au bord de l'océan, à l'aplomb d'un cargo ou sous une grue. Et les cours devenaient trois heures de magie durant lesquelles je m'envolais ailleurs, loin du froid et de la neige de ce pays qui m'avait accueillie. Au bout d'une trentaine d'heures et des couches et des couches, quand mon tableau fut terminé, je reculai une dernière fois et le regardai. Ils étaient là, empilés comme je les avais imaginés, graphiques et colorés, et je m'offris une dernière virée sur le port. Je sentis l'air marin m'ébouriffer les cheveux et des embruns me chatouiller les narines. Je vis les centaines de boîtes attendre qu'une fourche vienne les embarquer pour un grand voyage et des dockers s'affairer, toutes petites silhouettes au milieu de ces colonnes gigantesques. Je pris un grand bol d'air et rentrai chez moi, ma peinture sous le bras, heureuse d'être venue à bout de ce premier projet.

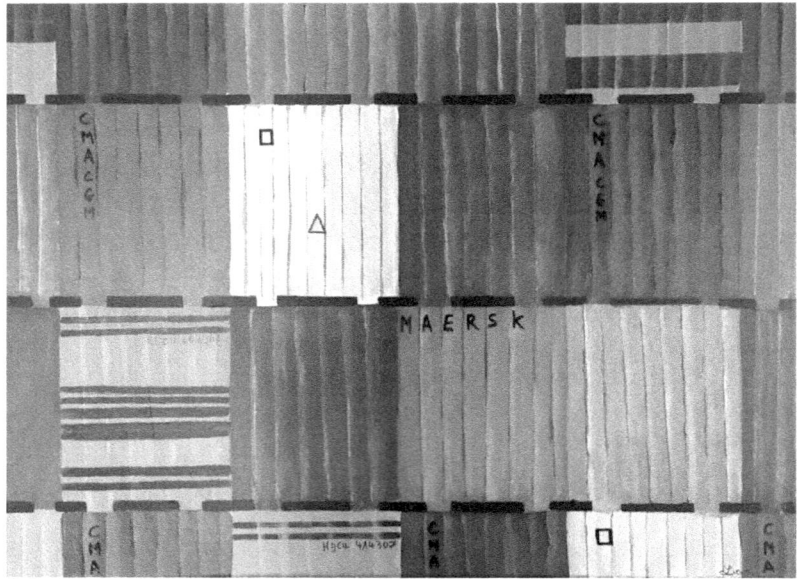

© Du Havre à Singapour – 80 x 60 – acrylique sur toile - @Liera (Valérie Chèze Masgrangeas)

Quand, quelques jours plus tard, je repensai à ces dernières heures de cours, je commençai à réaliser combien l'art allait me sauver. Le mot art était très certainement mal approprié, toute débutante que j'étais, et un sauvetage très certainement exagéré, mais c'est ce

316

que je ressentis sur le moment. Fuir la routine, m'évader par la peinture, m'échapper le moment d'une séance au quotidien, partir loin et rejoindre l'océan que j'aimais tant. Ce premier tableau fut le premier d'une série de marines. Un porte conteneur dans le port du Havre de 1,20 m de large, un triptyque baptisé « *mer calme, mer agitée, tempête* » et deux toiles carrées tout en nuances de bleus qui représentaient l'infini. Pour chacun je me retrouvai propulsée sur la grève, tout en faisant pourtant des voyages différents. L'océan Atlantique fit place à la mer Égée en passant par le Pacifique sous une chaleur écrasante et je finis dans la mer du nord à bord d'un cargo. À chaque voyage je n'en revenais pas de ce qui m'arrivait. Ces trois heures de cours devenaient mon échappatoire du mardi. Une pause dans ces semaines neigeuses et froides de l'hiver nordique. Et quand une après-midi j'ouvris mon ordinateur pour écrire, je ne fus pas étonnée de vivre la même expérience.

J'avais toujours eu envie d'écrire mais n'avais jamais pris le temps, happée par mon boulot et ma vie de famille. Je n'avais jamais eu l'esprit suffisamment libre pour laisser mon esprit vagabonder à la recherche d'une idée à coucher sur le papier. Car pour moi, il fallait du temps pour écrire. Je connaissais des gens qui se levaient en pleine nuit pour écrire des romans et j'avais toujours trouvé cela courageux, à moins qu'ils soient insomniaques. J'ai donc commencé à écrire, sans me douter que cela allait être mon activité professionnelle des trois prochaines années. La Covid est arrivée et avec elle l'aventure des ateliers d'écriture en ligne. Poussée par des amies, j'ai lancé cette activité et depuis je n'ai plus arrêté d'écrire. À chaque fois, j'ai vécu des moments uniques. J'ai voyagé dans le temps et dans l'espace, j'ai changé d'âge et de sexe, j'ai fait des rencontres incroyables et même fait des découvertes au sein de ma propre famille, en rendant hommage à mes aïeux.

Mon voyage avec l'un de mes premiers textes m'a emmenée des années en arrière, petite fille, dans un repas de famille chez ma grand-mère. Entourée d'adultes et d'une poignée de cousins, je trouvais le repas trop long et n'avais qu'une envie : aller jouer dehors. J'ai ensuite été téléportée dans un cimetière avec, je crois, les mêmes cousins, un jour de Toussaint. Je me suis surprise à rire au-dessus de mon clavier, tant ces journées étaient empreintes de gaîté et de convivialité. Nous fêtions nos défunts en famille, lors d'un repas suivi de la traditionnelle tournée des cimetières. Ces retours en enfance faisaient venir à moi des anecdotes que j'avais oubliées et j'en faisais profiter mes enfants, amusés souvent, choqués parfois. Trouver joyeuses des balades dans des cimetières, non mais quelle idée !

L'un de mes plus beaux voyages fut quand je me retrouvai soudain dans mon village mais quatre-vingt-dix ans en arrière. J'observais la vie de mes ancêtres, celle qu'elle avait dû être, celle telle que je me l'imaginais. Je manipulais les objets et les produits qui avaient été leur quotidien, émue et curieuse. Je riais avec eux, je pleurais parmi eux, tant ces années de guerre avaient été terribles et j'eus à ce moment-là le sentiment d'être entrée dans leur époque et leur univers pour leur rendre hommage. Écrire sur eux allait me permettre de les inscrire dans une éternité et de leur accorder une reconnaissance méritée. Raconter leur vie allait les faire connaître au monde et ainsi les remercier pour tout ce qu'ils nous ont légués.

Tous les beaux voyages en écriture ne sont pas tous personnels. Il en est qui vous propulsent dans des mondes opposés aux vôtres. Et c'est toute la magie de l'écriture. Je peux affirmer que j'ai été marin sur le Belem au dix-huitième siècle. Si, je vous l'assure ! Nous transportions des fèves de cacao à destination de Nantes. Peu de temps après je me transformais en une Anglaise des années 20, toujours à bord du même navire. Plus tard j'ai été dans la peau d'une femme sous l'influence de son mari qui finit par se jeter du haut d'une église, puis la veuve d'un Breton qui l'accompagnait dans son dernier voyage. Je me suis aussi retrouvée dans une voiture en partance pour l'île de Ré, coincée à l'arrière entre une grand-mère sourde et des ados sous casque qui, fort heureusement, n'entendaient pas la scène de ménage du couple à l'avant, après la tromperie du mari ! J'ai cru que nous n'atteindrions jamais La Couarde, tant le trajet fut épique ! Et la chute, non mais quelle chute ! Je me suis bien amusée.

Mais ce n'est pas l'expérience la plus déroutante. Le plus déstabilisant, je pense, c'est quand on se retrouve au beau milieu de meurtres ! Je me souviens d'une fois, je déjeunais tranquillement dans mon café préféré quand des clients ont tous piqué du nez dans leur assiette à la table d'à côté ! Et un autre jour, j'ai même réussi à assassiner mon mari ! Que ceux qui me connaissent intimement soient rassurés, ce n'est pas du tout mon intention ! Mais avoir réussi à le faire dans un récit était un grand exploit ! Même si l'héroïne n'était pas moi et que son époux ne ressemblait point au mien !

Aujourd'hui, j'écris un roman. Une histoire d'amour entre une Française et un Russe. Je l'ai commencé quand j'habitais Moscou et j'espère le finir un jour. J'ai du mal à l'écrire. Sans doute à cause de la situation. Avoir quitté la Russie si vite me bouleverse encore. Ce qui se passe m'indigne et m'inquiète au plus haut point. Dans ce roman, pour la première fois de ma vie, j'écris des scènes torrides. Mon fils m'a dit : *« Maman ! Tous mes copains ont lu tes deux livres. S'ils lisent celui-ci, ça va être la honte ! »*. Il a quinze ans. C'est normal cette réaction à son âge. Mes filles en rigolent. Elles sont adultes déjà. Si ce livre est publié un jour, d'ici là, il aura grandi et compris combien c'est important d'écrire aussi sur ces sensations qui nous rendent vivants, sur l'Amour avec un grand A, sur nos jouissances et nos passions.

« *Créer c'est vivre deux fois* ». Finalement Albert Camus avait bien raison. Créer, c'est vivre mille vies à la fois, la sienne, la vraie, et les autres, les inventées, ou bien revivre le passé pour s'en guérir ou l'apprivoiser.

Créer, c'est danser. Un pas en arrière, un petit tour dans sa mémoire et un pas en avant. Et beaucoup, beaucoup de pas de côté. Pour expérimenter, pour jouer, pour tenter, pour essayer, pour voyager.

Créer, c'est vivre, tout simplement.

© Valérie Chèze Masgrangeas[79]

---

[79] Valérie Chèze Masgrangeas, expatriée à Moscou de 2013 à 2022, vit aujourd'hui en France. Animée depuis toujours par la passion de l'écriture, elle a fondé sa société *Le temps d'écrire* en 2019 (**https://letempsdecrire.com**), exerçant comme rédactrice, correctrice, traductrice et animant des ateliers d'écriture. En 2021, elle a publié deux ouvrages, *Je m'appelle Fantine* et *L'épicerie d'Antoinette*, parus aux éditions BoD.

Hommage à Albert Camus
Créer, c'est vivre deux fois

Étranger

Carole Naggar
(États-Unis/France)

Pour Albert Camus

Il est parti de presque rien.
Alger, des chambres sombres,
une toile cirée sous la lampe à pétrole,
le lavabo sur le palier,
les linges tendus de fenêtre à fenêtre
Les lampes à acétylène
du petit café d'en bas
l'odeur des viandes grillées,
les mouches.

Sa mère venue d'France
aimée, illettrée
Il lui apprend
à signer ses bulletins de notes.
Son père mal connu
mort pour la France
au champ d'honneur comme on dit.

Le portrait en uniforme sur le buffet
raide, lointain.
Il a presque oublié le visage du père
Mais, quand même, sur cette photographie
il ne le reconnaît pas.

Le soir avec les voisins
ils tirent les chaises sur le trottoir
pour respirer la fraîcheur.
Il flotte des odeurs de menthe, de café grillé,
et des piments rouges qui ont séché sur les toits.
On entend le miaulement
d'un accordéon maladroit,
le grincement des tramways.
Il peut distinguer au loin
les lumières de la baie.

Le jour depuis leurs chambres obscures et pauvres
on peut voir la mer cadrée par la fenêtre.
Oui, il y a toujours eu
la mer, dont la beauté immense rachète tout,
l'éblouissement des vagues, la nage
où s'épuiser où perdre haleine,
le soleil brûlant, l'amitié
du sable et du sel,
robes de son corps mouillé.

Il vit pour les livres
empruntés au hasard
à la petite bibliothèque du quartier
–il a droit à deux par semaine.
Comme un trésor, il les emporte
serrés sous sa chemise
les dévore sans toujours les comprendre
jusqu'à tomber de sommeil

324

les cache sous son oreiller,
comme si les mots échappés
pouvaient emplir ses rêves.

Cet enfant pauvre au cœur sans amertume et sans
envie
cherche la joie.
Il se sent
Étranger à un monde qu'il aime pourtant de tout son
corps
et ne veut pas trahir.
Il reste méfiant des grandes idées,
ressentir lui paraît plus juste.
En France, le ciel est trop gris.

Est-ce par fidélité à l'enfance
à la pauvreté qu'il a connue,
qu'il défend la cause
des démunis, des vulnérables ?

Kabyles qui mâchent des racines, leurs enfants
qui disputent les poubelles aux chiens.
Républicains d'France
leurs camps de chiffons et de tôles
sur des plages françaises battues de vent.

L'Algérie,
il espère pour elle
Une communauté d'espoir,

où Arabes et Français d'Algérie
vivraient côte à côte.
Pays pluriel
qui ne verra pas le jour.

Il demeure déchiré
par le va et vient entre ses patries
se construit autour de cet exil intérieur de ce manque
Étranger, toujours
Étranger
Entre l'arbre et l'écorce.

C'est dans la maison des mots
qu'il réside.

© Carole Naggar[80]

---

[80] Née en Egypte, vivant entre Paris et New York, Carole Naggar est poète, écrivain et historienne de la photographie, auteure entre autres de la biographie *Searching for the Light : David Seymour Chim 1911-1956*. Son dernier recueil de poèmes, *Exils (*éditions Décharge/ Gros Textes*)* a été finaliste du Prix Apollinaire Découverte 2022.

C'est ici que commença l'histoire…

Luxy Dark

(France)

Préambule

Si pour Albert Camus, l'existence n'a pas de sens, il est absurde de lui en chercher un.

Pourtant l'être humain, face à cette irrecevable sentence, cherche sa raison d'être dans la religion (ou bien les sciences occultes) ou alors il peut renoncer à la vie par le suicide.

Ces deux options ne sont que des fuites.

Albert Camus nous propose une troisième voie, celle de la "révolte", par laquelle il devient alors possible d'accéder à la liberté et aux passions.

C'est ici que commença l'histoire.

L'étrange, l'absurde et le suicidé se rencontrèrent sur le seuil d'une église échafaudée.
Si la vie ne tient qu'au fil des idées, à quoi bon l'empoisonner ?

L'étrange s'empara du récit pour tenter de l'apprivoiser. Il crut voir dans les étoiles des modèles mathématiques prédisant les destinées.
L'absurde céda à la tentation de faire des pieds de nez à la face de dignitaires scandalisés !
Quant au suicidé, il avait bien compris qu'il ne servait à rien d'espérer.

Tous trois, main dans la main, prirent le chemin des libertés. Ce chemin n'avait jamais été tracé, élagué, débroussaillé. Avançant de fond en comble, ils repoussèrent les idées reçues, déchirèrent les livres sacrés, renoncèrent à la quête de sens insensée.

C'est ici que commença l'histoire.

L'étrange, l'absurde et le suicidé reprirent le fil des avancées. Armés d'une aiguille à repriser, ils tissèrent un lien brodé d'azur. C'est alors que s'élevèrent les premières maisons en roches de rêve. Quelques ponts en poussières d'utopie furent jetés, çà et là, par-delà les rivières dissipées. Les roches de rêves devinrent dures comme fer et servirent de fondations à cette nouvelle civilisation.

C'est ici que commença l'histoire.

Car vivre, c'est se créer deux fois.

L'étrange, l'absurde et le suicidé, de leurs mains omnipotentes, modelèrent, pétrirent, sculptèrent, façonnèrent, malaxèrent le substrat de l'existence, son essence, sa puissance !

C'est ici que commença l'histoire.

Lorsque l'émotion prit le dessus, ce fut sans ambages et sans garde-fou !
L'émotion, aussi inutile que sublime.
L'émotion, vivifiante, furtive et éternelle.

Ressentir !
Ressentir à en mourir.
Petite mort des sens en éveil.

Justesse. Simplicité. Force. Instantanéité.

C'est ici que ne s'acheva pas l'histoire.

Définitivement !

© Luxy Dark[81]

---

[81] Auteure de « *Thérapie Sensuelle* » et de « *Émotigraffs* » aux Éditions Stellamaris, est une artiste multiple. Son crédo : exalter les émotions à travers l'écriture, bien sûr, mais aussi le dessin, la peinture, la photo, le chant ou encore la danse orientale. Pour elle, l'art se doit de transgresser la réalité pour y insuffler la splendeur des rêves !

Quand le hasard donne du sens à la vie
Didier Kimmel
(France)

En vérité, personne ne peut mourir en paix
s'il n'a pas fait tout ce qu'il faut
pour que les autres vivent
Albert Camus

En traversant à pied le boulevard Saint-Michel, j'ai hâté le pas pour atteindre le trottoir d'en face. Pourquoi me direz-vous ? Depuis mon enfance et aujourd'hui à l'aube de mes trente ans, je ne sais pas véritablement marcher. Au bout d'un moment, j'ai toujours tendance à accélérer le rythme pour finalement trotter plus rapidement et systématiquement courir quand je traverse une rue. C'est absurde, mais je ne peux rien y faire ! Bref, ce jour-là, par un bel après-midi ensoleillé et distrait par les sirènes hurlantes d'un véhicule de sapeurs-pompiers qui passait à proximité, j'ai manqué d'attention et je n'ai pas vu arriver cette jeune fille sur un vélo. Du coup, je l'ai heurtée et nous nous sommes retrouvés tous les deux au sol, moi couché sur elle. Fort heureusement, elle arrivait lentement et le choc n'a pas été brutal et ni l'un, ni l'autre n'a été blessé. Quelle drôle de façon de faire connaissance ! Constatant que nous sortions indemnes de ce télescopage inattendu et assez curieusement dans de telles circonstances, après nous être regardés d'un air étonné, nous avons tous les deux éclaté de rire alors que d'autres se seraient probablement invectivés et traités de noms d'oiseaux. Je l'ai aidée à se relever, à redresser sa bicyclette et nous nous sommes dirigés vers le trottoir pour dégager la chaussée. Je lui ai présenté toutes mes excuses en lui affirmant que j'étais sincèrement désolé. Elle m'a souri longuement en m'affirmant qu'il n'y avait pas de mal et que cela pouvait arriver. Elle était charmante et tellement aimable que j'en fus agréablement surpris. J'ignore si cette amabilité était la conséquence de sa satisfaction de ne pas s'être blessée lors de sa chute et de ne pas avoir endommagé la superbe robe vichy qu'elle portait avec une élégance exceptionnelle. J'avoue que j'étais un peu penaud d'être à l'origine de cet incident mais également curieux d'en savoir davantage sur elle. Pas facile, de converser sur ce boulevard avec le bruit incessant des véhicules qui y circulent. Prenant mon courage à deux mains, je me suis lancé :

— Moi, c'est Tom. J'ignore si vous en avez le temps et si vous en avez envie, mais si nous allions prendre un verre ensemble pour nous remettre de nos émotions ? Cette invitation permettrait aussi d'essayer de me faire pardonner.

— Avec grand plaisir, Tom mais pas longtemps car je n'ai pas trop le temps. Je m'appelle Claire. Laissez-moi quelques secondes pour que je dépose mon Vélib' et nous pourrons alors discuter quelque part.

— Comme il est déjà seize heures et que nous sommes à quelques enjambées du quai de Montebello, ça vous dirait que nous fassions une petite pause gourmande dans un salon de thé que je connais et qui propose d'excellentes pâtisseries ?

– Là, vous me prenez par les sentiments. Je suis assez gourmande de nature, ça se voit tant que ça ?

– Pas du tout, mais il semblerait que j'ai beaucoup d'intuition !

Ils se rendirent donc avec enthousiasme dans ce salon qui présentait l'avantage d'être face à des stands de bouquinistes et à la cathédrale Notre-Dame. Claire commanda une pavlova et Tom une tarte chocolat. Tous deux choisirent d'accompagner ces pâtisseries avec un chocolat chaud.

– Une pavlova aux fruits rouges, mon péché mignon ! Croustillante à l'extérieur et moelleuse à l'intérieur. Et vous, visiblement vous êtes fan de chocolat, je me trompe ?

– L'idée de savourer cette ganache au chocolat et ce croustillant noisette me procure par avance des sensations très agréables ! Oui, je suis fou de chocolat ! Et je me dis que sans cette rencontre improbable, non seulement je n'aurais pas fait votre connaissance mais en plus, je ne serais pas venu manger un gâteau ici, en plein après-midi. Comme quoi, une situation absurde peut engendrer de belles surprises. Écoutez Claire, je ne sais pas par quoi commencer mais …

– Tom, je t'interromps. Il n'est déjà plus question de se vouvoyer, ça me donne l'impression d'avoir cent ans ! Donc, tu disais ?

— Oui, excellente idée, au contraire, je suis ravi de pouvoir te tutoyer. Ne m'en veux pas, je suis un peu timide de nature. Je suis designer, j'ai trente ans et j'habite à Paris depuis une dizaine d'années.

— Designer, dis-tu ? Tu es le premier que je rencontre et j'ajoute que je ne suis pas certaine de savoir exactement en quoi ça consiste ! Tu interviens dans un domaine spécialisé ou tu « designes » à tout vent ?!

— Je me suis spécialisé dans le design des objets et le design d'intérieur. C'est assez exaltant de concevoir un produit en faisant en sorte que les aspects fonctionnels et esthétiques s'harmonisent au mieux. Je suis assez convaincu que tu connais quelques designers célèbres, sans vraiment le savoir. Par exemple, tu as sans doute déjà entendu parler de Charles et de Ray Eames ou d'Hiroshi Yoshida ?

— Je te mentirais en te répondant par l'affirmative.

— Bon, et si je te dis Philippe Starck.

— Alors là, oui.

— Il s'agit du designer français le plus célèbre. Il a contribué à démocratiser le design pour que le plus grand nombre puisse en bénéficier. Assurer la fonction technologique de quelque chose, c'est bien mais si en plus, on peut associer un aspect visuel plaisant, alors c'est mieux ! Mais tu connais plein de designers. Si je cite Sergio Pininfarina, ce nom évoque forcément quelque chose pour toi.

— Je vais peut-être me planter mais je serais tentée de répondre, avec hésitation, le secteur automobile.

– Oui, plus précisément Ferrari et bien d'autres marques encore. Le design intervient dans tous les secteurs de notre vie. Voilà, tu en sais déjà beaucoup sur moi. Et toi ?

– Eh bien moi, j'enseigne l'histoire à la Sorbonne depuis cinq ans.

– L'histoire, dis-tu ? Quelle période couvres-tu ?

– C'est assez large. Principalement quatre périodes : l'histoire ancienne, l'histoire médiévale, l'histoire moderne et l'histoire contemporaine.

– L'étendue de ce programme est très impressionnante. Tu en sais des choses, dis donc ! Donc, l'histoire, c'est une véritable passion pour toi ?

– C'est avant tout mon métier. Ce qui me plaît le plus, au quotidien, c'est la littérature. Je suis une grande lectrice. Qu'ajouter à cette présentation ? Que j'ai vingt-neuf ans et que je suis l'heureuse maman d'une petite merveille de deux ans prénommée Lola. Et heureusement qu'elle est là car la version « Métro – Boulot – Dodo » m'use, au quotidien. Et pour une fois que j'abandonne le métro, voici ce qui arrive !

– Assez souvent, les événements négatifs sont à l'origine de développements inattendus. Par exemple, le hasard a permis ce choc entre nous, enfin je voulais dire cette rencontre, et grâce à lui, nous sommes réunis et nous passons un moment ensemble. Mais puisque tu apprécies la littérature, j'ai une question un peu bateau mais dont la réponse m'intéresse par avance. As-tu un auteur préféré ?

— Oui, j'en ai un. Sans hésitation, il s'agit d'Albert Camus. Tu connais son œuvre ?

— À vrai dire, de façon partielle, et ça fait bien longtemps que j'ai lu quelques-uns de ses livres.

— Intéressant. Et quels sont ceux que tu connais ?

— *L'Envers et l'Endroit* a été le premier que j'ai découvert et je dois avouer qu'il m'a laissé perplexe. Puis, j'ai poursuivi avec *Le mythe de Sisyphe* et après avec *l'Étranger*.

— Tu n'as pas débuté par les plus faciles, je te le concède.

— La lecture des deux premiers a été assez laborieuse, en revanche, j'ai lu facilement *l'Étranger*. J'ai un peu de mal avec les approches philosophiques et j'ai failli ne pas aller plus loin dans les publications de cet auteur. Heureusement, *l'Étranger* était vraiment plus accessible pour moi. Il m'avait, à juste titre, été chaudement recommandé.

— C'est bien compréhensible puisque tu as oscillé entre deux essais et un roman ! *L'Envers et l'Endroit* est un essai qu'Albert Camus a écrit à vingt-deux ans. Puis, il a été réédité plus de vingt ans plus tard avec une longue préface de sa part. Il est assez curieux de constater que s'il trace un bilan sévère de son œuvre, il considère que la source de son inspiration réside dans ce premier livre. Il évoque un quartier d'Algérie où il a vécu, sa vie difficile dans un milieu pauvre, la dureté de l'existence puis deux voyages. Il décrit admirablement la vie de sa mère qui après des journées difficiles de travail plaçait une chaise près de la fenêtre et observait silencieusement la rue et son agitation. En définitive, *l'Envers* est constitué de tout ce qui est négatif et *l'Endroit* par tout ce qui constitue des sources d'espérance qui parviennent à illuminer la vie et lui donner un sens comme des petites choses simples, des endroits apaisants, des moments agréables.

— Ouah, ça semble facile quand tu en parles. Tu dois être une enseignante appréciée ! L'air de rien, il y a des éléments qui m'ont interpellé et qui m'ont séduit chez cet auteur. Visiblement il évoluait dans un milieu pauvre et pourtant il savait, comme tu le mentionnes justement, apprécier les plaisirs simples, en particulier, ceux offerts par le soleil, la luminosité et la mer. Il rêvait d'un monde meilleur pour les miséreux qu'il demandait de ne jamais humilier. J'avais bien perçu qu'il s'agissait d'un véritable humaniste, rempli d'humilité, animé de valeurs fortes pour le bien-être de ses prochains.

— C'est tout à fait ça. Mais excuse-moi, je dois te raser. Tu n'aurais pas dû me lancer sur ce terrain. Parlons d'autre chose.

— Non, pas du tout. S'il te plaît, peux-tu essayer de m'éclairer sur le *Mythe de Sisyphe* et après je te laisse, promis ? Ce livre a été relativement ardu pour moi et j'ai eu beaucoup de mal à rentrer dedans.

— Bon, si tu y tiens. Mais de façon brève alors. Ce livre développe la philosophie de l'absurde.

— Oui, je me souviens de ça. Un peu comme la situation initiale qui a fait que nous nous sommes rencontrés.

– Pas exactement. Disons que dans ce livre, il s'agit plutôt d'une recherche du sens de la vie et d'une réflexion sur la facette absurde de la condition humaine.

– J'ai eu du mal avec cet opus d'autant plus que je m'attendais à ce que tout ce livre traite du mythe de Sisyphe alors qu'en fait il ne s'agit que d'un chapitre de quelques pages. Je pense me souvenir que je ne suis pas parvenu à le lire entièrement, à tel point que je me suis rendu assez rapidement au chapitre du mythe de Sisyphe sans lire tous les chapitres précédents puis j'ai renoncé à le lire dans son intégralité !

– Quel dommage ! Réessaye et peut-être le percevras-tu autrement. Albert Camus explique qu'attendre le lendemain et son cortège d'espérance est absurde. Puisque chaque jour qui passe nous rapproche de la mort. Et surtout, il préconise de vivre plus. Il nous explique qu'un travail inutile et absurde est une punition terrible mais qu'il ne faut jamais se résigner et ne pas céder aux difficultés. Il faut avoir la capacité de se révolter. Franchement, je ne peux pas, en quelques mots, te résumer toute la puissance de cette œuvre mais je t'encourage vivement à te replonger dedans.

– Alors, en quelque sorte, les émeutes qui viennent de se dérouler dernièrement en France sont une forme de déclinaison de la pensée d'Albert Camus car au fond il s'agit bien d'une révolte ?

– Définitivement non, il parlait de révolte constructive et productive de valeurs, ce qui permet de vivre dans un monde absurde, de mieux le comprendre et de pouvoir composer avec.

– Je n'avais aucun doute là-dessus, tu l'avais perçu ? C'était juste une pointe d'humour de ma part.

– Bien-sûr. Mais tu ne peux pas en rester là et je te suggère de lire *La peste*. Tu percevras la profondeur de ce livre et constateras qu'il reste complétement d'actualité alors qu'il a été publié en 1947. Bon maintenant, puisque nous avons commencé à traiter d'un sujet très sérieux, voire beaucoup trop sérieux pour un premier échange, à mon tour de te sonder. Et toi, aimes-tu lire et y-a-t-il un auteur classique ou contemporain qui te fasse vibrer et que tu apprécies particulièrement ?

– Tu me poses une véritable colle. Mes goûts sont assez éclectiques. Je vais probablement te faire sourire mais j'ai un petit faible pour les bandes dessinées ! Je sais, ça ne fait pas très sérieux à mon âge, mais il y a des choses magnifiques qui se font dans ce domaine à la fois sur le plan graphique mais y compris dans les scénarios et les textes qui les accompagnent. Il m'arrive aussi de lire des auteurs contemporains comme Dan Brown, Marc Lévy ou Virginie Grimaldi. Mais avant tout, le vrai domaine qui me branche véritablement, c'est celui de l'art. Tu t'en serais doutée puisque je suis designer. En fait, toutes les formes d'art parviennent à m'inspirer et m'aident dans mon travail au quotidien.

– C'est amusant car peut-être, sans le savoir, tu te rapproches de la pensée d'Albert Camus. Tu vas me croire obsédée par ses écrits mais en t'écoutant, une petite phrase de lui me revient à l'esprit : *« Dans cet univers, l'œuvre est alors la chance unique de maintenir sa conscience et d'en fixer les aventures. Créer, c'est vivre deux fois ».*

— Bah tu vois, je dois être difficilement Camus-compatible car rien que cette petite phrase est compliquée pour moi à appréhender dans toute sa globalité et sa subtilité. Je ne sais pas si je peux traduire véritablement ce qui constitue l'angoisse d'un artiste mais il me semble qu'elle s'appelle le risque du manque d'inspiration. Mais en fait, en y réfléchissant, on s'aperçoit que l'on ne fait que copier, transformer, reproduire, ce qui nous permet de progresser et de nous enrichir. C'est ainsi que l'on peut aussi donner un sens à la vie et contribuer au bien-être de nos semblables.

— Oui, c'est tout à fait la problématique et Albert Camus parlait d'une source qui alimenterait l'artiste sur ce qu'il est et ce qu'il dit. Et lorsque la source se tarit alors l'œuvre ne manque pas de s'appauvrir. Mais ce constat est d'ailleurs applicable à toutes les formes d'art.

— L'art est magique. Il procure de la joie et permet tous les excès dans la diversité. D'ailleurs, beaucoup de créations contemporaines iconoclastes n'hésitent pas à emprunter les chemins de l'absurdité, parfois bordés d'une touche de folie, pour mieux révéler des messages novateurs insoupçonnés. C'est un certain décalage dans la façon de percevoir les choses et une mise en cause des conventions établies qui finissent par faire accéder à des créations originales. Après, à chacun, de décrypter les œuvres en fonction de sa sensibilité et de ses capacités à le faire. Lorsque j'exerce mon métier, j'ai la sensation d'apporter une contribution à la vie. Chaque réalisation correspond à la naissance d'une œuvre qui s'accompagne d'un flot d'émotions. Je suis quelqu'un de très actif voire bouillonnant d'idées et j'ai beaucoup d'activités assez variées qui m'occupent. Pourtant, sans le design, j'aurais l'impression de ne pas pouvoir extérioriser toute mon énergie créatrice et je crois que ça m'empêcherait de vivre pleinement.

— Tom, c'est intéressant. Il s'agit probablement d'une espèce de cheminement qui nécessite beaucoup d'ouverture d'esprit pour réussir à créer et à innover. J'aime bien notre conversation mais je vois qu'il est déjà presque 17h00. Le temps est vraiment passé trop vite à tes côtés. Je ne m'ennuie pas du tout avec toi, mais hélas, il faut que je file maintenant car je dois récupérer ma fille chez sa nourrice.

— Je ne t'ai pas retardée au moins ?

— Non, tu m'as juste empêchée de faire les magasins dans le quartier avant d'aller la chercher ! Rassure-toi, c'était un moment inattendu mais très agréable. Le hasard a bien fait les choses. Je suis ravie d'avoir fait ta connaissance et peut-être aurons-nous l'occasion de nous revoir, mais de façon moins brutale et plus planifiée, si c'est possible !

— Bien-sûr que ça me dit. Je suis d'un naturel optimiste et je veux bien croire aux vertus du hasard mais de là à compter uniquement dessus ! Ne crois-tu pas qu'il serait plus approprié d'échanger nos numéros de téléphone ?!

— Où avais-je la tête ? Très bonne suggestion. Tu peux noter le mien ?

— Je t'écoute. C'est bon. Je t'appelle aussitôt, comme ça tu verras apparaître le mien sur ton écran. Mais, comment dire, à supposer que l'on se recontacte, tu pourras t'échapper de ta vie de famille ? Tu voudras bien excuser mon indiscrétion mais ça ne risque pas de te créer un problème ?

— J'apprécie ta délicatesse, mais sois rassuré, je suis ce qu'on appelle une mère célibataire. Si c'est ce qui te préoccupe, je vis seule avec ma fille.

— Tu ne m'en voudras pas, j'espère, mais je préférais être sûr de ne pas perturber ta vie par un appel téléphonique. Pour ma part, je suis célibataire également. En définitive, aujourd'hui, ce qui vient de se passer entre nous, c'est un peu l'équivalent d'une situation absurde qui a produit la création de cette nouvelle relation entre toi et moi. Et qui sait, cette situation quelque peu irrationnelle autorisera peut-être un lendemain ? Je te dis à bientôt, Claire, c'est le souhait que je formule.

— N'aie aucun doute à ce sujet, je te recontacterai, ne serait-ce que pour connaître ton avis sur ta lecture de *La peste* ! Et puis, en fait, nous n'avons vraiment pas eu le temps de nous dire grand-chose ! En attendant, et si ta timidité ne te l'interdit pas (!), je te fais la bise et je te dis à plus tard.

En remontant à pied le boulevard Saint-Michel, Tom pensait qu'il venait de faire une belle rencontre. Il espérait, au plus profond de lui-même, que Claire le rappelle très vite. Il s'impatientait déjà et était bien décidé à la relancer si elle ne le faisait pas elle-même. Il sentait bien qu'elle le perturbait délicieusement. Chemin faisant, il acheta *La peste*, bien décidé à lire ce livre au plus vite pour être en mesure de répondre à ses éventuelles interrogations. D'ailleurs, comme il faisait encore particulièrement doux et que l'envie de débuter aussitôt cette lecture le dévorait, il se rendit au jardin du Luxembourg. C'est là, au Luco, au beau milieu de son statuaire, qu'il avait l'habitude de se rendre pour se retrouver avec lui-même entouré de ces œuvres d'art si exceptionnelles. Il était persuadé que la source de son inspiration se trouvait précisément dans ce lieu et aujourd'hui, c'était l'endroit idéal pour dévorer ces pages qui n'attendaient plus que lui.

© Didier Kimmel [82]

---

[82] auteur de deux romans:
- Les roses bleues – Si aimer pouvait se conjuguer au pluriel
- Je ne serai jamais loin de toi

Hommage à Albert Camus
Créer, c'est vivre deux fois

Avec les dieux dans le soleil

Abdelkrim Saifi

(France)

Cher Monsieur Camus,

Oui, je le sais, il est bien présomptueux de vous écrire. Mais je me suis libéré grâce à l'idée que vous êtes - aussi - un homme de lettres. J'ai lu vos correspondances, où vous vous livrez parfois sans mesure, vous dévoilant, vous qui avez conquis votre liberté par les mots, vaste océan que votre naissance vous avait interdit d'approcher.

Mon premier mouvement a été de vous tutoyer, emporté par un mystérieux élan fraternel. Et puis vous le savez, le vouvoiement n'existe pas en arabe, l'une des langues de votre pays, l'Algérie. De quel côté de la mer allons-nous pencher ?

J'ai redécouvert l'Algérie en vous lisant. En restant stupéfait par vos fulgurances. « *Au printemps, Tipasa est habitée par les dieux, et les dieux parlent dans le soleil...* » Combien d'écrivains se damneraient pour avoir pu écrire cette phrase. Bien sûr, avant vous, il y a eu Gide et bien d'autres, libérant ici leurs fantasmes inavoués, ou le peignant, comme Dinet, de telles couleurs qu'on aurait pu croire qu'y vivait un peuple heureux. Vous n'êtes pas tombés dans ce chaudron-là, décrivant un pays « où tout est donné pour être retiré », pointant sa grandeur et ses misères. Vous le savez, Tipasa est un mirage, un paradis oublié par les dieux. Où se sont-ils exilés ? Pas en Kabylie, d'où vous allez rapporter des reportages effrayants, là où vous avez vu cette misère insondable, où les êtres s'accrochent à ce qu'il leur reste d'humanité, là où sur des terres hostiles germent les graines d'une lointaine révolte. Car vous l'avez compris : « *Il y a des peuples nés pour l'orgueil et la vie* », c'est cela qui les empêchent de sombrer.

Vous revenez à Alger, accablé par la beauté du monde et le malheur des hommes. Vous vous réfugiez dans les livres, dans le soleil, cette chaleur comme une promesse de tous les bonheurs, dans les amours frémissantes qu'on croit éternelles, dans cette lumière qui autorise tous les espoirs. Mais chaque jour finit emprisonné par la nuit, et vous mesurez à quel point ce monde est absurde et tragique. À quel point vous en désespérez.

Vous trouverez votre salut dans la poésie, antidote de cette tristesse qui vous taraude. Mais que peut la poésie face aux fureurs du monde ? Vous publiez *Noces* en 1939, et Saint Exupéry suivra la même année avec *Terre des hommes*. Encore quelques mois, et la guerre plongera cette terre dans un indicible malheur. Et pourtant, Tipasa existe...

Vous êtes resté un homme par vos combats dans la Résistance, mais il vous restait un combat à mener, guérir de votre exil. Cet exil qui meurtrit votre chair, qui vous pousse toujours à rechercher la lumière, cadeau inespéré mais évanescent, de cette Algérie que vous portez en vous, et qui pourtant s'éloigne peu à peu. Cette Algérie qui vous a porté dans son ventre, et que vous refusez d'abandonner. Mais d'autres enfants que cette terre a portés se rebellent, mus par l'orgueil et la vie, par la liberté, par l'injustice. Là sera votre drame, enivré par l'idée de justice, mais prisonnier d'un pays que vous ne voulez pas céder, et ahuri par la violence déchaînée. La justice oui, mais pas à n'importe quel prix, répétez-vous à longueur de colonnes. La justice, quel qu'en soit le prix, vous renvoie l'écho. Dilemme... Et pourtant, vous le saviez, vous qui aviez écrit : *« J'ai ainsi avec l'Algérie une longue liaison qui sans doute ne finira jamais, et qui m'empêche d'être tout à fait clairvoyant à son égard»* ... Alors vous vous réfugiez dans le silence, prisonnier de cet insoluble conflit de loyauté, choisissant de protéger votre mère, finalement.

Votre pays devient une douleur permanente, *« voilà pourquoi je souffre, les yeux secs, de l'exil »*. Cet exil qui qui vous empêche d'être heureux, malgré les bonheurs qui s'offrent à vous, ces femmes dont vous êtes le héros, ces lauriers que vous récoltez en Suède, ces romans lus dans le monde entier. Que vous fallait-il de plus ? Peut-être un peu de paix intérieure et un peu moins de nostalgie. Un peu moins de Paris qui vous déçoit et un peu plus d'Alger qui s'enflamme. Un peu moins de laideur, un peu plus de Tipasa. Vous avez fini par le comprendre, on ne guérit jamais de l'exil. Les jours de bruine à Paris, vous fermez les yeux, et vous sentez le sable chaud sous les pieds, et puis le rire des jeunes filles sur la corniche, la musique qui s'échappe des échoppes de Bab Azzoun, l'odeur des eucalyptus et des orangers dans les beaux quartiers, les hommes qui parlent trop fort dans les cafés de Bab el Oued, les légumes qui avalent les épices au fond des marmites, les raisins qu'on croque devant l'Aletti. Une heure de rêverie, et la vie reprend.

Et puis une voiture qui s'encastre dans un platane. Vous ne verrez pas, deux ans plus tard, un peuple qui exulte, ivre de sa liberté nouvelle, et un autre peuple qui se perd, qui regarde maintenant vers une autre rive, qui ne comprend pas. Ces deux-là, au fond, ne se sont jamais rencontrés. Là est le drame.

Vous voilà, cher monsieur Camus, pour toujours exilé en votre royaume, où il n'y a ni peste ni tuberculose, ni bien ni mal, ni ami ni ennemi. Juste un Tipasa éternel, à dialoguer avec les dieux dans le soleil.

© Abdelkrim Saifi[83]

---

83. Abdlekrim Saifi a grandi à Hautmont dans le nord de la France. Il a été journaliste au Nouvel Obs et à La Voix du Nord, enseignant à l'université de Lille, puis président d'une fondation de recherche. Il est l'auteur d'une biographie de Pasteur (*Pasteur ou la rage de vaincre*, éditions La Voix du Nord) et de *Si j'avais un franc*, éditions Anne Carrière. Prix de la Grande Mosquée de Paris.

Le bonheur est un kaki doré

Florence Lojacono
(Canaries)

© Alessandro Lojacono

Je posai un moment le livre sur la table basse de la terrasse pour aller me faire un thé. La cuisine était sombre et fraîche, fenêtres et volets fermés sur le soleil de cette fin d'après-midi. En ressortant, je clignai des yeux en posant la tasse de Darjeeling *Spring of London* juste à côté de *Noces*.

Reprenant ma place dans le transat, mes pensées vagabondaient en suivant les lignes du paysage

349

environnant. Des cyprès, des pins. En contre-bas de la colline, vers la droite, une bande d'un bleu brillant. Le tout, strictement conforme à l'annonce de location.

Mes yeux revinrent vers la terrasse. S'arrêtèrent sur la table basse. Et là, je ne pus m'empêcher de sourire. Vraiment ? Le printemps à Londres juste à côté du printemps à Tipasa ? C'était plus qu'une coïncidence, c'était un signe. Et d'ailleurs, depuis mon arrivée, c'était la première chose qui n'était pas sur le dépliant.

Je repris ma lecture : « Il n'y a plus de déserts. Il n'y a plus d'îles ». Et pourtant, continue Camus, le besoin s'en fait sentir. Ça oui, et comment ! Moi par exemple, je vis toute l'année sur une île, je peste contre l'obligation de prendre un avion pour aller où que ce soit, et où ai-je choisi d'aller en vacances ? Sur une île ! Je finissais mon thé, songeuse.

Après tout, si *Spring of London* est le nom d'un type de thé, cela voudra tout de même dire quelque chose non ? Le printemps à Londres est-il vraiment si digne d'intérêt ? Aucune idée. En tout cas, il l'est dans les lettres que Simone Weil envoyait à ses parents, quelques mois seulement avant de se laisser mourir dans un sanatorium du Kent. Elle y décrivait un printemps imaginaire, plein de sève et de parfums, un printemps de carte postale qui devait rassurer ses parents, mais qu'elle était bien loin de vivre. Ce printemps, elle le créa si bien que, finalement, il n'est pas impossible qu'elle l'ait vécu.

Londres, Tipasa ; un printemps inventé, un printemps vécu. Partout, le même besoin de sortir du gris. Oui, quelque chose comme ça… les couleurs, la lumière… Quelque chose de Rimbaud en Abyssinie, déjà au-delà de l'écriture. Quand, écrit Camus, sans révolte ni revendication, on décide de tourner le dos à ce qu'on prenait jusqu'ici pour sa vie et qui n'était que son agitation.

Le livre me tombait des mains, les cyprès s'éloignaient en dansant.

– Tu vois, on a les îles qu'on peut, elles portent des noms divers, des noms de Venise dans Calcutta désert… ou des noms de saisons dans un hôpital de Londres… Tu crois que je suis une tricheuse avec mon printemps de contrebande ?

– Tu sais que je n'aime pas qu'on triche. Mais regarde-nous, on n'en est plus là. Si au printemps à Tipasa, « je vois » équivaut à « je crois », il est bien possible que, dans une chambre d'hôpital de Londres, « je crois » équivaille à « je vois ».

– Ah ? fit-elle en esquissant un fin sourire. Pourquoi pas ? C'est vrai que pour moi « je crois » est toujours venu en premier, tandis que pour toi c'était « je vois ». Au point où on en est, comme tu dis, l'ordre des termes n'a plus d'importance. L'équation véritable, la seule, l'unique reste celle de la beauté.

– Sur ça, Simone, on a toujours été d'accord. L'homme ne peut se passer de la beauté. Quand Brice Parrain m'a apporté tes derniers écrits, j'ai eu une révélation. Ta pensée, même si trop tournée vers la douleur selon moi, ne m'a plus quitté. On aurait pu parler de la beauté pendant de longues heures, quelque part en Italie… cette terre faite à mon âme, non, à nos âmes n'est-ce pas ? Car, toi aussi, tu as connu ces paysages parmi les plus beaux du monde, quand tant d'ardente beauté te saute à la gorge, qu'on est enfin Un, qu'on rejoint cette patrie de l'âme, cette union que souhaitait Plotin.

— J'ai connu cela trois fois, très fort à Póvoa do Varzim, près de la mer, au Portugal, dans la chapelle de Santa Maria degli Angeli à Assise et à Solesmes…. Cela suffit pour toute une vie.

— Oui, j'ai toujours pensé, depuis mes débuts, que chaque artiste, chaque écrivain gardait au fond de lui, une source unique qui alimente pendant sa vie ce qu'il est et ce qu'il dit. D'où vient la beauté du monde ? Question stupide. Elle est là, c'est tout. Le monde est beau et ce monde m'annihile. Il me porte jusqu'au bout. Même si parfois on dirait que délibérément le monde a été amputé de ce qui fait sa permanence, toi tu dirais ses « racines » : la nature, la mer, la colline, la méditation des soirs. Et pourtant, malgré tout, elle est là cette Unité, cette intense fusion qui scelle notre appartenance au monde. Pour moi, elle s'exprime toujours en termes de soleil et de mer.

— Toute l'énergie qu'ils ont, là en bas, vient du soleil. Sauf leur pesanteur. En fin de compte, tout est combinaison d'énergie solaire et de pesanteur. C'est le soleil qui nous rapproche de la grâce.

— Tu prêches un convaincu. Quand on a vécu des dizaines d'été à Alger, tu sais… avec le soleil pour seule force et souvent pour seule consolation. Par contre, moi, c'est justement un certain poids de vie que je réclame. Pour toi, la beauté, c'est un fruit qu'on regarde sans tendre la main. Moi, au contraire, je veux, comme au jardin Boboli, que la branche ploie sous le poids des kakis dorés, que ma main puisse toucher leur chair orangée, que ma bouche puisse y mordre. Manger ces fruits gorgés de soleil, n'est-ce pas, comme tu le dis, manger de l'énergie pure, se nourrir de la grâce divine ? Cela seul, certaines fois, dans certains lieux, peut apaiser en moi cette particulière faim de l'âme.

Simone repousse d'une main presque transparente la cuillère de compote de pommes qu'on veut lui faire avaler.

— Peut-être que c'est ce qui m'a manqué, tendre la main vers ses fruits. Ou pas. Je suis une ratée du bonheur, comme tu dis. Moi, les orphelins du cachemire, je ne peux pas les oublier. Ni ceux qui meurent de faim ou sous les bombes depuis le début de cette guerre. Je ne peux pas. Ça ne passe pas. J'ai épousé le malheur.

— Qu'est-ce que le bonheur sinon le simple accord entre un être et l'existence qu'il mène ? Toi, tu appelles ça l'effectivité. Nos bonheurs sont sans doute très différents, les miens des tiens, mais qu'importe. Et qui peut se vanter d'être pleinement heureux, tout le temps, tous les jours ? J'ai fait de mon mieux, en tant qu'homme, pour ne pas insulter le monde avec mes petits malheurs, pour être fort afin de pouvoir aider ceux qui en avaient besoin. Le bonheur, c'est aussi un effort et une générosité. En tant qu'écrivain, le jour où l'équilibre s'établira entre ce que je suis et ce que je dis, ce jour-là peut être, et j'ose à peine l'écrire, je pourrai bâtir l'œuvre dont je rêve. Il y a un temps pour vivre et un temps pour témoigner de vivre. Il y a aussi un temps pour créer, ce qui est moins naturel.

— Tout est bien, alors ?

— Oui, tout est bien. Le oui s'équilibre au non.

Le bruit du livre sur le sol me tira de ma torpeur. Le soleil avait disparu derrière la colline. Parfois on ne sait plus si on vit ou on se souvient.

Florence Lojacono[84]

---

[84] Philosophe de formation, Florence Lojacono est spécialiste de littératures insulaires du XXe siècle, en particulier celles de Simenon, Cortázar, Gary et Le Clézio. Maître de conférences en Espagne, elle a publié de nombreux articles et une monographie *La robinsonnade ontologique* aux éditions Pétra (Paris). Les portraits en illustration sont libres de droits. Auteur : Alessandro Lojacono

Comment *Le Mythe de Sisyphe* a donné une forme à mon destin

Marc de Saran
(France)

« *Créer, c'est vivre deux fois* ». J'ai 17 ans, je suis en Terminale littéraire et je me revois encore souligner cette phrase dans *Le Mythe de Sisyphe,* lecture conseillée par le professeur de philosophie dans le cadre d'un cours sur la vie et l'existence. L'année précédente, pour le bac de français, *Les Mots* de Sartre m'ont marqué, mais *Le Premier Homme* m'a ému. Déjà, Albert a marqué un point contre Jean-Paul. Aussi, je n'hésite pas longtemps entre les deux lorsqu'il faut choisir en Terminale.

Quand je referme *Le Mythe de Sisyphe,* c'est décidé : je serai camusien ou rien. L'homme absurde qui pousse son rocher face au « *silence déraisonnable du monde* » – quelle poésie ! – me parle instantanément. A l'époque, je rêve d'être comédien et là encore, « *la lutte vers les sommets suffit à remplir un cœur d'homme ; il faut imaginer Sisyphe heureux* » résonne en moi.

Lorsque je rouvre *Le Mythe* au moment d'écrire ces lignes, je retrouve deux autres phrases soulignées et surlignées – c'est dire leur importance déjà il y a dix-sept ans ! – qui restent une boussole : « *Penser, c'est réapprendre à voir, à diriger sa conscience* » et « *Une pensée profonde est en continuel devenir, épouse l'expérience d'une vie et*

355

s'y façonne ». Deux maximes qui sonnent aujourd'hui comme un antidote à l'intelligence artificielle et/ou au sectarisme propre à l'espèce humaine.

Humaniste, Camus ne l'est pas seulement dans ses essais, pièces et romans, mais aussi dans son métier de journaliste. Une profession qui est la mienne depuis dix ans. Avant d'entrer en école de journalisme, mes libraires de quartier me recommandent *Actuelles,* un recueil d'éditoriaux parus dans *Combat.* Tout y est déjà : le danger d'informer trop vite, la menace des fausses nouvelles…

Dès cet instant, Albert n'est plus seulement un repère, mais devient un phare. Une lueur d'optimisme dans un monde sombre, comme dans ce titre *La Mort heureuse.* Confiné en mars 2020, je partagerai sur les réseaux sociaux cet extrait : « NOUS N'AVONS PAS LE TEMPS D'ÊTRE NOUS-*mêmes*, NOUS N'AVONS *que le* TEMPS D'ÊTRE HEUREUX ». Succès garanti pour soi et les autres derrière leur écran.

Marc de Saran [85]

---

[85] Journaliste économique et politique et auteur de livres sur la Vème République

Créer, vivre, mourir, revivre

Aude Prieur
(France)

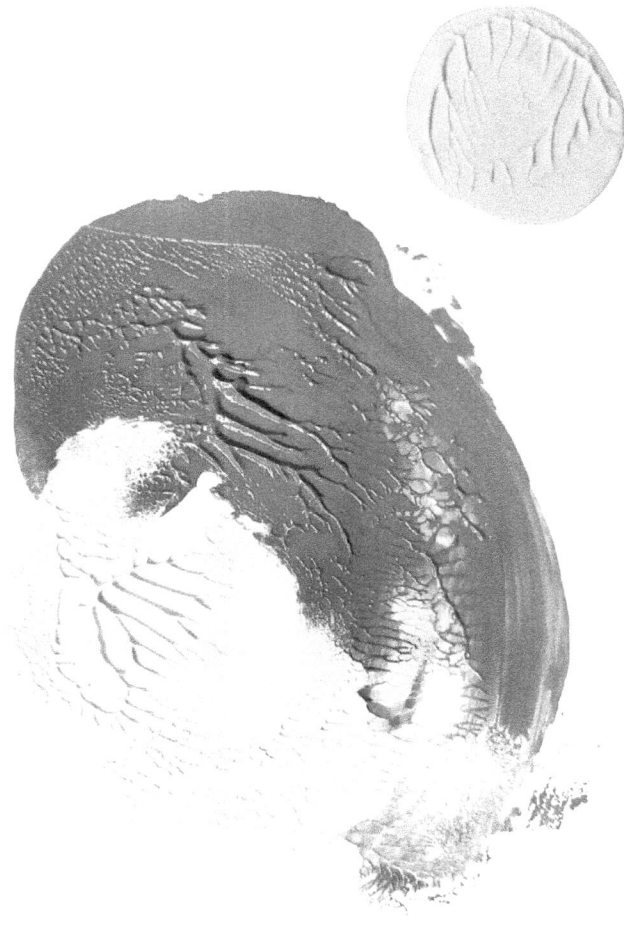

On crée une première fois pour voyager.

Après tout, le voyage est une chose merveilleuse :
On invente de nouveaux paysages
On glorifie des cultures différentes.

Le voyage est une chose inattendue :
On apprivoise l'interaction culturelle.
On vit une expérience intellectuelle.

Le voyage est une chose déroutante :
On se heurte à des réactions inconnues
On se retrouve dénué d'environnement familier.

Créer une échappée
Une adaptabilité
Une forme de tourisme
Un universalisme
Un consumérisme.

On crée une autre fois pour migrer.

Après tout, la migration est une chose merveilleuse :
On aménage une nouvelle destination
On insère une société différente.

La migration est une chose inattendue :
On combat les idées reçues
On génère des rencontres effarantes.

La migration est une chose déroutante :
On aborde les déconstructions nationales
On inclut la mondialisation culturelle.

Créer des préjugés
Une altérité
Une colonisation
Une migration
Une mutation.

On crée une dernière fois pour s'exiler.

Après tout, l'exil est une chose merveilleuse :
On devient étranger quand on se sent spolié
On véhicule des arguments erronés.

L'exil est une chose inattendue :
On peut parfois abandonner son foyer
On est amené à renier sa culture pour l'inculture.

L'exil est une chose déroutante :
On doit faire face à l'hostilité
On s'accroche à la création pour survivre.

Créer la frustration
L'incompréhension
La désolidarisation
Le rejet
L'anxiété.

La création est la vie.
La création de la vie.
La création pour la vie.
La création prend (la) vie.

La vie pour créer.
La vie pour vivre.
La vie pour revivre.

© Aude Prieur[86]

---

[86] Musicienne, écrivaine, compositrice-arrangeuse française. Historienne de formation, elle a été nommée Chevalier des arts et des lettres en 2021.

Carnet de voyage de Madame D.[87]

Anna Alexis Michel

(États-Unis)

Le train fut une horreur, les enfants infernaux. Raymonde a fini par les calmer. Je craignais, en l'engageant, qu'elle ne soit trop jeune, mais avoir seize ans aujourd'hui, c'est en avoir mille sans doute. Ils se sont endormis jusqu'à Rouen. Elle aussi d'ailleurs, le petit sur ses genoux, ma fille sous un bras, mon grand fils appuyé sur l'autre. Elle fera une bonne très convenable à Washington.

Plus loin, sur la banquette près de la fenêtre, une femme blonde reniflait entre deux larmes. J'ai d'abord pensé qu'elle voyageait avec le grand ténébreux aux yeux gris assis en face d'elle. Elle lui demandait mille choses : de changer de place d'abord, de ranger son manteau ensuite, de tenir son grand cabas enfin, le temps qu'elle cherche, dans son sac à main, un mouchoir dans lequel elle avait fini par se moucher avec des bruits d'otarie.

J'avais déduit de l'attitude affable de l'homme qu'elle était sa femme. Mais j'ai réalisé que ces deux-là

---

[87] Dans ses « *Journaux de voyage* », Albert Camus évoque divers personnages rencontrés pendant la traversée de l'Atlantique à bord de l'Oregon, dont une certaine Madame D. Le postulat choisi ici est que Madame D. aurait, elle aussi, tenu un carnet décrivant sa relation avec Albert Camus. La nature de cette relation et les propos prêtés à Madame D. relèvent de la pure fiction. Cependant, les détails factuels sont exacts en ce qu'ils sont tirés du Journal d'Albert Camus et étayés par les recherches effectuées, notamment dans le manifeste des passagers de l'Oregon.

n'avaient rien en commun. La demoiselle avait l'air d'une de ces vendeuses de la Samaritaine, d'une de ces gentilles filles qui s'imaginent qu'une vaporisation de Shalimar pourra magiquement les transporter dans le XVIe arrondissement. Alors que leurs gestes, leur gouaille et ce phrasé un peu haletant et précipité finissent toujours par les remettre à leur place.

Lui, je ne sais pas, il dégageait quelque chose d'indicible et de familier, comme s'il faisait partie de mes souvenir d'enfance. Il a dû sentir mon regard, il m'a regardée. Ses yeux gris m'ont glacé le cœur. Nous ne nous sommes évidemment pas adressé la parole.

Nous en aurons pourtant l'occasion, je l'ai entendu dire à une dame qui descendait à Rouen qu'il se rend en Amérique pour y donner un cycle de conférences. Nous serons, sans aucun doute, sur le même bateau.

L'Oregon[88]. Je le connais bien. Enfin, son histoire. C'est un des quatre cargos mixtes que les Allemands ont dû construire en 1928 pour la Compagnie Générale Transatlantique. À titre de dommages de guerre… tout ça pour qu'ils nous attaquent douze ans plus tard. Mais les Boches ne nous l'ont pas repris : la France l'a planqué sous les Tropiques. Et après qu'il a été réaffecté au trafic

---

[88] Cargo mixte à coque acier et 1 hélice, construit en 1928-29 au chantier Bremen Vulcan de Vegesack et mis en service en 1929 - 143m par 18,6m - Jauge brute 8061tx - Port en lourd 10181t - Moteur à pilon, triple expansion 4 cylindres BP dédoublé de 6000cv permettant 14 nœuds en service- 66 passagers en entrepont.

transatlantique par les Américains il y a deux ans, il vient tout juste de nous être rendu.

Autant dire que ce sera tout sauf luxueux, l'Oregon a près de vingt ans et a passé l'essentiel de la guerre à pourrir gentiment entre Afrique de l'Ouest et Martinique dans cette humidité tropicale que j'exècre.

L'Oregon © Anna Alexis Michel

Et, bien sûr, il va sans dire que nous devrons partager, les enfants, leur nurse et moi, une cabine pour quatre personnes. Nous ne sommes pourtant que soixante-trois passagers sur l'entrepont pour soixante-six places disponibles, mais l'obligation de nous répartir par famille et par genre fait que des lits supplémentaires ont dû être ajoutés dans certaines cabines.

Je sais donc que nous avons de la chance, et puis, je sais que de l'autre côté de l'Atlantique, après New

York, il y a Washington D.C. qui nous attend, cette presque jumelle des capitales européennes, ce double sublime à en être parfois ennuyeux, mais sans destructions, chaos ou civils affamés.

Que Bob ne m'y guettera pas à la fenêtre, mais qu'au repas du soir, autour de la table d'acajou dressée de porcelaine et d'argenterie, il m'y retrouvera et que nous parlerons, badins, en découpant le rôti, de tout ce qui n'a aucune importance.

Notre premier dîner, avant de quitter le Havre, ce dimanche soir dans la salle à manger de l'Oregon, fut très convenable. Un maître d'hôtel tout à fait correct a fait ce qu'il a pu pour nous faire oublier l'horreur du continent que nous nous apprêtions à quitter. Nous étions six à table, un nombre égal de femmes et d'hommes : un couple de mexicains assez louche, un docteur qui se dit psychiatre ou psychanalyste, l'homme aux yeux gris et la petite boulotte du rayon parfumerie.

Cependant, pas moyen d'en placer une. Cette dernière - elle s'appelle Jeanne[89], mon Dieu, comme ce prénom de pucelle lui va bien - a tenu le crachoir toute la soirée. Nous savons tout d'elle sans le lui avoir jamais demandé : combien sa sœur jumelle Marguerite — elle l'a quittée la veille - lui manque déjà, qu'elle part aux Amériques pour s'y marier au fin fond de la Pennsylvanie avec un type dont elle ne sait que deux

---

[89] Albert Camus l'appelle *Lorette* ou *L.* dans son journal et ne mentionne qu'une fois son prénom *Jeanne*. Le manifeste des passagers confirme que *Lorette* est en réalité son nom de famille.

choses : qu'il lui promet une belle-mère adorable – elle lui écrit des lettres sirupeuses – et qu'il est très chrétien – elle était supposée se confesser avant de partir et se trouve bien marrie de ne pas en avoir eu l'opportunité.

Les yeux gris lui ont répondu malicieusement qu'à devoir confesser ses péchés en Amérique, dans une langue qui ne serait pas la sienne, la tâche n'en serait que plus légère.

Et le psychiatre – qui s'appelle Pierre[90] - assis à notre table a ajouté que, quel qu'en soit le poids, l'absolution de ses péchés lui serait, de toute façon, toujours accordée.

Jeanne n'a pas eu l'air de comprendre. J'ai voulu lui expliquer que revendre une bouteille de parfum au marché noir ou se faire voler un baiser par un type de la Gestapo – elle m'a l'air assez cruche pour que l'un ou l'autre soit possible – n'était, au moment même où on jugeait à Nuremberg[91] toute l'horreur du nazisme, que de la roupie de sansonnet, de sorte qu'il n'y avait vraisemblablement, chez elle, rien qu'il soit vraiment utile de confesser. Mais les yeux gris, comme s'ils lisaient à travers moi, m'ont figée encore et je me suis tue. J'ai eu envie de gifler leur propriétaire. Je ne l'ai pas fait, j'ai juste souri et me suis affablement tournée vers ma voisine mexicaine pour m'enquérir, bien que je m'en

---

[90] Albert Camus l'appelle R. dans son journal. Le manifeste des passagers révèle qu'il s'appelle Pierre Rubé.
[91] Le procès de Nuremberg se déroule du 20 novembre 1945 au 1er octobre 1946.

fichais complétement, de ses impressions sur ce premier repas.

Lundi midi, me voilà cette fois face à lui à table. Ses yeux aciers ne me lâchent pas, tant et si bien que je finis, malgré moi, par baisser les miens. Entre deux phrases qu'il prononce à la ronde, haut et fort, il me susurre quelques mots. J'apprends que nous avons presque le même âge, qu'il est d'Afrique du Nord comme moi. Lui d'Algérie, moi de Tunisie. Mais nos mondes n'étaient pas les mêmes, mon père, zélote de l'état français et fils de receveur des impôts, y était pharmacien général, je suis la fille d'un militaire en garnison. Lui, il est de là-bas, vraiment de là-bas, et de père, il n'en a plus, j'ai cru comprendre que la guerre l'a tué. Quand on a un père, un qui prend de la place, on en parle. Lui, il n'en parle pas. Il me parle de sa mère. Trop bonne que pour même être de celles, simples, qui châtient leur fils, prunelle de leurs yeux, avec un amour indispensable et brouillon, quand elles les prennent à jouer avec les voyous. Je repense à la chaleur sèche, à ma robe blanche de gamine et aux gamins qui, dans les ruelles de Gabès, jouaient à me faire peur avant de s'encourir en riant et en jurant en arabe. Cet homme a leurs yeux. Je sais d'où il vient : il vient de mon enfance.

Ce soir, après le dîner, nous nous sommes retrouvés, lui et moi, autour d'un verre. Nous nous sommes tout dit - ce que nous acceptions d'en dire, du moins -, de nos enfances. Nous nous sommes quittés à l'aube, sevrés, mais jaloux. Lui, de mes souvenirs du

Japon – où j'ai dû suivre mon père, Robert, pour finir par m'y marier à vingt-deux ans et en suivre un autre. Moi, de sa jeunesse algéroise et de sa liberté d'homme.

Mardi, le déjeuner s'alanguit. Les yeux gris et moi pourrions ne plus jamais nous quitter, nous bavardons avec le psychiatre comme un vieux couple le ferait avec un ami de province. Je regarde la main posée sur l'accoudoir à quelques centimètres de la mienne. Il me semble que je pourrais la saisir, sentir sa fièvre, la partager, retrouver la communion de la nuit. Je frissonne. L'homme aux yeux gris le sent et me sourit. Pierre aussi sans doute. Le médecin prétexte un malaise et nous laisse seuls.

Mais les yeux gris se ferment, ils vont se reposer, on se verra au dîner, ma chère, n'est-ce pas ? Bien sûr, mes chers yeux gris. Mes yeux bleus ricanent, silencieux, tandis ses yeux aciers s'excusent de les transpercer.

Je ne suis pas venue dîner. Évidemment.

J'ai partagé la purée des enfants dans la cabine, donné sa soirée à la nurse pour qu'elle s'encanaille avec un petit mousse de son âge et nous avons joué, les enfants et moi, aux charades jusqu'à ce qu'ils s'affalent, épuisés, autour de moi. Alors, je les ai contemplés longtemps, très longtemps, ces étranges morceaux de moi qui me deviennent chaque jour de plus en plus étrangers. Jusqu'à ce que je m'endorme.

Mercredi. J'ai attendu la fin de l'après-midi pour montrer ma tête. Il faut savoir ménager ses effets. Le commandant Garoche m'avait invitée dans sa cabine, nous partagerions un cocktail avec quelques autres passagers. Il y aurait les yeux gris évidemment. Je suis arrivée dans les quartiers du commandant cinq bonnes minutes avant l'heure. Il finissait seulement de boutonner sa redingote, il a rougi.

Un homme d'équipage nous a servi du champagne avant de disparaître aussi discrètement qu'il était venu et nous nous sommes assis, rigolards, le commandant et moi, dans deux petits fauteuils crapauds, tintant nos verres de rires convenus et de jolis sons de cristal. La porte s'est entrouverte et moi, royale et magnifique, j'ai vu dans l'entrebâillement les yeux gris se poser sur moi. Et j'ai lu leur dépit de me voir rire à un autre, de ne point me posséder. Et je leur ai souri.

Nous avons bu jusqu'au dîner, le commandant Garoche nous parla avec enthousiasme de son œuvre majeure, un manuel [92] à l'usage des équipages de la marine marchande qu'il avait publié avant-guerre auprès de la société d'éditions géographiques, maritimes et coloniales de Paris. Maintenant que le transport maritime avait repris de plus belle, il travaillait d'arrache-pied à sa mise à jour et espérait pouvoir publier une seconde édition. Et qui sait une troisième, voire une quatrième, le trafic maritime, c'était l'avenir et avec le développement des colonies, les possibilités

---

[92] GAROCHE, P., *Le marin de commerce – Manuel à l'usage des équipages de la marine marchande* – Société d'éditions géographiques, maritimes et coloniales – Paris, 1943.
Une édition revue et augmentée sera publiée en 1948.
https://lemarin.ouest-france.fr/sites/default/files/2015/04/16/page_3_8_octobre_1948.pdf

devenaient infinies. Les yeux gris avaient souri. Et vous, avait demandé Garoche, quand peut-on vous lire ? J'y travaille, avaient répondu les yeux gris.

J'ai ouvert le cortège vers la salle à manger au bras du commandant Garoche rougeoyant et ravi, tandis que mes chers yeux gris fermaient la marche avec la bien brave Jeanne.

Avait-il trop bu, voulait-il se venger de notre petit cercle mondain, toujours est-il que Pierre, le psy, se lança, à l'heure du dessert, dans une description de l'horreur dont il avait été témoin à Dachau. Il semblait vouloir ne nous épargner aucun détail du camp de concentration : de ces corps affamés, tordus de douleur et des fluides nauséabonds qui accompagnent immanquablement les instants de la presque mort. Était-il doué pour soigner les âmes ? Je n'en sais rien, mais une chose est certaine : il s'entendait parfaitement à nous torturer et le récit qu'il nous fit ne nous donna qu'une seule envie, celle d'aller vomir tout notre champagne aux toilettes et de nous enfermer jusqu'au lendemain dans le silence de notre culpabilité de survivants.

Il nous fallut pratiquement vingt-quatre heures et presqu'autant de bouchons de champagne pour oublier.

Le jeudi soir, pour la seconde fois en l'espace de quelques jours, nous nous retrouvions, Pierre, les yeux gris et moi, seuls sur le pont, un verre à la main.

Mais cette fois, quand Pierre s'était excusé, les yeux gris ne s'étaient pas dérobés : ils avaient plongé dans les miens. J'y avais lu une violence, mêlée de désir fou et de reproches sourds. Les yeux disaient pourquoi n'as-tu pas été là quand j'avais besoin de toi ces derniers jours, la bouche disait embrasse-moi, les mains disaient viens à moi.

Alors, je me suis assise à califourchon sur lui [93]et, cette bouche qu'il me tendait, je l'ai bâillonnée de baisers, tandis que de mes pouces, j'ai baissé avec force et tendresse, comme on le fait aux mourants, ses paupières ouvertes sur ses grands yeux gris pour qu'il ne me regarde plus.

Après-midi du jeudi. Cette fois, nous nous retrouvons dans le quartier des hommes. Est-ce que ce voyage est une grande purge collective de nos expériences les plus sordides ? Je n'en sais rien, mais le Vice-Consul présent nous raconte tant d'horreurs avec moults détails atroces que j'avale cul sec mon verre de champagne.

La nuit est douce, belle, et nous nous retrouvons les yeux gris et moi sur le pont, minuscules et seuls, sous la voûte céleste, son désir exacerbé et violent d'hier semble apaisé. Accoudés au bastingage, on pourrait nous prendre pour deux vieux amants contemplant les étoiles. La nuit est belle.

---

[93] Cet épisode est fictionnel. Albert Camus mentionne laconiquement *Madame D. me ranime.*

Tous les jours qui suivront seront semblables : nous nous croiserons presqu'amis le jour, nous nous retrouverons presqu'amants la nuit. Dimanche, notre relation presqu'installée m'apparaît une évidence.

Lundi soir, notre symbiose dans la salle à manger m'effraie même. Nous avons pris l'habitude de dîner, face à face, les yeux dans les yeux. Bien sûr, nous parlons à nos voisins de table, surtout lui, il a un avis sur tout, c'est fascinant. Mais avec une régularité obsessive, nos yeux se cherchent et se retrouvent. Entre ces regards, je contemple avec, je l'avoue, un brin de condescendance, notre bonne Jeanne qui glousse à tous les bons mots sans en comprendre un seul.

Au psychiatre qui lui objectait que c'est l'argent qui fait tourner le monde, la bouche gourmande sous les yeux gris a rétorqué « *Il y a heureusement la compagnie des femmes. C'est la vérité et la terre.* [94]»

– C'est joli, vous devriez le noter dans votre journal, ai-je dit.

Il m'a souri. Je comprends qu'il est de ces êtres rares dont il suffit qu'il dise à une femme qu'elle est charmante[95] pour qu'elle s'évanouisse. Ce n'est pas mon cas. Évidemment.

---

[94] Citation extraite des *Journaux de voyage*.
[95] Albert Camus note ce jour *Madame D est de plus en plus charmante. L. aussi.*

© Anna Alexis Michel

Aujourd'hui, la journée a été superbe et nous
avons joué sur le pont avec les enfants, comme si nous
étions encore des leurs, faisant mille cabrioles et
grimaces pour les amuser ; mais le soir, nous nous
sommes retrouvés pour notre cérémonial sous la lune.
Je lui ai parlé de mon père, de mon frère, de mon mari,
de tous ces hommes finalement très semblables, - ne
s'appellent-ils d'ailleurs pas tous Robert ? – que je suis
à travers le monde sans jamais vraiment avoir construit
le mien. De ma lâcheté peut-être de n'exister qu'à
travers eux.

— Ils s'appellent tous Robert, comment alors les
différenciez-vous, ont demandé les yeux gris amusés.

– Il y a Robert, le père que j'appelle père, Robert le fils qu'on appelle Bobby. Et mon mari, Bob, le Saint-Esprit.

Oui, peut-être que notre vie n'était faite que de lâchetés, n'avions-nous pas traversé cette guerre sans en connaître la morsure ? N'aurions-nous pas dû être des héros au lieu de refaire le monde autour d'une coupe de champagne ? Et suivre notre cœur et ses élans sans regarder en arrière ?

Mais il m'a serrée contre lui et je me suis tue.

Nous nous sommes étourdis toute la semaine, de champagne, de rires et nous aurions, je crois, tous sans exception, voulu que le bateau n'accoste jamais, que le printemps 46, à peine né[96], ne meure pas. Oui, pour l'éternité, nous aurions vogué sans jamais arriver nulle part, pourvu bien sûr que, jamais, au grand jamais, l'alcool ne vienne à manquer. Les yeux gris ne notaient plus rien dans leur journal, ni moi dans mon carnet. Parce que les mots n'auraient pu rendre compte de ce que nous vivions. Ou parce qu'ils auraient fait beaucoup de mal à ceux qui auraient pu les lire.

Dachau, Nuremberg, les rationnements étaient loin derrière nous et la salle à manger s'était muée en une matrice chaude et protectrice, au sein de laquelle grandissait une nouvelle société, une société sans chagrin ni souvenirs tristes. Nous les avions tous omis

---

[96] Albert Camus note dans son journal que l'arrivée du printemps le 21 mars 1946 a été célébrée sur l'Oregon jusqu'au petit matin.

ou vomis. Une société dans laquelle les enfants, sans jamais grandir, joueraient aux osselets ou à la poupée sous le regard bienveillant d'adultes qui ne regrettaient plus d'avoir grandis. Nous jouions à nous réinventer et cette création – ou, sans doute, cette récréation -, nous donnait l'espoir d'une seconde vie qui effacerait la première.

Dimanche, la vue de la terre nous avait soudain refroidis. L'arrivée à New York sonnait le glas de nos amours éphémères et la mort de la matrice, celle qui m'avait laissé entrevoir qu'une autre vie que celle qui m'avait été tracée depuis ma naissance, était possible. Jeanne devrait se confesser de ses péchés bénins - le plus inavouable était sans doute qu'elle se mariait par raison -, et elle rejoindrait son promis. Les enfants oublieraient les jeux sur le pont, le mal de cœur, les parties de cache-cache et les baisers volés entre adultes. La petite bonne ne verrait plus le petit mousse. Je ne me perdrais plus dans les yeux gris parce que, plus jamais, ils ne raviraient mes yeux bleus.

En débarquant dans le froid matin de New York le lundi 26 mars 1946, je ne leur ai pas vraiment dit au revoir. D'ailleurs, je ne voulais plus les revoir, les yeux gris perçants d'Albert. Jamais.

© Anna Alexis Michel[97]

---

[97] Auteure, dramaturge, poète et artiste visuelle, mais aussi professeur de littérature aux États-Unis, elle est la directrice éditoriale de cette collection. **www.annaalexismichel.com**

Hommage à Albert Camus
Créer, c'est vivre deux fois

Hommage à Albert Camus
Créer, c'est vivre deux fois

TABLE DES MATIÈRES

Déjà disponibles dans la même collection :

MARGUERITE YOURCENAR, LA PREMIÈRE IMMORTELLE – Mélanges en l'honneur de Marguerite Yourcenar. Ouvrage collectif sous la direction d'Anna Alexis Michel - 08 juin 2023.
(ISBN 9798395712127)

Contributeurs : Anna Alexis Michel, Agnès Castera, Olivier Coutier-Delgosha, Laurent Desvoux-D'Yrek, Émilie Dhérin, Sandrine-Jeanne Ferron, Jean-Michel Guiard, Martine L. Jacquot, Jean Jauniaux, Florence Jouniaux, Michel Lobé Etamé, Anamaria Lupan, Meziane Mahmoudia, V.Maroah, Sandrine Mehrez Kukurudz, Carole Naggar, Billy Nzalampangi Ngituka, Rémy Poignault, Annie Préaux, Aude Prieur, Mariem Raïss, Marie-Amélie Rigal, Claire Rio Petit, Élisabeth Simon-Boïdo, Sophie Turco.

HOMMAGE AU PETIT PRINCE – Quatre-vingts talents pour les quatre-vingts ans du Petit Prince. Ouvrage collectif sous la direction de Sandrine Mehrez Kukurudz et Anna Alexis Michel – 13 juin 2023.
(ISBN 9798393698140)

Contributeurs : Anna Alexis Michel, Mona Azzam, Isabelle Bary, Marie-Claire Bauceré Dehaene, Amira Benbekta Rekal, Sylvie Beroud, Emma Blue, Frann Bokertoff, Olivier Bonneton, Pascale Boulineau, Bou Bounoider, Corine Braka, Chantal Cadoret, Nour Cadour, Agnès Castera, Gérard Cavana, Valérie Chèze Masgrangeas, Max Clanet, Tangi Colombel, Marie Blanche Cordou, Olivier Coutier-Delgosha, Luxy Dark, Gaëlle Déchelette, Michael Delaporte, Laurent Desvoux-D'Yrek, Émilie Dhérin, Hélène & Alexander Drummond, Pom Ehentrant, Vincent Engel, Laure Enza, Zeina Fayad, Muriel de Foucaud, Gilles Gaillard, Cathy Galière, Cyrielle Gau, Jean-Michel Guiart, Evelyne Guzy, Christine Hainaut, Carine Hernandez, Sonia Waehla Hotere, Belinda Ibrahim, Florence Issac, Yannick Jan, Jean Jauniaux, Dominique Jezegou, Didier Kimmel, Nathalie Kohl, Tricia Lauzon, Jean-François Leger, Michel Lobé Etamé, Catherine Loup (Wolf), Meziane Mahmoudia, Valy Marval, Alice Masson, Sandrine Mehrez Kukurudz, Marie Meyel, Valérie Mirarchi, Lydia Mirdjanian, Steve Moradel, Don Moukassa, Nabil Naaman, Anne-Sophie Nédélec, Tom Noti, Françoise Péeters, Aude Prieur, Mariem Raïss, Nirina Ralaivao, Marie-Amélie Rigal, Claudia Rizet, Nathalie Sennegon-Nataf, Marynka Tabi, Éric Thériault, Gildas Thomas, Sophie Turco, Pierre-Jacques Villard.

www.ingramcontent.com/pod-product-compliance
Lightning Source LLC
Chambersburg PA
CBHW070308040726

47501CB00018B/389